I, ROBOT

J'AI LU

ISAAC ASIMOV

Fondation		
Seconde Fondation		
Fondation et Empire		
Fondation foudroyée		
Les cavernes d'acier	*J'ai lu*	0404/4
Face aux feux du soleil	*J'ai lu*	0468/3
Les robots	*J'ai lu*	0453/3
Un défilé de robots	*J'ai lu*	0542/3
Les courants de l'espace		
Une bouffée de mort		
Cailloux dans le ciel	*J'ai lu*	0552/3
La fin de l'éternité		
Histoires mystérieuses		
Quand les ténèbres viendront		
L'amour, vous connaissez ?		
Les dieux eux-mêmes		
La mère des mondes		
Chrono-Minets		
Noël sur Ganymède		
Dangereuse Callisto		
Tyrann	*J'ai lu*	0484/3
La voie martienne	*J'ai lu*	0870/3
L'avenir commence demain		
Jusqu'à la quatrième génération		
Cher Jupiter		
Civilisations extraterrestres		
La conquête du savoir		
Flûte, flûte, et flûtes		
L'homme bicentenaire		
Mutations		
Night Fall *(3 vol.)*		
Trous noirs		
Les robots de l'aube 1	*J'ai lu*	1602/3
Les robots de l'aube 2	*J'ai lu*	1603/3
Le voyage fantastique	*J'ai lu*	1635/3
Les Robots et l'Empire 1	*J'ai lu*	1996/4
Les Robots et l'Empire 2	*J'ai lu*	1997/4
Espace vital	*J'ai lu*	2055/3
Asimov parallèle	*J'ai lu*	2277/4
Le robot qui rêvait	*J'ai lu*	2388/6
La Cité des robots d'Isaac Asimov 1	*J'ai lu*	2573/6
La Cité des robots d'Isaac Asimov 2	*J'ai lu*	2875/6
La Cité des robots d'Isaac Asimov 3	*J'ai lu*	2975/6
L'univers de la science		
Robots et extra-terrestres d'Isaac Asimov 1	*J'ai lu*	3094/6
Robots et extra-terrestres d'Isaac Asimov 2	*J'ai lu*	3185/6
Robots et extra-terrestres d'Isaac Asimov 3	*J'ai lu*	3290/6
La trilogie de Caliban d'Isaac Asimov 1	*J'ai lu*	3503/6
La trilogie de Caliban d'Isaac Asimov 2	*J'ai lu*	3799/5
Robots temporels d'Isaac Asimov 1	*J'ai lu*	3473/6
Robots temporels d'Isaac Asimov 2	*J'ai lu*	4048/7
Robots temporels d'Isaac Asimov 3	*J'ai lu*	4177/7

HARLAN ELLISON
Isaac Asimov

I, ROBOT

LE SCÉNARIO

Illustrations de Mark Zug

TRADUIT DE L'AMÉRICAIN
PAR VALÉRIE GUILBAUD

ÉDITIONS J'AI LU

Collection créée et dirigée
par Jacques Sadoul

A Isaac, mon ami qui,
en un mot, a rendu
ce monde meilleur.

Titre original :

I, ROBOT
Warner Books
published by arrangement with the author

NOTE DE L'ÉDITEUR

En 1978, Harlan Ellison achève l'adaptation cinématographique du recueil de nouvelles d'Isaac Asimov, *Les Robots*. Neuf ans plus tard, le film n'ayant toujours pas été tourné, Ellison et Asimov décident de publier le scénario en plusieurs épisodes dans *Le Magazine de Science-Fiction d'Isaac Asimov*, qui y consacre trois numéros, fin 1987. Afin de mieux faire comprendre au lecteur le contexte historique dans lequel s'est inscrite la rédaction du scénario et pour lui offrir quelques anecdotes sur sa genèse, nous reproduisons, ici, l'avant-propos d'Asimov présenté en exergue du premier numéro du *Magazine* ainsi qu'une introduction récemment rédigée par Harlan Ellison.

REMERCIEMENTS

L'auteur tient, ici, à exprimer ses remerciements à celles et à ceux qui ont permis à ce rêve de devenir réalité.

Me contentant de nommer une infime partie émergée de l'iceberg, je tiens tout d'abord à remercier le providentiel Mark Zug, ce dessinateur à l'immense talent qui a remarquablement su mettre en images et donner vie au scénario, et qui mérite de succéder à Maxfield Parrish et à N. C. Wyeth. L'Univers nous a bénis en nous envoyant Mark Zug. Kristin Kest, qui a mis son art à notre disposition, avec sa délicatesse et son bon sens habituels. Betsy Mitchell, de Warner Aspect, qui a cru dans ce projet et a tout fait pour qu'il voie le jour. Lucy Fisher, de la Warner Bros, qui défend ce scénario et notre projet à Hollywood depuis 1977. Je tiens également à remercier Janet et Isaac, sans lesquels rien ne se serait produit. Et ma merveilleuse épouse, Susan, qui a éclaté en sanglots quand elle s'est rendu compte que j'avais omis de la mentionner dans le manuscrit faxé en toute hâte avant mon départ. Que ceux qui craignent le pire se rassurent : grâce à Dieu, je ne suis pas de ceux qui maltraitent leur femme ! Mes remerciements vont, enfin, à Howard Zimmerman et à Byron Preiss, qui ont peiné avec nous et ont tout enduré, blessures, frustrations et fiascos, mais qui ont tenu bon. Isaac et moi vous bénissons.

Harlan ELLISON, juin 1994

I, Robot
de Harlan Ellison
par Isaac Asimov

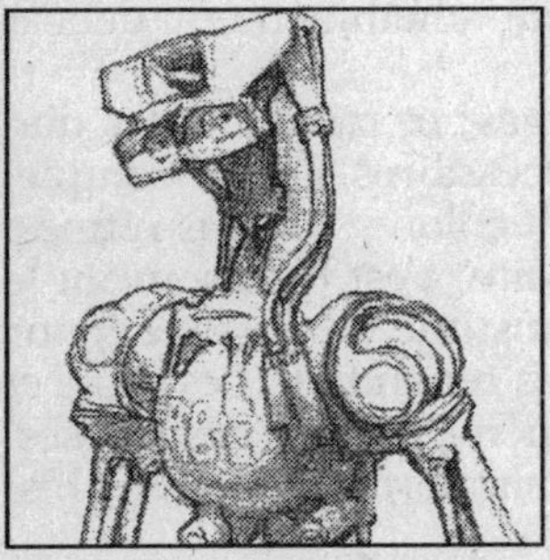

Aucun de mes romans ou de mes récits n'a jamais été adapté à l'écran, ni pour le cinéma, ni pour la télévision. Certains pensent que c'est moi qui ai écrit le scénario du film *Le Voyage fantastique*. En réalité, Jerome Bixby et d'autres scénaristes avaient déjà écrit le script du film lorsqu'on m'a demandé d'en faire un roman. J'ai fini par accepter. Mais l'industrie du cinéma travaille plutôt lentement et j'écris moi-même assez vite, de sorte que mon ouvrage a paru six mois avant la sortie du film. On a ainsi pu croire, à tort, que le film était tiré de mon roman alors qu'il s'agissait précisément du contraire.

Que l'on ne m'ait pas cité au générique ne m'a nullement ennuyé, car, quoi qu'on en dise, je suis d'abord et avant tout un écrivain. J'écris des textes pour être lu et non pour être vu, que ce soit sur grand ou petit écran. On m'a, du reste, demandé à plusieurs reprises d'écrire, pour le cinéma ou la télévision, des scénarios originaux ou des adaptations de romans, y compris les miens ; j'ai toujours refusé car je ne sais pas écrire pour une caméra. J'ai, pour ma part, tendance à penser que connaître ses propres limites est une chance non négligeable.

Je ne commettrai pas l'erreur, en revanche, de

m'attendre qu'un film tiré d'un de mes romans — et dont on aurait confié l'adaptation à un scénariste précisément pourvu du talent qui me fait défaut — reflète « fidèlement » ce que j'ai écrit.

Après tout, pourquoi en serait-il ainsi ? Si je suis aussi dépassé par tout ce qui est visuel alors que je suis, par ailleurs, parfaitement à l'aise avec les mots, c'est qu'à l'évidence il y a là deux interprétations radicalement différentes du monde.

La presse écrite a recours au mot ; et même si les mots font parfois naître des images, cela n'est qu'un épiphénomène. Ce qui compte, c'est leur cheminement délicat dans notre esprit.

Un film, lui, se nourrit d'images ; et même si des dialogues sont presque toujours nécessaires, ce qui compte, c'est la projection de points multicolores sur nos rétines.

Lorsque l'on raconte une histoire, c'est bien souvent le support que l'on a choisi qui constitue le message (pour illustrer une orthodoxie un temps répandue). Les mots et les images ne révèlent pas le même aspect des choses. Pourtant, ils servent souvent de support à une même histoire.

Un mauvais livre peut parfaitement donner lieu à un bon film, de même qu'un mauvais film peut parfaitement être tiré d'un très bon livre. Ce que je veux dire par là, en réalité, c'est que si un roman de qualité a su engendrer, *in fine*, un film de qualité (ou l'inverse, ce qui est moins fréquent), c'est justement parce que le scénariste a évité d'en faire une adaptation littérale, scène par scène. Il faut donc, si l'on veut qu'un livre *et* un film soient considérés comme bons, qu'il y ait des différences entre eux et, si possible, des différences substantielles.

Ceci est particulièrement vrai lorsque le roman et le scénario n'ont pas été écrits par la même personne, mais que les auteurs ont fait preuve d'une imagination et d'une créativité égales. Notez bien que je dis « égales » et non « semblables ». Pour moi, s'enfermer dans le carcan du livre que l'on doit adapter équivaut à un reniement. Cette erreur, j'ai eu le tort de la commettre en écrivant le roman du film *Le Voyage fantastique*, m'ôtant toute satisfaction de ce que j'avais produit, même si le livre s'est très bien vendu en première édition et mieux encore en poche. Cette insatisfaction m'a poussé à écrire *Le Voyage fantastique II* — paru en septembre 1987 — qui, d'inspiration plus libre, me ressemble davantage. Cette deuxième version différait singulièrement de la première, alors que les deux histoires étaient à certains égards similaires.

Voilà qui m'amène à évoquer le jour où un des mes livres a *failli* être adapté au cinéma. Il y a vingt ans, un producteur, John Mantley, s'intéressa de près à mon recueil de nouvelles *Les Robots*. Il obtint, après d'innombrables tractations, une option sur le livre. Plusieurs de mes romans et de mes récits ont d'ailleurs fait l'objet d'options — ce qui m'a rapporté quelques revenus — même si, en général, les projets n'ont pas abouti.

Pendant longtemps, en fait pendant des années, l'option retenue par Mantley sur *Les Robots* ne s'est pas non plus concrétisée. Il la renouvela plusieurs fois avant qu'un jour, douze ans plus tard, il en acquière définitivement les droits et que la mécanique rouillée d'Hollywood se mette en branle. Comme je refusais d'écrire l'adaptation cinématographique de mon roman, ils firent une chose extraordinairement intelligente : ils allèrent trouver Harlan Ellison.

Harlan et moi sommes très proches et avons beaucoup de respect pour le travail de l'autre. Bien que nous nous ressemblions par certains côtés — extraversion, impulsion, charisme —, nos conceptions de l'écriture ne sauraient être plus différentes. J'écris de manière pratiquement cérébrale et lui laisse son émotion le guider. Et c'est bien ainsi, car Harlan apporte immanquablement une dimension nouvelle, tout à fait fascinante, à mes récits.

Il y a quelques années donc, Harlan écrivit le scénario et m'en adressa une copie. J'ai aussitôt adoré : Susan Calvin y était, ainsi que Gregory Powell et Michael Donovan et quelques-uns de mes robots. L'intrigue bâtie par Harlan à partir de mes nouvelles donnait à l'histoire un relief nouveau, tout à fait étonnant. Son scénario aurait fait, à mon avis, un film superbe. J'ai bien dit « aurait fait ». Parce que, justement, le film ne fut jamais tourné.

A cela, il y a plusieurs raisons. Tout d'abord, dans son élan créatif, Harlan ne tint pas compte des coûts financiers inhérents à toute production cinématographique. Tel qu'il avait été conçu, le film aurait, en effet, coûté quelque trente millions de dollars et les producteurs n'étaient pas certains de pouvoir récupérer leur mise. Franchement, je ne les blâme pas d'avoir eu cette préoccupation.

Il se trouva, ensuite, que le scénario fut présenté après la sortie de *La Guerre des étoiles* qui obtint un succès retentissant. Or, comme chacun sait, Hollywood n'a pas la réputation de s'aventurer loin des valeurs sûres. Puisque *La Guerre des étoiles* avait rapporté des millions de dollars, on demanda à Harlan de rendre les robots plus « mignons », un peu comme R2-D2, et de faire de Susan Calvin une jeune et jolie femme, comme la princesse Leia.

En outre, la personnalité même de Harlan joua un rôle dans cette affaire. Personnage en général inflexible, il est connu pour ne pas mâcher ses mots ; je l'imagine assez bien s'étonner de se voir demander une chose qu'il juge stupide et répondre : « Mais, enfin ! Ce que vous me demandez est parfaitement idiot ! » A Hollywood, on n'apprécie guère ce genre d'attitude.

Telles sont les raisons pour lesquelles le film ne s'est jamais fait et est tombé dans l'oubli pendant plusieurs années. Harlan récupéra finalement son manuscrit, et comme il n'avait pas l'intention de le laisser moisir, il décida d'essayer de le publier dans le magazine qui porte mon nom. Après l'avoir lu, le rédacteur en chef du *Magazine*, Gardner Dozios, décida que son scénario en serait l'unique sujet. J'acceptai. D'autant plus aisément que le texte d'Ellison *n'est pas* une adaptation servile de mon livre et qu'il est donc impossible de considérer cette publication comme une tentative d'autocélébration de ma part. Le scénario est autant de Harlan Ellison que le roman est de moi. C'est pourquoi je suis sûr que, même si vous avez lu mon recueil, vous ne regretterez pas la place que le *Magazine* accorde aujourd'hui à ce scénario.

Et alors, comme moi, vous regretterez qu'Hollywood n'en ait pas fait un film.

Isaac et moi au cinéma
Court mémoire sur le Citizen Calvin

par Harlan ELLISON

Mon cœur saigne chaque fois que je fais ce rêve. Je pleure toujours en y pensant et, si je suis en public, je prétends que c'est une allergie qui en est la cause... Je ne fais jamais ce rêve la nuit, quand je dors. Il me prend toujours par surprise, lorsque je suis éveillé et que mon esprit est ailleurs. Une rêverie, une somnolence... qui fait de moi une proie facile, la cible parfaite pour un guet-apens.

Dans ce rêve, ce cauchemar les yeux ouverts, Isaac et moi sommes au cinéma, assis côte à côte. Le film que nous regardons, c'est le scénario que vous tenez entre vos mains et auquel j'ai consacré un an de ma vie. C'est le film auquel Isaac tenait tant. Donc, Isaac et moi, sommes là, au cinéma, à regarder *I, Robot*.

C'est un rêve *affreux* et qui me fait chaque fois secouer la tête pour expulser ces images venues du tréfonds de ma nuit, ces images qui passent et repassent sur le dôme panoramique de ma mémoire. Isaac adorait véritablement ce scénario, mais les studios de la Warner Bros ne l'ont jamais tourné. Maintenant, Isaac est mort et il ne le verra plus. Et moi, je continue à subir ce foutu cauchemar dans lequel Isaac et moi contemplons avec bonheur ce qui aurait pu être. Avoir fait ce rêve une centaine de fois ne change rien, car je sors toujours du théâtre de ma mémoire en pleurant. Comme Janet, qu'Isaac aimait tant, comme Robyn et Stan et tous ceux d'entre nous qui ne le reverront plus, je n'arrive pas à formuler la peine qui semble ne plus jamais vouloir me quitter, cette douleur à laquelle nous nous soumettons de bon gré parce qu'elle le fait revivre dans nos cœurs. Dans mon cas, cela se passe au cinéma.

Après avoir récrit le scénario plusieurs fois, je l'ai envoyé à Isaac au début du mois d'août 1978. Le 18, il m'a répondu en ces termes : « J'ai commencé à feuilleter ton manuscrit hier soir, un peu après vingt-deux heures, juste pour avoir une idée de ce que tu avais changé. Je l'ai dévoré et l'ai finalement achevé à minuit vingt, Janet n'ayant cessé de pester en me rappelant que vingt-trois heures (heure à laquelle je me couche habituellement) étaient passées depuis longtemps. »

« C'est extraordinaire, Harlan, poursuit-il, dans la lettre que je t'avais fait parvenir le 9 mars, je t'avais demandé d'en faire "le premier film de science-fiction achevé, complexe et de qualité jamais réalisé" et tu as réussi ! Tu as mis ta magie sur quatre de mes nouvelles, tout en en gardant l'esprit et en respectant la précision des détails ; tu les as faites tiennes avec une imagination et une ingéniosité que je ne pourrais jamais rêver d'égaler. Tu as su, en même temps, respecter l'esprit de mon livre et, surtout, préserver *ma* Susan Calvin telle que je l'avais conçue. Ce que tu as fait est merveilleux. »

Je cite des extraits de cette lettre — qui était très longue et enthousiaste et dont certains passages sont gênants tant ils sont flatteurs — car il est impératif, à mes yeux, que le lecteur sache que cet ouvrage ne procède pas d'une basse manœuvre de ma part, visant à tirer profit du nom d'Isaac Asimov ou de l'œuvre qui l'a rendu célèbre. Il ne s'agit pas non plus d'une nouvelle améliorée. Ce que vous tenez entre vos mains est un scénario que j'ai écrit pour le cinéma ; une œuvre différente de celle d'Asimov, qui s'inspire de quatre de ses nouvelles et du fantôme vivant de Susan Calvin. Si je fais aujourd'hui allusion à l'engouement d'Isaac pour ce que j'ai écrit, c'est avant tout pour le remercier de m'avoir donné les moyens de le faire. Isaac m'appréciait suffisamment pour croire en moi et me laisser agir à ma guise. En échange, je lui offris quelque chose dont il fut fier. Je veux que le lecteur sache que ce scénario est le résultat d'une amitié qui a duré plus de quarante ans.

Isaac nous a quittés à deux heures et demie du matin, heure de New York, le lundi 6 avril 1992. A l'époque, cela faisait presque un an que je travaillais sur ce livre, avec Mark Zug, Byron Preiss et mon éditeur Howard Zimmerman. Bien qu'Isaac fût encore parmi nous lors de la première publication du scénario dans le magazine qui porte son nom — il était fier comme un pape en apprenant que le scénario avait non seulement gagné, par acclamation du public, le prix des Lecteurs 1987, pour sa parution dans *Le Magazine de Science-Fiction d'Isaac Asimov,* mais qu'il avait également été retenu dans la dernière sélection des concurrents au prix Hugo pour 1988 —, il n'a malheureusement jamais pu admirer le travail du jeune Mark Zug. Ni s'émerveiller de la manière dont celui-ci avait donné vie à ce que j'avais écrit. Ni voir ce film-roman.

(J'ai la mâchoire serrée rien que de penser à ces critiques ratés que sont Gregory Feeley et Sheldon Teitelbaum, personnages tristement amers, jaloux et dépourvus de talent. Je me retiens de leur enfoncer, à chacun, un pieu dans l'œil gauche. Ils passent leur temps à prétendre que je ne vaux rien puisque je n'aurais, selon eux, jamais écrit de roman. Or, je me plais à leur faire remarquer que j'ai écrit au moins *vingt* romans : tous filmés. *I, Robot* est un roman de 90 000 mots, mais malheureusement, les membres de la Brigade des nuisibles qui édictent et changent les règles en fonction d'objectifs fallacieux ne peuvent saisir ce genre de choses. Ils dénigreraient probablement *La Vie et les opinions de Tristram Shandy, Gentleman,* de Laurence Sterne, ou bien *Le ticket qui explosa,* de William Burrough, simplement parce qu'ils ont osé s'aventurer loin du cadre bien établi du « roman » et préférer des formes littéraires expérimentales.)

En dépit de cela, je peux me vanter d'avoir passé un an au cinéma avec Isaac Asimov (sans jamais avoir eu à partager mon pop-corn).

Que le film n'ait jamais pu être réalisé nous a brisé le cœur à tous les deux, mais ce n'était ni sa faute ni la mienne. Il faut plutôt imputer cela au Système débile et inepte qui prévaut à Hollywood. (J'en fais moi-même partie depuis 1962 et j'ai déjà amplement écrit sur la question, comme des milliers d'autres écrivains ignorés.) Si le film ne s'est pas fait, c'est en réalité à cause d'un idiot, Bob Shapiro, qui était, à l'époque, directeur de la production à la Warner Bros et qui, heureusement, n'y est plus aujourd'hui. Bon débarras !

Voilà une histoire qui va peut-être vous intéresser : de décembre 1977 à décembre 1978, je n'ai pas écrit grand-chose... à part deux cent trente-cinq pages, en simple interligne, d'un scénario très élaboré. Voilà comment cela est arrivé :

Ce sont des écrivains-producteurs légendaires comme Ben Roberts et Ivan Goff (auteurs des séries *The Rogues* et *Mannix*) qui en sont à l'origine. En 1964, je travaillais sur la version originale de *L'Homme à la Rolls* aux studios Four Star ; Ben et Ivan étaient occupés à découper, en face, de l'autre côté du couloir, le script des *Rogues* pour David Niven, Charles Boyer, Gig Young, Robert Coote et Gladys Cooper. (Cela n'a rien à voir avec ce qui précède, mais c'est là, dans ce qui allait devenir le siège des studios de CBS, que j'ai rencontré Dick Powell et June Allyson et que j'ai appris que c'était Powell qui avait changé les opinions politiques de Ronald Reagan, à l'époque fervent démocrate. Passons.)

Ben, qui est décédé en 1984, était un homme remarquable. C'était non seulement un excellent romancier et scénariste, mais aussi un producteur de télévision hors pair, un formidable conteur, un joueur de gin-rami et un peintre renommé. Ses huiles étaient très prisées et se sont vendues dans les galeries à des prix exorbitants. Comme tout le monde, j'ai ardemment convoité une de ses premières œuvres... sans toutefois avoir les moyens de me l'offrir. Chaque fois, néanmoins, que je le rencontrais au restaurant du studio ou à une projection, je gémissais, en prenant un air abattu. Un jour, vers 1972, alors que Ben, Ivan et moi travaillions à la Paramount, Ben eut pitié de moi et me céda une petite huile sur toile pour un prix insignifiant.

Il le fit à la condition, dit-il, « qu'un jour tu me rendes à ton tour service ». J'acceptai le marché.

Ben se rappela à mon bon souvenir cinq ans plus tard, en 1977, année pendant laquelle j'étais redevenu un écrivain « à la mode ». Ivan et lui étaient censés produire la série télévisée *L'Âge de cristal* dans les studios de la Metro Goldwyn Mayer, mais les scripts étaient d'une telle médiocrité que la chaîne avait fini par leur demander de se débrouiller pour trouver une autre « griffe ». C'est alors que Ben me contacta en me rappelant ma dette.

Le 25 février, Ben et Ivan me firent visionner le numéro pilote ainsi que le premier montage des épisodes en m'expliquant que s'ils voulaient obtenir de bons indices d'audience, il fallait absolument que la série soit signée par moi. J'élaborai une séquence intitulée « La Crypte » que je leur remis le 1er avril, puis une nouvelle version le 13 avril qui tenait compte à la fois des observations de Ben et des modifications du casting. Le jour même, je me rendis sur le plateau pour discuter avec les stars de la série. Puis, Ben et moi allâmes déjeuner au restaurant de la MGM, le Lion's Den (qui jouxte le bar The Cub Room). Tandis que nous discutions de choses et d'autres, John Mantley s'est approché de notre table.

John avait été, pendant de longues années, le producteur de *Gunsmoke* et travaillait à l'époque sur une nouvelle série de James Arness à la Metro. Il y avait des années que je ne l'avais vu. Nous nous sommes donc salués avec effusion (je tiens à préciser que Mantley est l'un de ces rares et authentiques Grands Hommes, respecté pour sa délicatesse et sa déontologie sans faille, qui le caractérisent encore aujourd'hui — fait étonnant pour quelqu'un qui a passé près de cinquante ans de sa vie dans le monde du cinéma et de la télévision). John me demanda si j'avais un moment à lui consacrer pour parler d'un de ses projets. J'acquiesçai.

Lorsque Ben fut reparti travailler, je me frayai un chemin jusqu'à la table de John Mantley. Sans détour, il me demanda :

— Est-ce que tu connais *Les Robots*, d'Isaac Asimov ?

— Bien sûr. Isaac est un de mes vieux amis.

— Sais-tu que cela fait vingt ans que j'ai une option cinéma sur ce livre ?

— Non, je n'étais pas au courant, répondis-je.

— Pourtant, c'est vrai. J'ai passé vingt ans à renouveler l'option en attendant que le film se fasse. Le seul problème, c'est que personne n'a été en mesure d'écrire un script valable à partir des différentes nouvelles des *Robots*.

— Je parie que ceux qui s'y sont essayés ont voulu en faire un film à sketches, avec plusieurs réalisateurs, comme *Au Cœur de la nuit* ou *Quartet* ? Je me trompe ?

John sourit et en convint.

— Visiblement, tu ne penses pas que ce soit le bon choix ? me demanda-t-il d'un ton sibyllin.

J'entrepris alors de lui expliquer comment, selon moi, on pouvait bâtir un script à partir de ces histoires apparemment disparates. Il me semble que John fut séduit non seulement par le fait que je connaissais très bien le livre d'Asimov, mais, plus encore, parce que j'avais ma petite idée sur les raisons pour lesquelles aucun scénario valable n'avait, jusque-là, vu le jour. Il fut aussi séduit, je pense, par la manière dont je lui expliquai comment, à mon avis, on pouvait élaborer un scénario solide. Il me confia que la Warner Bros avait passé un accord avec lui pour tourner *Les Robots* et que le producteur qui en avait parlé aux studios n'était autre qu'Edward Lewis. Je le connaissais de nom puisqu'il compte à son actif des films tels que *Spartacus* et *Missing*. (Mais j'avais également entendu des choses assez contradictoires à son sujet. D'un côté, on disait qu'il était sans scrupules et qu'il n'hésitait pas à laisser tomber un associé quand les choses ne marchaient pas comme prévu. D'un autre côté, on disait que c'était grâce à lui qu'on avait rompu, à Hollywood, avec l'ignoble pratique de la Liste Noire, depuis qu'il avait fait engager Dalton Trumbo pour le script de *Spartacus*. Il avait insisté pour que le nom de Trumbo, et non un pseudonyme, figure au générique du film.)

Je rencontrai Lewis, et le courant passa immédiatement entre nous. Il m'engagea pour adapter *Les Robots*. De décembre 1977 à décembre 1978, je travaillai presque exclusivement sur le manuscrit. J'étais littéralement happé par le projet. J'avais les encouragements d'Eddie Lewis et je travaillais comme un forcené nuit et jour. C'était le travail de ma vie. Je corrigeai par deux fois mon texte afin de tenir compte d'une précision scientifique apportée par Isaac au sujet d'une des scènes du scénario (mais qui, d'après les renseignements fournis ultérieurement par les satellites, s'est en fait révélée erronée) et de plusieurs suggestions d'Eddie Lewis. Je l'envoyai à la Ronéo d'Hollywood qui en fit dix copies, les relia sous couverture argentée, puis les adressa à la Warner Bros, à l'attention de Bob Shapiro.

A l'époque, tout le monde pensait que ce serait du gâteau.

Pour bien comprendre ce qui s'est passé, il est nécessaire de préciser deux choses : d'abord, *La Guerre des étoiles,* avec ses effets spéciaux révolutionnaires, était sortie sur les écrans. On pouvait donc, techniquement, réaliser *I, Robot* puisque la technologie était désormais disponible et nettement abordable en termes de coûts de production. Mais, comme l'écrivait Jules Renard dans son *Journal,* le 28 janvier 1910 : « La littérature est un métier où il faut sans cesse recommencer la preuve qu'on a du talent pour des gens qui n'en ont aucun. »

Cet abruti qui dirigeait la Warner reçut donc le manuscrit. Commença alors pour nous une longue attente. Des semaines passèrent, sans que l'on sache ce qu'il pensait du scénario. Je décidai donc d'obtenir un rendez-vous avec lui. Pendant l'entretien, durant lequel il se contenta de marmonner des nébulosités vides de sens, je me rendis compte qu'*il n'avait jamais pris la peine de lire le script*.

« Ce n'est pas possible ! » me dis-je, horrifié. Est-ce que vous comprenez ce qui était en train de se passer ? J'avais devant moi le directeur de la production de l'une des plus grandes usines cinématographiques du monde; un homme qui me parlait froidement d'un budget qu'il évaluait entre dix-sept et vingt millions de dollars et envisageait de mettre sur pied une production internationale qui mobiliserait la Warner pendant au moins deux ans, employant des milliers et des milliers de personnes, et donnerait vie à un travail qui avait pris une année de mon existence et de mon talent mais qui, après vingt ans d'infructueuses tentatives, permettrait aussi à des publics avides de contempler le cycle positronique des robots d'Asimov... J'avais devant moi, disais-je, un homme qui se permettait des suggestions imbéciles uniquement parce qu'il se ralliait, en réalité, au point de vue de l'illustre inconnu qu'il était allé pêcher dans ses services pour lire le scénario à sa place. « C'est impossible, pensai-je, je suis en plein cauchemar ! »

J'entrepris alors de vérifier ce que je redoutais. Je commençai par lui poser des questions précises sur des passages cruciaux de l'intrigue. Ses réponses étaient trop vagues pour être honnêtes. J'étais presque certain de l'avoir démasqué, mais, pour en être absolument sûr, je lui demandai ce qu'il avait pensé de X ou de Y dans cette scène « primordiale »... qui ne figurait pas dans le scénario. Il me dit qu'il avait admiré cette partie et la trouvait très bien amenée.

Je fus alors convaincu qu'il mentait.

— Vous n'avez même pas pris la peine de lire le scénario, dis-je.

— Comment ça, je n'ai pas lu le scénario ? fit-il.

— Vous n'avez pas lu un traître mot de ce scénario ! J'ai passé un an à l'écrire et vous, vous êtes prêt à engager le studio dans un des plus grands projets qu'il ait jamais entrepris sans même avoir pris la peine de le lire vous-même ! Vous êtes non seulement créativement irresponsable, mais en plus, vous êtes financièrement sur un terrain savonneux. Vous avez la cervelle d'un artichaut, ma parole !

Bref, ça s'était très mal passé ! Vous comprenez, personne n'avait jamais osé parler ainsi au grand et vénérable Vizir. Jamais ! Je le quittai en le prévenant qu'il avait vingt-quatre heures, pas une de plus, pour lire le scénario, l'annoter de sa main de façon que je sois sûr qu'il n'avait pas refilé le boulot à un autre clampin et pour nous remettre, à moi et à Edward Lewis, ses suggestions. Je rentrai ensuite chez moi, en proie à une colère noire.

J'appelai immédiatement Eddie pour lui raconter le carnage, mais l'autre patate du studio lui avait déjà téléphoné ! Je demandai à Eddie en trépignant ce qu'il avait bien pu lui raconter. Quelle ne fut ma surprise ! Eddie était tout content. Figurez-vous que celui que j'avais menacé et insulté quelques minutes plus tôt avait fait l'éloge de ma sincérité et de mon professionnalisme. Il s'était même félicité que je souhaite travailler si étroitement avec le studio ! D'après Shapiro, nous avions eu « un entretien fructueux » et nous nous étions parfaitement compris... Je m'assis, perplexe. Était-ce bien *lui* que j'avais rencontré ? Ou avais-je rencontré un autre ponte, ailleurs ? Je ne savais plus.

Inutile de dire que nous n'avons jamais reçu aucune suggestion de sa part, ni de qui que ce soit d'autre. Ce rendez-vous avait eu lieu le 25 octobre 1978. Le 31 du même mois, je commençai à retravailler. Et en janvier 1979, j'étais évincé du projet.

La Warner passa ensuite deux ans à le faire récrire par d'autres scénaristes, dont un ultra-coté. Il s'ensuivit au moins trois versions différentes qui furent disséminées un peu partout à Hollywood, en quête d'un réalisateur qui accepterait de tourner le film. J'étais régulièrement informé de toutes les tractations. Selon mes informateurs, les scripts ne séduisaient apparemment personne et aucun réalisateur de renom n'accepta l'offre. Quant à l'autre idiot du studio, il déclara — par écrit, en prime — à un journaliste de *Vanity* soucieux de comprendre pourquoi on m'avait écarté alors que tout le monde, par ailleurs, s'accordait à trouver mon scénario admirable : « Le studio coulera s'il le faut mais je ne rengagerai pas Ellison ! On ne me traite pas impunément de cervelle d'artichaut ! »

J'avais eu la nette impression que seul un légume peut admettre publiquement avoir été traité de la sorte. Mon impression était donc la bonne !

Puis, au mois de juin 1980, la Warner contacta Irvin Kershner, qui venait juste d'achever le tournage de *L'Empire contre-attaque*, film qui lui avait valu des critiques dithyrambiques. Il était au courant du projet concernant *Les Robots* et s'était dit intéressé. Malheureusement, quand on lui remit la dernière version du scénario, il refusa tout net. Il demanda néanmoins :

« N'y avait-il pas un scénario de Harlan Ellison là-dessus ? » Ils bafouillèrent, gênés.

« Existe-t-il un scénario d'Ellison, oui ou non ? » insista Kershner. Ils durent convenir que, bien que moribond, mon scénario existait bel et bien.

« Je veux lire sa version », dit Kershner. Ils la lui donnèrent et, après l'avoir lue, il déclara :

« Je ferai ce film, mais à une seule condition : que ce soit Ellison qui le récrive. »

Bob Shapiro grinça des dents. Il était piégé. Il accepta que Kersh me prenne dans son équipe à condition que le réalisateur s'engage, par contrat, à tourner *I, Robot*. Jusque-là, tout allait bien.

Kersh vint me voir à Londres où je m'étais installé pour écrire un livre. On étudia ensemble la manière dont il souhaitait que le scénario soit revu. J'appréciai la pertinence de ses suggestions. Ils avaient amputé le budget, mais l'histoire et l'idée générale étaient intactes. Jusque-là, encore, tout allait bien.

On était en juin 1980. Kersh signa le contrat... et le légume du studio lui demanda de trouver quelqu'un d'autre que moi pour récrire le scénario.

— Le deal était que j'accepte de tourner à condition qu'Ellison bosse avec moi, s'insurgea Kershner.

— Pas question, répondit le vertueux professionnel. Je fermerai ce studio plutôt que de rengager Ellison ! On ne me traite pas impunément de cervelle d'artichaut !

Kersh m'appela. Il était piégé par le contrat qu'il avait signé et, en plus, ils nous avaient doublés tous les deux. Je n'étais pas surpris. Mais je révisai tout de même mon jugement sur Shapiro : en fait de cervelle d'artichaut, il avait plutôt la capacité intellectuelle d'un pois chiche.

Alors, rien ne se produisit. Kersh se débrouilla pour ne plus faire partie du deal, et la Warner engagea un réalisateur russe qui avait connu quelque succès auprès des critiques pour un petit film qu'il avait tourné. Il élabora une quatrième adaptation du roman, avec un type rencontré à l'université Columbia. Un des pontes de la production me confia que c'était « le script le plus mauvais et le plus débile (qu'il eût) jamais lu ». Le scénario tomba dans l'oubli et fut remisé sur une étagère avec des dizaines de milliers d'autres scénarios, certains vieux de plusieurs décennies, qui n'avaient jamais vu le jour pour des raisons n'ayant probablement rien à voir avec leur valeur artistique ou cinématographique. Eddie Lewis abandonna le projet; la Warner avait englouti des milliers de dollars dans l'affaire et le studio perdit les droits sur les nouvelles d'Isaac Asimov, droits sans lesquels le film ne pouvait être produit. Des plaintes furent déposées par les acteurs de la première heure. Et on oublia *I, Robot*.

En 1985, Gary Kurtz, le producteur de *La Guerre des étoiles* et de *Dark Crystal*, contacta la Warner pour relancer le projet. Il vint même plusieurs fois me voir et j'eus l'impression, là encore, que ça allait marcher. Mais les sommes énormes déjà dépensées pour le script ainsi que les démêlés judiciaires en cours refroidirent Gary qui, finalement, renonça à faire le film.

C'est triste, mais *I, Robot* reste un grand film épique qui n'a jamais été réalisé. Nous avions le cœur brisé.

C'est parce que ce scénario raconte l'histoire de Susan Calvin que j'ai pensé à Joanne Woodward pour le rôle. Je me suis aussi inspiré de George C. Scott pour le personnage du révérend Soldash, de Keenan Wynn pour Donovan, d'Ernie Borgnine pour Powell et de Martin Sheen pour Robert Bratenahl. Vous pourrez, ainsi, vous les représenter visuellement au fil des pages. Cela dit, vous pouvez également les remplacer par vos stars préférées des années 90, mais attention : si vous suggérez Madonna ou Garth Brooks, je vais devenir méchant !

Le problème, aujourd'hui, à Hollywood, c'est qu'il y a une surinflation d'écrivains gavés de télévision et pas assez de littérature. Ils ont tellement grandi dans l'univers de *L'Extravagante Lucie* que lorsqu'ils s'essaient au théâtre ils finissent par avoir recours aux grossières ficelles des sitcoms. Les films de Spielberg et de Lucas sont des hommages aux feuilletons télévisés du samedi matin, des produits « pop » qui amusent les enfants, mais certainement pas des œuvres majeures. Quand j'ai commencé à adapter les histoires d'Isaac et que j'ai été confronté à la difficulté de les harmoniser, certaines n'ayant en effet qu'un très vague rapport entre elles, j'ai réalisé que la solution n'était pas de mettre l'accent sur les robots mais sur la vie de Susan Calvin, comme femme et être humain. J'ai alors décidé de faire de l'Art avec un grand A. *I, Robot* est conçu comme un hommage à *Citizen Kane*, dont on peut dire, à juste titre, que c'est le meilleur film jamais réalisé. En entreprenant cette tâche, j'espérais parvenir à créer un film achevé qui immortaliserait ma relation avec Isaac, qui satisferait les goûts disparates des studios et des producteurs tout en respectant ma propre créativité et l'attirance première d'Isaac envers ce genre de sujet. En fait, je souhaitais construire quelque chose qui ne serait pas une simple compilation d'histoires vieilles de cinquante ans, mais qui ferait écho aux souvenirs de ceux qui les avaient appréciées.

Il me reste un tout petit espoir de voir ce film aboutir un jour. Et cet espoir, c'est vous. Car, maintenant que vous avez acheté le livre... vous pouvez sauver le film.

Suite aux éloges suscités par la publication du scénario dans *Le Magazine*, je me félicitai, finalement, que mon texte n'ait pas été filmé mais qu'il ait été publié comme extrait de mon œuvre. Il me permet également de rêver à une filiation directe avec mon ami Isaac. Dix ans s'étaient écoulés depuis que j'avais achevé le scénario, des douzaines de films de science-fiction médiocres avaient été réalisés, avec des budgets cent fois supérieurs à celui originellement prévu pour *I, Robot*. Le film était matériellement faisable, mais les problèmes annexes semblaient insurmontables.

Bob Shapiro a quitté la Warner. Ainsi que la plupart de ceux qui n'ont ni talent ni finesse, mais une sorte de ruse animale qui leur permet de profiter des systèmes ineptes qu'ils ont auparavant dénoncés... L'artichaut-fait-homme a été gratifié du titre de producteur indépendant. (Sa plus grande fierté est d'être, et c'est plus significatif que tout ce que je pourrais dire sur sa carrière, le cerveau qui a pondu *Pee-Wee's Big Adventure*, film méritoire, certes, puisqu'il nous a fait connaître Tim Burton, mais qui n'est pas à proprement parler inoubliable. Il envisage, à l'heure actuelle, de reprendre au cinéma — prouvant ainsi sa perspicacité pour tout ce qui a trait à l'art — la vieille série télévisée de Richard Boone *Have Gun, Will Travel*.)

Oui, m'dame, exactement ce qu'il nous fallait en ces temps où nous sommes bombardés de versions grand écran de *Maverick*, de *Denis la Malice*, des *Beverly Hill-Billies*, de *La Famille Pierrafeu* et autres... (Pouh ! C'est pas chouette, ça, que Bob soit parti en oubliant d'emporter ce qu'il nous fallait pour repêcher *I, Robot* ?)

Il y a une femme qui a joué un grand rôle dans l'histoire de ce scénario, une femme qui occupait un poste important au studio. C'est elle qui a senti le potentiel cinématographique du texte et qui a conseillé à Shapiro de le produire. Cette femme est maintenant une personne très influente au sein de la production chez Warner. Elle s'appelle Lucy Fisher et c'est grâce à elle que ce livre a pu voir le jour : elle a donné son feu vert pour sa publication.

Il n'y a plus de procédures judiciaires, aujourd'hui. Le 3 juillet 1991, trois juges de la Cour d'appel de Californie ont invalidé le jugement rendu en 1989 par la Haute Cour de Los Angeles contre la Warner Bros et ont octroyé 1,46 million de dollars en dommages et intérêts à John Mantley pour son éviction abusive du projet.

Le problème est que cette somme s'ajoute au coût total du film. La Warner a perdu les droits sur les histoires d'Asimov mais est restée propriétaire du scénario. A moins d'un enthousiasme déferlant en faveur de la réalisation de ce film... il risque bien de rester à jamais à l'état de projet...

Alors, écrivez à Lucy Fisher, Studios de la Warner Bros, Burbank, en Californie. Dites-lui que vous avez lu le livre. (C'est d'ailleurs la raison pour laquelle nous l'avons publié. Pour que le film puisse être réalisé. Et aussi pour révéler l'immense talent de Mark Zug, deux tâches, somme toute, très honorables.)

Je ne dirai même pas « s'il vous plaît ». Quand vous lirez ce livre, laissez votre imagination projeter le film sur vos rétines. Après, réfléchissez à l'expérience cinématographique que cela constituerait. (Avec ou sans pop-corn.)

C'est le film qu'Isaac adorait. Je sais que je ne serai jamais vraiment assis à côté de lui pour le voir. Sauf dans ce rêve qui m'obsède. Mais si ce film se fait un jour, une œuvre d'Isaac pourra alors continuer d'exister, une œuvre nommée Susan Calvin.

Voici, pour vous, la vie de « Citizen Calvin », fruit d'une merveilleuse année de travail passée avec mon ami Isaac, celui qui rêva, avant tout autre, d'hommes de métal et d'une femme remarquable.

Ce livre est pour toi, Isaac.

I, ROBOT

FONDU OUVERT

1 ÉCRAN NOIR

Un bip-bip aigu retentit avec insistance. Le son n'est pas assez strident pour être gênant, mais il est clair qu'il a pour objectif de retenir l'attention. Le bip-bip se poursuit pendant plusieurs secondes, puis, au centre de l'image, rédigée dans un des langages informatiques usuels (ALGOL, FORTRAN, COBOL, ou, plus probablement, BASIC), une ligne s'affiche, en vert fluorescent :

ALERTE : INTERRUPTION OBLIGATOIRE DE TOUTES LES SAISIES

Elle clignote au rythme des bips-bips, en caractères gros pour être aisément lisibles. Puis, au-dessous, une autre ligne apparaît :

PRIORITAIRE, INFORMATION EN TRANSMISSION

On se rend alors compte que l'on a devant soi l'écran d'un terminal d'ordinateur. Cette ligne clignote également en caractères verts, en alternance avec la première. Les deux lignes s'effacent pour céder la place à une nouvelle inscription :

LES TROIS LOIS DE LA ROBOTIQUE

Cette dernière reste affichée quelques secondes. On entend toujours les bips-bips. Tout s'efface, puis on peut lire :

1 — UN ROBOT NE PEUT PORTER ATTEINTE À UN ÊTRE HUMAIN NI, PAR SON INACTION, PERMETTRE QU'UN ÊTRE HUMAIN SOIT BLESSÉ.

La Première Loi reste quelques secondes à l'écran, tandis qu'on distingue, à l'arrière-plan, un vague bruit d'eau. L'image est progressivement baignée d'une lumière douce, comme si le jour se levait au loin. La Première Loi est toujours lisible. Elle s'évanouit tandis que se détache sur l'écran :

2 — UN ROBOT DOIT COOPÉRER AVEC LES ÊTRES HUMAINS, SAUF SI UNE TELLE COOPÉRATION EST EN CONTRADICTION AVEC LA PREMIÈRE LOI.

Plan sur la Deuxième Loi tandis que le glouglou de l'eau s'amplifie et que la lumière pénètre davantage dans le champ. L'image est maintenant plus contrastée ; on a l'impression de lire au travers d'une pellicule d'eau. La Deuxième Loi s'efface et la Troisième crépite en s'affichant :

3 — UN ROBOT DOIT PROTÉGER SON EXISTENCE, SI CETTE PROTECTION N'EST PAS EN CONTRADICTION AVEC LA PREMIÈRE LOI.

Plan net sur la Troisième Loi, en caractères verts lumineux, tandis que la lumière s'infiltre à l'arrière-plan et que de grosses bulles d'eau montent du bas de l'image. Lent travelling arrière. La Troisième Loi disparaît et une dernière ligne s'inscrit, en énormes caractères rouges et clignotants :

TELLES SONT LES TROIS LOIS DE LA ROBOTIQUE. ELLES NE PEUVENT ÊTRE VIOLÉES.

Travelling arrière sur cette dernière information. On s'aperçoit alors que tout ce qu'on a vu précédemment s'inscrivait dans la cuve de fluide magnétique ultramoderne d'un « système de mémoire liquide », un de ces nouveaux ordinateurs de pointe qui utilisent des fluides magnétiques au lieu de circuits imprimés pour stocker des données. C'est un bloc énorme, et effrayant par sa complexité. Rétro-éclairé, l'ensemble est grouillant de vie, comme en attestent les signaux sur les terminaux et le poste de contrôle. Le cœur du bloc gît dans cette intelligence liquide qu'on voit au travers d'une grande colonne translucide de fluide bouillonnant. Plan sur le fluide et les bulles qui en émanent.

FONDU ENCHAÎNÉ SUR...

2 ... UNE TOMBE SUR ALDÉBARAN-C XII, SOUS LA PLUIE (PLAN CHROMO)

Fondu sur la pluie grise et oblique qui tombe. A l'évidence, nous sommes sur une autre planète, en l'occurrence la douzième planète du troisième système solaire de la triple étoile Aldébaran. Un groupe de personnes, certaines humaines, d'autres extraterrestres, sont massées autour d'un tombeau assez étrange. Elles sont solarisées (couleur vive et fluorescente). La voix de ROBERT BRATENAHL retentit :

BRATENAHL
(hors champ)

En ce jour de deuil, même les trois soleils d'Aldébaran-C XII semblent avoir disparu.

(un temps)

Une pluie chagrine assiste aux funérailles de Stephen Byerley, premier président de la Fédération galactique.

(un temps)

Ici Robert Bratenahl, en direct des funérailles, pour le magazine *Cosmos*.

Travelling avant sur la tombe pendant que Bratenahl poursuit. La caméra s'écarte légèrement de ce plan bleuté, révélant une image en réalité projetée sur l'écran d'une sorte de minicam. On passe ensuite à un plan subjectif.

3 TOMBEAU — PLAN DEMI-GÉNÉRAL

Travelling sur la tombe, un puits d'environ un mètre de diamètre d'où dépasse une colonne de métal étincelante. A son extrémité est enchâssée une bouteille d'une forme magnifique ; à l'intérieur, on voit flotter un petit nuage brumeux qui étincelle de feux colorés. On se rapproche lentement d'une douzaine de silhouettes, certaines à l'aspect bizarre, mais tout de même humanoïdes, et d'autres tout à fait humaines.

CUT/

4 AUTRE ANGLE — BRATENAHL DANS LE CHAMP

Le service du protocole tient le journaliste à l'écart des intimes recueillis. Bratenahl est grand, élégant, la trentaine. Il y a quelque chose d'assez délicat, de presque enfantin, chez lui, un peu comme James Stewart quand il était jeune. Il est accoutré d'une sorte de harnais. Sur son épaule, on discerne un appareil ultramoderne, visiblement une caméra, et des périphériques de transmission grâce auxquels on vient de voir la scène solarisée. L'écran, porté en visière, a été relevé sur le front, mais la minicam fixée à son épaule continue de filmer pendant qu'il marche sous la pluie. On l'entend toujours commenter les images.

BRATENAHL
(off)

Plus tôt ce matin, au cours d'une cérémonie privée qui s'est tenue à l'aube, la dépouille du président Byerley a été atomisée, respectant ainsi ses dernières volontés. La bouteille que vous apercevez sur la colonne funéraire contient un extrait d'essence scintillée provenant de la chambre aux étoiles où l'atomisation a eu lieu.

5 PLAN RAPPROCHÉ SUR LA TOMBE — TRAVELLING AVANT...

... sous la pluie oblique tandis que dans le champ apparaît une vieille femme, blottie entre deux hommes jeunes, bâtis comme des armoires à glace. Au début, on ne distingue pas son visage sous la capuche. Chacun des deux hommes, ainsi que plusieurs personnes massées autour de la tombe, tient en l'air une fine tige en argent. Bien qu'elles ne soient reliées à rien, les tiges empêchent la pluie de tomber en créant un champ de force invisible. On devine qu'elles ont d'autres fonctions plus importantes, mais elles servent ici à abriter la vieille femme. Travelling avant. Bratenahl poursuit :

BRATENAHL
(off)

Ceux qui sont massés autour de cette colonne sont les légendes vivantes de notre temps, ces quelques personnes que Stephen Byerley considérait comme ses amis les plus proches. Le président Bramhall de la constellation d'Orion; Dion Fabry de la constellation de Persée; Karl Hawkstein de la constellation du Triangle...

HAWKSTEIN

(un temps)

Bon sang de bonsoir...!

(il se reprend)

Central! Coupe-moi ça!

(un temps)

Lance-moi une recherche sur le dossier Calvin, C comme Charly, prénom Susan. Robopsychologue.

On se rapproche de la vieille femme, abritée par les deux hommes alors que la pluie tombe dru autour du dôme formé par les tiges de métal. C'est la première fois que l'on voit le visage de SUSAN CALVIN. Elle a quatre-vingt-deux ans, mais les injections anti-âge qu'on lui a faites lui donnent l'air d'avoir la soixantaine bien portante. C'est une femme de petite taille dont le visage exprime une force imposante. Une force toute en tension qui évoque l'endurance, la survie dans un monde imparfait. Sa bouche est fine, sa peau pâle. Il y a de la grâce et de l'intelligence dans ses traits. Et pourtant, elle n'est pas belle. Elle ne fait pas partie de celles dont on peut dire, quand elles vieillissent : « Elle a dû être belle quand elle était jeune. » Susan Calvin a toujours eu un physique banal. Mais elle a également toujours eu une forte personnalité.

CUT/

6 IMAGE MINICAM — SUSAN CALVIN

Quand elle était plus jeune. Effectivement, même alors, elle n'était pas jolie. Mais la force est là. L'image, émise par Central il y a de nombreuses années, dans une autre constellation, occupe peu à peu le champ.

BRATENAHL
(off)
(il jubile)
J'avais raison ! C'est elle ! C'est Calvin !
(un temps)
Central ! Envoie-moi tout ce que tu peux trouver sur Susan Calvin.
(un temps)
Et fais-moi un recoupement Calvin et Byerley. Ensemble.

L'image se dissout en scintillant et des mots vert fluorescent s'inscrivent sur plusieurs lignes qui défilent sur fond noir. (Le texte intégral sera fourni à la production.)

BRATENAHL
(off)
Née en 1994, ancien calendrier terrestre. Père : Edward Winslow Calvin, cadre à l'U.S.

Robots Corp., décédé en 2004. Mère : Stephanie Ordway Calvin, morte en couches...

CUT/

7 LE TOMBEAU — BRAMHALL...

... prononce une oraison funèbre. BRAMHALL a dans les soixante-dix ans. Il est grand, allure distinguée. Il porte la toge austère traditionnelle des habitants de sa galaxie. Les vingt-quatre doigts de ses trois paires de bras sont croisés sur son ventre.

PRÉSIDENT BRAMHALL

(d'une voix douce)

D'autres l'ont dit avant moi : la vie n'est qu'une gesticulation bruyante entre deux silences.

(un temps)

Stephen Byerley a passé quasiment un demi-siècle, quarante années de l'ancien calendrier terrestre, à apaiser cette gesticulation. Il a ainsi rendu la vie plus douce pour les mille races des mille mondes.

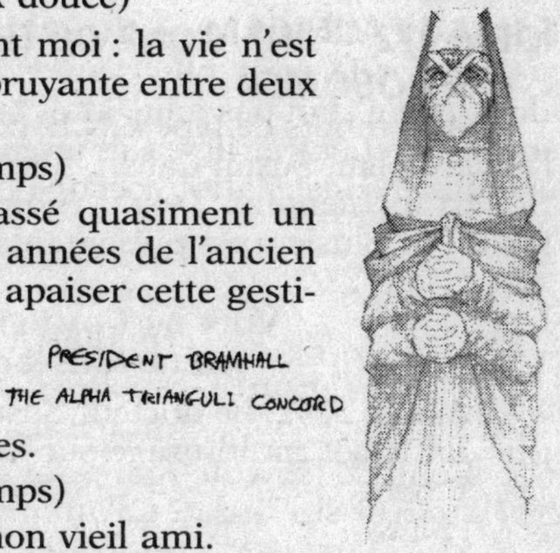

(un temps)

Au revoir, Stephen, mon vieil ami.

CUT/ RETOUR SUR...

8 IDEM 6 — ÉCRAN MINICAM

On voit défiler une série d'images d'archives (certaines en noir et blanc, d'autres en monochromie, en quadrichromie et en conversion graphique) que le COMMUNICAST CENTRAL identifie succinctement, off :

IDEM 48 — SALLE DE MONTAGE, U.S. ROBOMEK

Plan sur la coursive circulaire dans la salle de montage des robots où Susan, vingt et un ans, et ALFRED

Lanning, entourés d'une demi-douzaine de responsables de l'U.S. Robots, sourient et se serrent la main en désignant la chaîne de montage, très bruyante, où des robots assemblent d'autres robots.

Voix du Communicast
(aseptisée)

A vingt et un ans, Susan Calvin entre chez U.S. Robots et Hommes Mécaniques, comme première robopsychologue. Année : 2015 *(qu'on prononce vingt-quinze).*

IDEM 272 — INT. ZONE DE TESTS 9, U.S. ROBOMEK

Quatre robots de type L.N.E. coupent des diamants à l'arrière-plan. Susan Calvin, Alfred Lanning et Norman Bogert présentent Lenny (nom tiré de l'acronyme L.N.E.) à plusieurs représentants des médias.

Voix du Communicast
(aseptisée)

Année 2032. Le docteur Susan Calvin conçoit un robot multi-usage sur la base du modèle L.N.E.

IDEM 216 — INT. COMPLEXE INFORMATIQUE CENTRAL-TERRE

Caméra plongeante dans un puits, jusqu'à un haut tunnel tapissé de terminaux informatiques multiface, au design ultra-sophistiqué. Des lumières clignotent sur tous les ordinateurs. Plan fixe sur un groupe de cadres du Central-Terre qui accompagnent Stephen Byerley et plusieurs autres personnalités. Travelling avant sur le groupe jusqu'à Susan Calvin, en plan serré, cachée au milieu d'eux. Son visage est auréolé d'un cercle rouge fluorescent.

VOIX DU COMMUNICAST
(aseptisée)

Année 2036. Stephen Byerley, étoile montante de la politique, visite le complexe informatique Central-Terre.

(un temps)

D'après les recherches du Central, c'est la première apparition publique de Byerley et de Calvin... bien qu'on ne l'ait pas précisé à l'époque.

CUT/

9 CAMÉRA PLONGEANTE — LE TOMBEAU

DION FABRY, de la constellation de Persée, s'avance. Il porte une cape rouge sang qui l'enveloppe totalement, avec un grand col rigide. On voit à peine ses traits. Arrivé près de la colonne, il rejette en arrière les pans de sa cape, découvrant des bras longs et effilés comme des pattes d'insecte, aux extrémités feuillues. Il touche la colonne et, lorsqu'il parle, c'est d'une voix étrange et grave, surprenante pour une créature mi-humaine, mi-végétale.

DION FABRY
(tristement)

Il a sauvé mon univers et ma race. Quels mots d'amour et de tristesse adresser au réceptacle de son essence qui ne lui aient pas déjà été dits de son vivant ?

(un temps)

Que Dieu te protège du mal dans le néant que tu traverses, Stephen !

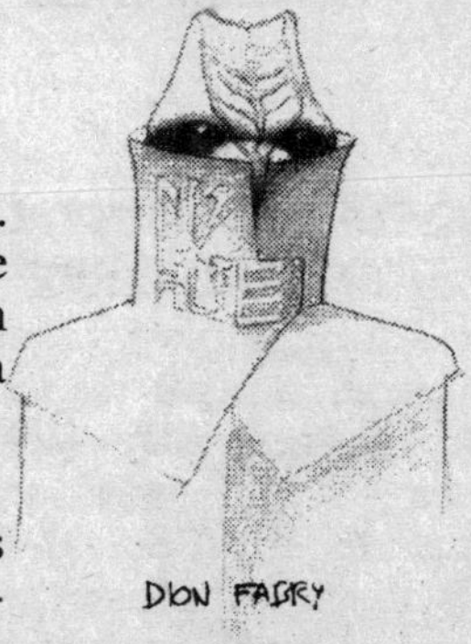

CUT/

10 SERRÉ SUR BRATENAHL — IL PARLE À SA MINICAM

BRATENAHL
(excédé)

Débranché ou pas, j'm'en fous ! Transmets-lui ça en prioritaire. Mais oui, bon sang ! Je suis toujours en train de filmer !

Le visage d'un homme à demi endormi, avec une tête de bouledogue, se dessine peu à peu sur la minicam. Il s'agit de ROWE, le rédacteur en chef du magazine *Cosmos*.

ROWE
(furieux)

T'es détraqué ou quoi ? Tu sais quelle heure il est ici ?
(il plisse les yeux)
Qui c'est ça, Bratenahl, sur l'écran ? Mais qu'est-ce qui se passe là-bas ?

BRATENAHL

C'est Susan Calvin ! Elle est ici ! Aux funérailles de Byerley !

ROWE
(abasourdi)

Bon sang, c'est pas vrai ! J'espère que t'as réussi à la filmer ?

BRATENAHL

Bien sûr !

ROWE
(il jubile)

Nom de Dieu ! Elle a fini par revenir ! Et en plus pour les funérailles de Byerley ! J'ai toujours pensé qu'il y avait du vrai dans la rumeur qui circulait sur eux deux !

(un temps)

Débrouille-toi pour l'interviewer.

BRATENAHL

Hé ! Minute, Rowe ! Il y a plus de vingt ans qu'elle a disparu de la circulation, alors une interview... C'est top sécurité ici ! Ils pourraient me retirer ma matrice et m'interdire de me déplacer si je m'approche trop d'elle.

ROWE

Bratenahl, si tu passes à côté de ça, c'est moi qui vais te retirer ta matrice. Je te jure que tu seras coincé ici tellement longtemps que tu pourras servir d'épouvantail.

BRATENAHL
(anxieux)

Cosmos me couvrira si j'y vais ?

ROWE

Totalement.

BRATENAHL

Officiellement ?

ROWE

Oui.

(un temps)

Si tu te fais choper, il faudra que je voie le comité de publication pour te sortir de là... mais je le ferai. Tu as ma parole.

Bratenahl

Ta parole? Je ne crois pas qu'on parle la même langue, Rowe. Tu parles pas, tu siffles... Pire qu'un serpent!

CUT/

11 AUTRE ANGLE DU TOMBEAU — PLAN MOYEN

La colonne funéraire descend lentement dans la terre, devant les invités recueillis. L'un d'eux s'avance, un obturateur laser à la main. Il le pointe vers le sol. De grosses bulles jaunes se forment puis se solidifient en formant une chape de verre. Le tombeau n'est plus qu'une surface circulaire lisse et brillante sur laquelle la pluie clapote en tombant.

Les amis de Byerley se dispersent lentement. Susan Calvin et ses deux gardes du corps avancent vers la caméra tandis que Bratenahl, qui filme toujours, entre dans le champ et marche à leur rencontre.

12 GROS PLAN — SUSAN CALVIN

Elle a retiré sa capuche et fixe la caméra ainsi que Bratenahl, hors champ.

13 PLAN AMÉRICAIN — BRATENAHL ET CALVIN

Le journaliste arrive à hauteur du trio.

Bratenahl

Docteur Calvin? Je suis Robert Bratenahl du magazine *Cosmos*. Est-ce que je pourrais...

Calvin, les yeux embués, a un air angoissé et perdu qui la métamorphose terriblement. La caméra recule légèrement sur les deux gardes.

Premier Garde

S'il vous plaît, laissez-nous passer. Il pleut...

DEUXIÈME GARDE

Pas maintenant, monsieur, si vous voulez bien.

BRATENAHL

Si vous pouviez juste m'accorder quelques sec...

PREMIER GARDE
(visiblement irrité)

Il pleut, monsieur. Le docteur Calvin risque de prendre froid.

BRATENAHL
(à Calvin)

Madame, vous avez les larmes aux yeux. Des millions d'entre nous seraient venus rendre un dernier hommage au président Byerley s'ils l'avaient pu. Malheureusement, seuls ceux qui lui étaient très proches y ont été autorisés. Vous êtes là, aujourd'hui, et vous pleurez.

Elle l'observe avec attention, les rides au coin de ses lèvres s'accusent. Ses yeux brillent de colère.

CALVIN
(calmement)

Le Central n'a-t-il pas déjà trouvé la réponse à cette question, monsieur Bratenahl? Comme toute commère qui se respecte?

Elle le contourne en faisant un pas de côté, toujours abritée par les deux gardes qui repoussent le journaliste.

DEUXIÈME GARDE
(à Bratenahl)

Ce que vous venez de faire était tout à fait déplacé, monsieur. Vous n'auriez pu choisir pire moment...

Bratenahl

Choisir ? Je vous signale que c'est sa première apparition publique en vingt ans, selon l'ancien calendrier terrestre, bien entendu. Je suis communicasteur, monsieur. Je ne fais qu'exercer mon métier.

Deuxième Garde

Et le mien est de garantir sa tranquillité. Il y a des lois, à ce sujet, monsieur. Maintenant, laissez-nous passer !

Bratenahl regarde le garde rejoindre Calvin à pas pressés.

14 PLAN LARGE — BRATENAHL EN ACCROCHE

Susan Calvin et ses deux gardes traversent une plaine morne d'où s'élève une pyramide d'environ 2,5 mètres de hauteur, toute en métal, aux parois lisses et réfléchissantes. Une porte s'ouvre en coulissant. Zoom avant sur le premier garde qui pénètre dans les ténèbres de la pyramide.

Il se décompose soudain en un million de particules d'or et d'argent pour n'être bientôt plus qu'une masse d'atomes compacts qui fusent en un rai de lumière. Susan Calvin puis le deuxième garde entrent à leur tour et subissent la même transformation. On zoome très vite, à l'extérieur, sur Bratenahl, dos à la caméra :

Bratenahl

Vos yeux sont pleins de larmes, docteur Calvin.

FONDU SUR...

15 ... UNE LUMIÈRE VIVE QUI EMPLIT L'IMAGE

La caméra recule et on s'aperçoit que cette lumière provient de l'extrémité d'une fibre optique. La scène se passe dans un bloc opératoire, où trois médecins, dont BERNICE JOLO, une femme chirurgien spécialiste des amniocentèses, opérations qui consistent à prélever du liquide amniotique de la poche embryonnaire, s'affairent au-dessus d'une femme enceinte. Ils éclairent la poche à l'aide d'une fibre optique à lumière froide reliée au mécanisme complexe d'un amnioscope.

BERNICE

Améliore la sensibilité, Eunice.

Un des techniciens pianote sur la machine et le fœtus, dans la poche embryonnaire, apparaît sur l'écran de contrôle.

BERNICE

Tu avais raison. Son bras gauche est coincé.
Allez, on y va.

De fines armatures métalliques, avec des petites pinces aux extrémités, émergent de l'amnioscope et pénètrent dans le ventre de la patiente. Les médecins sont penchés sur elle; leurs mouvements sont reproduits sur l'écran de l'appareil.

16 BERNICE — PLAN SERRÉ

Elle manipule les pinces afin de faire pivoter le fœtus tout en gardant les yeux rivés sur l'écran. On élargit le plan.

BERNICE

O.K., c'est bon! On le retourne.

Plan sur l'écran-relais où le fœtus est en train de pivoter. Un temps. La caméra s'élève lentement et le bloc opératoire apparaît dans son ensemble. Là-haut, du côté où se tiennent les chirurgiens, des spectateurs assistent à l'opération dans une salle de survision qui donne sur la salle d'opération grâce à un panneau vitré légèrement incurvé. La caméra s'arrête sur un homme qui observe deux écrans : un sur lequel on voit la rotation du fœtus; un autre, plus petit, attaché à son poignet, sur lequel va apparaître le rédacteur en chef.

17 INT. SALLE DE SURVISION — BRATENAHL EN ACCROCHE

Rowe apparaît sur le mini-écran que le journaliste porte au poignet. A l'arrière-plan, l'image du fœtus.

ROWE

Qu'est-ce que tu fous sur Sigma Draconis 5?

BRATENAHL

J'ai une amie, ici, qui pourrait m'aider à retrouver Susan Calvin.

ROWE

T'as fait une connerie en la laissant partir comme ça.

BRATENAHL

T'as vu comment tout s'est passé, ou pas? Qu'est-ce que tu voulais que je fasse? Que j'attaque ses chaperons et que je lui saute dessus?

ROWE

J'ai confiance en toi, mon garçon. Je sais que tu sauras la retrouver...

(un temps)

Et juste pour te prouver *à quel point* j'ai confiance en toi, j'vais te dire quelque chose. On a pas mal fouillé... et figure-toi que les

Recherches ont dégoté un truc qui pourrait t'intéresser.

(un temps)

Alors, arrête de râler ! Calvin, c'est un sujet en or, t'en auras pas deux comme ça dans ta vie ! Elle a changé la face de la galaxie et puis elle a disparu. On ne sait pratiquement rien sur elle... ni sur ses relations avec Byerley.

(un temps)

Tu sais que tu pourrais gagner le Prix Galactica avec ça...

BRATENAHL

Tu parles ! Ce que je risque de gagner, c'est la taule sur Abraxis, oui !

ROWE

Tu veux savoir ce que les Recherches ont trouvé, oui ou non ?

BRATENAHL

(résigné)

Vas-y. De quoi s'agit-il ?

ROWE

Un extrait des Mémoires d'Alfred Lanning, premier directeur de l'U.S. Robots. Enregistré en 2034, un an avant sa mort. On a dû faire jouer pas mal de relations pour que les Archives nous le refilent, tu sais. Je te le passe sur ton écran. Ah, j'oubliais...

BRATENAHL

Quoi, encore ?

ROWE

Je voudrais que tu te souviennes d'un truc, gamin : si tu obtiens le Prix Galactica, je veux ma part du gâteau.

BRATENAHL

Et si je vais en taule, tu veux la cellule à côté de la mienne ?

Rowe émet un grognement, son image s'efface. L'écran scintille et un texte en lettres vertes apparaît :

ATTENTION :
TRANSMISSION DE DONNÉES

Tout à coup, l'écran-relais de la salle d'opération s'éteint. Bratenahl se penche : Bernice Jolo enlève sa combinaison moulante et ses gants chirurgicaux. Elle se dirige vers la porte de sortie qui s'ouvre à son approche.

BRATENAHL

(à l'ordinateur qu'il porte au poignet)
Tu me passeras les infos plus tard.

Il se lève et sort.

CUT/

18 INT. CHAMBRE D'AMOUR — SOUS LA BRUME

C'est un espace non délimité, baigné d'une brume blanche et diaphane. Un homme et une femme nus — mais habilement dissimulés par la brume — flottent l'un en face de l'autre. Ils s'embrassent et se caressent. C'est une chambre d'amour en apesanteur, dont Bratenahl et Bernice Jolo se servent aujourd'hui comme lieu de rendez-vous. Plan serré sur eux.

BERNICE

Je suis contente de te revoir.

BRATENAHL

Moi aussi. J'suis content d'être là !

BERNICE

Tout s'est bien passé, avec la téléportation ?

BRATENAHL

Très bien. Mieux que l'année dernière...

BERNICE
(avec un petit rire)

C'était tellement drôle... de les voir réassembler tes atomes. Il y en avait même qui s'étaient envolés jusqu'à la Grande Ourse ! T'es sûr qu'ils les ont tous récupérés ?

BRATENAHL
(sarcastique)

Ce que j'adore, chez toi, c'est ton humour : il n'est même pas noir, il vire à l'ultraviolet.

Elle vient sur lui et ils tournoient, enlacés, dans l'apesanteur brumeuse.

BERNICE

Bon, dis-moi maintenant ce qui t'amène sur Sigma Draconis 5. Ce n'est pas uniquement pour mes beaux yeux...

BRATENAHL

Qu'est-ce que tu racontes ?! Pour quelle autre raison serais-je venu, telle une étoile filante, moi qui suis l'esclave de ta beauté ?

BERNICE

Pas mal. Mais t'es pas très doué pour la littérature sentimentale. Allons, Bob, dis-moi la vérité ! Qu'est-ce que tu veux ?

BRATENAHL

Que tu me fasses rencontrer Susan Calvin.

Bernice s'écarte brusquement de lui. Comme ils sont en apesanteur et que chaque mouvement provoque une réaction inverse de force égale, Bratenahl est propulsé de l'autre côté de la chambre, contre la paroi ouatée. Il pousse un cri.

BERNICE

T'es vraiment qu'une sale limace.

Il s'aide du mur pour prendre de l'élan et se propulser à nouveau vers elle.

BRATENAHL

Attends... écoute-moi au moins !

BERNICE
(furieuse)

J'arrive pas à croire que t'aies osé me manipuler comme ça ! C'est vraiment pitoyable de ta part d'avoir attendu deux ans pour me rebalancer un truc que j'avais dit en l'air !

BRATENAHL

Mais je me souviens de *tout,* merde ! J'ai une mémoire eidétique, c'est quand même pas ma faute !

BERNICE

Quelle connerie, ça alors ! Écoute-moi, pauvre type : je n'ai vu Susan Calvin qu'une seule fois dans ma vie, quand mon père est allé au Brésil, sur la Terre, pour l'opérer. Elle ne se souviendrait *même pas de moi*.

BRATENAHL

Elle s'en souviendra. Elle se souvient de tout.

BERNICE

Ah oui ? Et qu'est-ce qui te fait *dire ça* ?

Il ne répond pas immédiatement. Son air sombre semble faire oublier sa colère à Bernice. Ils sont très près l'un de l'autre.

BRATENAHL
(doucement)
Je l'ai vue... aux funérailles de Byerley.

Elle l'observe avec attention.

BERNICE
Tu m'as vexée, mais tant pis : raconte-moi ça.

La caméra recule, on les voit tournoyer lentement dans la brume laiteuse.

FONDU ENCHAÎNÉ SUR...

19 ... INT. CHAMBRE DE L'HÔTEL MAGNUM — NUIT

Bratenahl est assis dans un fauteuil qui épouse parfaitement son corps.

BRATENAHL
(à son ordinateur de poignet)
Pour Rowe, au magazine *Cosmos*...
(un temps)
Je connais quelqu'un qui a rencontré Susan Calvin et qui pourrait m'arranger une entrevue avec elle. Mais ça prendra du temps. Alors j'ai décidé de me téléporter, demain matin, sur la Terre, pour voir si je peux me débrouiller tout seul.

Il effleure quelques touches sur la table près du fauteuil et une tablette s'ouvre en lui présentant un verre ultramoderne, d'un genre nouveau. Il le saisit puis la tablette se referme. Il sirote.

BRATENAHL
O.K., vas-y, envoie-moi la cassette maintenant! Sur grand écran.

Il se tourne légèrement vers le mur qui coulisse en dévoilant un grand écran. La chambre s'obscurcit, noyant les traits du journaliste. Une ligne s'affiche, en lettres vertes :

TRANSMISSION DE DONNÉES

La ligne s'efface sur la voix d'un commentateur :

COMMENTATEUR

Alfred Lanning : né en 1952, mort en 2035. Premier directeur de l'U.S. Robots Corporation, rebaptisée U.S. Robots et Hommes Mécaniques. Extrait du Volume 15 des mémoires d'archives.

L'image vacille légèrement ; un très vieil homme apparaît, alité et visiblement épuisé. C'est ALFRED LANNING, qui, bien qu'à l'agonie, semble décidé à faire quelques confessions avant de mourir. Il parle directement à la caméra.

LANNING

La première fois que j'ai rencontré Susan Calvin, elle avait six ans. Son père était deuxième directeur adjoint responsable du développement à l'U.S. Robots. Sa première femme est morte en couches et il s'est remarié. Bien qu'on ait été assez proches, je n'ai rencontré sa fille qu'en l'an 2000, quand Edward Winslow Calvin a décidé de sortir de l'usine un de nos robots muets afin de s'en servir comme bonne d'enfants pour sa fille.

La voix de Lanning se fait progressivement plus lointaine. On avance sur l'image vacillante, peu à peu recouverte de points multicolores phosphorescents. La caméra plonge dans les particules de couleur tandis que Lanning poursuit son récit.

FLASH-BACK/

20 MAISON DES CALVIN — PLAN MOYEN — JOUR

EDWARD CALVIN, mince et moustachu, marche de long en large dans le séjour, visiblement perturbé. Il a un air gentil, séduisant et chaleureux, et on pourrait aisément l'imaginer sous les traits de Brian Donlevy. Derrière lui, sa femme, BELINDA CALVIN, parle à un petit robot mécanisé, un robomek, qui nettoie les sols et les murs à une vitesse étonnante en émettant un petit ronronnement. Belinda est assise dans un fauteuil pivotant au design moderne et le commande vocalement. Elle a l'air passablement exaspérée par son mari.

EDWARD

Il faut que tu arrêtes de te comporter comme une méchante sorcière, Belinda ! Susan se renferme chaque jour davantage.

BELINDA

(au robomek)

Tu as oublié de faire le coin, là. Retournes-y et recommence !

Le robomek repart rapidement vers l'endroit désigné, penche son museau aspirateur vers le coin : il aspire la poussière en ronronnant et en remuant le derrière. Il fait penser à la fois à un enfant qui aurait été mis au coin et à un chiot à la recherche d'un os.

EDWARD

Qui a décrété qu'une belle-mère devait obligatoirement détester sa belle-fille ?

(un temps)

Robbie adore Susan et, chose encore plus importante, *elle aussi* elle l'adore.

(un temps)

Il faut que tu l'admettes, Belinda, et que tu arrêtes de lui en vouloir.

BELINDA
(au robomek)

Fais la fenêtre !

Le robomek monte au mur et, avec son long bras articulé auquel est accrochée une raclette, il nettoie l'immense fenêtre par laquelle on aperçoit un somptueux jardin, planté d'un vieil érable. Une petite fille, les mains sur les yeux et dos à la caméra, est appuyée contre l'arbre.

EDWARD

Je te *parle* ! Tu ne peux pas arrêter deux secondes de lui donner des ordres et me répondre ?

BELINDA
(au robomek)

Tu laisses des traces ! Fais plus attention !

La caméra avance lentement vers la fenêtre. Edward et Belinda sortent du champ mais on entend toujours leur conversation. L'image de la petite fille, vue de la fenêtre, est de plus en plus nette et on l'entend compter au loin.

SUSAN
(très faiblement, comme une mélodie subliminale)

Soixante-six, soixante-sept, soixante-huit...

Tandis qu'on l'entend compter, Edward s'avance vers Belinda à l'intérieur de la maison et s'agenouille à ses pieds.

EDWARD

Chérie... *je t'en prie* ! Je fais tout ce que je peux pour que ça aille, mais tu ne me facilites pas la tâche.

Elle baisse les yeux sur lui et éclate soudain en sanglots. Il la prend dans ses bras.

BELINDA

Je n'en peux plus, Edward... je sens leurs yeux sur moi quand je fais des courses. Ils parlent de moi à voix basse. Ils ont peur et *moi aussi* j'ai peur... Ce n'est pas que je n'aime pas Susan... c'est juste que j'ai peur !

EDWARD

Il n'y a aucune raison d'avoir peur. Robbie a un cerveau positronique ; il ne peut pas violer les Trois Lois... Ne t'inquiète pas, ils finiront bien par le comprendre... *Il le faut !*

BELINDA

S'il te plaît, Edward, s'il te plaît, renvoie-le à l'usine !

EDWARD
(amer)

C'est la faute de cette saleté d'Église de la Chair Mortelle ! C'est la faute de ces foutus timbrés !

BELINDA

Ils ne sont pas timbrés, ils ont peur des robots, c'est tout. Le révérend Soldash a dit...

EDWARD
(violemment)

Je me fous de ce que Soldash a dit ! Tu crois que je m'intéresse à ce que raconte un taré de fondamentaliste ? Un pauvre type qui ne veut même pas admettre que l'homme descend du singe ? !

Par la fenêtre, on voit Susan dans le jardin ; les voix de ses parents sont de plus en plus inaudibles.

21 TRAVELLING — SUSAN CALVIN — CONTRECHAMP — EXTÉRIEUR JOUR

La caméra avance lentement sur Susan Calvin, six ans. Elle est plus petite que les enfants de son âge, mais sa voix fluette a un accent décidé. Elle est toujours appuyée contre l'arbre, une main sur les yeux. Derrière elle, on distingue l'élégante demeure des Calvin ceinturée par une pelouse en pente douce. Dans la maison, deux silhouettes floues, enlacées.

Susan

Quatre-vingt-dix-huit, quatre-vingt-dix-neuf... *Cent!* Attention, j'arrive!

Elle se retourne et fait face à la caméra. Travelling avant sur son visage, en gros plan : c'est une adorable petite fille, aux yeux vifs et intelligents. Elle regarde autour d'elle, mais ne voit rien. Elle met les poings sur les hanches avec cet air effronté si typique des petites filles.

Susan

(fort)

C'est pas du jeu! J't'ai dit plein d'fois qu'on n'a pas le droit d'aller dans la maison!

Elle se met à courir dans tous les sens, une fois à gauche, une fois à droite. Elle est maintenant en plan poitrine. Alors qu'elle va vers la gauche, quelque chose s'agite, à droite, au milieu des arbres immenses et des taillis. Plan sur les taillis au moment où Robbie sort de sa cachette.

On comprend alors pourquoi Susan ne pouvait pas le trouver : il mesure près de 2 mètres de haut et, comme il a la possibilité de faire coulisser ses jambes télescopiques, il mesure à présent presque 3,5 mètres ! Il s'était caché derrière le tronc et le feuillage d'un arbre. Il est à découvert maintenant et traverse la pelouse tout en rapetissant progressivement pour reprendre sa taille « normale ».

22 AUTRE ANGLE — DEMI-GÉNÉRAL — ROBBIE ET SUSAN

Le robot franchit rapidement la distance qui sépare les taillis de l'arbre auquel Susan était appuyée. Sa démarche est gauche et rigide, mais, curieusement, non dénuée de grâce.

23 GROS PLAN — SUSAN...

... qui entend un bruit. Elle virevolte et écarquille les yeux.

SUSAN
(excitée)

Robbie, non, c'est pas du jeu ! T'avais promis de pas te montrer avant que je trouve ta cachette !

24 IDEM 22

L'enfant se précipite sur le robot qui marche à grandes enjambées. A trois mètres de l'arbre, il ralentit subitement avant de s'immobiliser ; ce qui permet à Susan, galopant à toute allure, de le dépasser et de toucher l'écorce de l'arbre la première. Elle se tourne vers lui, triomphante.

SUSAN

Nananère, nananère ! Robbie, c'est un escargot ! C'est un escargot ! Je le bats comme je veux !

Le robot est muet, mais il prend un air déçu. Il recule tandis que Susan s'élance vers lui. Il fait mine de courir, la distançant un peu, et décrit un arc de cercle. La petite fille court derrière le géant de métal et tente vainement de l'attraper. En un clin d'œil, il fond sur elle, la saisit et la soulève en la faisant tournoyer dans les airs. Elle rit de plaisir.

SUSAN

Porte-moi ! Porte-moi, Robbie !

Le robot la pose délicatement sur ses épaules et, tout en la maintenant solidement, il galope vers la maison. Susan, un pistolet imaginaire à la main, joue aux pirates de l'espace en imitant le bruit des balles.

SUSAN

J'suis pilote de l'espace ! Attention, Robbie, v'là les pirates... là-bas... Tacatacatac ! Tacatacatac !

Alors qu'ils virevoltent près de la maison, la porte s'ouvre grande sur Belinda, horrifiée et décomposée. Derrière elle, Edward Calvin a les traits tirés.

BELINDA

Susan !

Le robot continue de gambader. Belinda avance d'un pas. Elle appelle avec plus d'insistance :

Susan ! Susan ! Robbie, arrête ! Viens ici tout de suite, pose-la par terre !

Le robot freine, puis s'immobilise. Il se tourne vers la maison et avance vers les deux adultes. Arrivé à leur hauteur, il pose délicatement l'enfant à terre et attend en silence.

BELINDA

Pourquoi ne réponds-tu pas quand je t'appelle ?

SUSAN
(irritée)

Ohhhhhh! On était en train de jouer aux pirates de l'espace.

BELINDA
(à Robbie)

Tu peux t'en aller, Robbie.

(un temps)

Susan n'a plus besoin de toi, maintenant.

(un temps)

Ne reviens que si je t'appelle.

SUSAN
(très fort)

Ohhhhh, s'il te plaît! Laisse-le rester. Il fera pas de bruit, il bougera même pas, si tu veux. Hein, Robbie, que c'est vrai?

Le robot hoche lentement la tête en signe d'acquiescement. Il y a quelque chose de touchant et de charmant dans son attitude.

BELINDA

Susan, ça suffit maintenant! Si tu ne m'obéis pas, tu ne verras pas Robbie de toute la semaine. A présent, rentre et va déjeuner!

Du regard, Susan implore son père qui lui renvoie un pâle sourire. Elle lève la tête vers Robbie et enroule ses deux bras autour de sa longue jambe de métal. Puis, traînant les pieds, elle entre dans la maison. Belinda jette un dernier regard méprisant au robot avant de suivre Susan. Edward Calvin regarde le robot. Ils restent là quelques instants.

EDWARD

(compatissant, mais avec une voix triste)

La vie est dure pour une bonne d'enfants, hein, mon garçon? Est-ce que tu ressens quelque chose comme de la douleur dans ce globe de platine iridié qui te sert de cerveau?

(un temps)

Il y a des choses pires que la rouille dans la vie! Pas vrai, mon vieux Robbie?

Il se détourne et pénètre dans la maison. Le robot, qui s'est contenté de hocher la tête aux paroles d'Edward Calvin, reste immobile, comme un chien fidèle qu'on aurait laissé dehors. Puis, on le voit tourner la tête vers une fenêtre contre laquelle la petite Susan a collé son nez, l'air incroyablement malheureux. Le robot et l'enfant se regardent tendrement, déchirés.

FONDU SUR...

25 ... INT. ÉGLISE DE LA CHAIR MORTELLE — NUIT

Plan serré sur l'emblème de l'Église, une sculpture en métal et en produits de synthèse. Elle représente un bras planté dans un amas de ferraille rouillée, tendu vers le ciel, les muscles saillants, les doigts écartés dans une improbable étreinte. On recule lentement sur la statue pour bien distinguer les détails. La voix du révérend MALACHI SOLDASH retentit, off :

SOLDASH

(d'une voix de tribun, presque messianique)

Ils nous *disent* que ces créatures ne peuvent nous faire de mal. Ils nous *disent* que le métal hurlant pense. Ils nous *disent* que leurs monstres obéissent à trois pseudo-commandements. Mais moi je *vous dis* que Dieu a créé l'homme à Son image et qu'Il n'a pas créé de métal hurlant!

(un temps)

Je *vous dis* que si l'homme a cessé de ramper comme un animal et s'il est doué de raison, c'est parce que Dieu l'a voulu ainsi ! Mais Dieu n'a pas créé l'homme pour qu'il se mette à construire des machines sans âme !

(un temps)

Dieu a dit : « Tu ne feras point d'image taillée, ni de représentation quelconque des choses qui sont en haut dans les cieux, qui sont en bas sur la terre et qui sont dans les eaux plus bas que la terre. » C'est le Deuxième Commandement que le Seigneur notre Dieu a donné à Moïse en haut du mont Sinaï... et Son message est limpide ! Il dit : « *Pas touche !* » Il dit : « *Ne le fais pas !* » car tu seras damné à jamais !

La voix de Soldash résonne dans l'immensité de l'église. On quitte l'emblème pour élargir sur l'intérieur de l'église de la Chair Mortelle, gigantesque caverne capitonnée, sans angles droits ni recoins, qui ressemble à l'intérieur d'un cocon. Revêtus d'une matière plastique aux contours irréguliers, ses murs sont aussi roses que la peau ; les voûtes de l'abside, à l'extrémité du chœur, se fondent dans les ténèbres où brille la sculpture emblématique. La caméra descend sur le révérend MALACHI SOLDASH qui prononce un sermon en promenant sur l'agora un regard de géronte. Il se tient debout sur un disque antigravité suspendu au milieu du chœur et entouré de rampes fluorescentes. La scène est intentionnellement dramatique. Six personnes sont assises en demi-cercle sur un podium faisant face à la nef, bondée de membres de la CONGRÉGATION. Ils ont les yeux rivés sur le prêcheur suspendu au-dessus d'eux — exactement à l'emplacement de l'autel dans une basilique classique — et sur des écrans vidéo individuels encastrés dans le dossier des prie-Dieu devant eux. Les propos de Soldash sont délibérément accentués sur les écrans par des gros plans, des extraits d'archives apocalyptiques et des portraits de chacun des six témoins chaque fois qu'il leur passe la parole. Long travelling arrière sur cet extravagant lieu de culte.

26 À 37 SÉRIE D'IMAGES LÉGÈREMENT BLEUTÉES — GROS PLANS

Soldash, personnage assez séduisant, charismatique, en dépit de ses traits épais. Il fait penser à George C. Scott dans *La Colline des potences* de 1958. Il n'est pas à proprement parler vêtu, plutôt enveloppé dans une toge de brouillard sur laquelle scintillent des éclats dorés, pourpres et bleu ciel.

SOLDASH
(haranguant)

Alors, *vous* me dites : « *Ces choses*, ces inventions inanimées, elles peuvent nettoyer ma maison, elles peuvent surveiller mes enfants, elles peuvent travailler dans nos grandes usines... Et moi, pendant ce temps-là, je peux me la couler douce et partir en week-end à Bora Bora. » Moi je *vous dis* : « Allez-y, oubliez Dieu ! Oubliez Sa parole limpide ! Mais regardez la vérité en face : ces monstres de métal vous voleront votre travail et votre argent ! Ils enlèveront le pain de la bouche de vos enfants ! » Écoutez ce que les syndicats en pensent. Voici sœur Madelaine Groth, présidente de la Confrérie internationale des travailleurs.

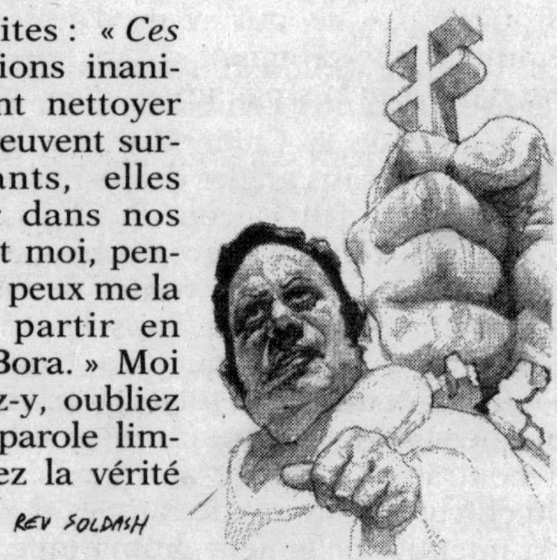

Il désigne du doigt le podium où six témoins sont assis, illuminés d'un éclat divin. Un rai de lumière jaillit de l'extrémité de son index et se pose sur une des femmes de l'assistance. MADELAINE GROTH se lève, en gros plan. Elle a environ trente ans, un air austère et ultra-sérieux. Pas masculine mais revêche.

GROTH

Mes frères, mes sœurs, les statisticiens ont prouvé que l'introduction des robots dans nos lieux de travail supprimera 35 000 emplois par mois. Ces chiffres sont irréfutables !

Raccord sur les écrans vidéo des prie-Dieu où le visage de Groth apparaît en gros plan. On aperçoit, un peu en arrière, Belinda Calvin, cachée sous une capuche. Elle porte une longue tunique informe et est visiblement éprouvée par ce qui vient d'être dit. C'est un peu comme si elle craignait d'être mise à l'index ; elle ne veut pas qu'on la singularise, elle veut croire en l'Église.

La voix de Groth couvre celle qui provient des écrans vidéo où l'on voit désormais des hommes et des femmes faisant la queue pour manger, mendiant au coin des rues, fouillant les poubelles. Images d'archives de la Dépression.

Images alternées de Groth, des scènes d'archives, de Belinda Calvin et de Soldash. Les images défilent de plus en plus rapidement.

SOLDASH
(en gros plan)

Frère Karl Bunchi, du Congrès Américain de la Moralité.

Comme pour Madelaine Groth, il tend l'index vers la tribune des invités et le faisceau lumineux vient se poser sur KARL BUNCHI, maigre, au teint cadavéreux, au crâne effilé. Il se lève et parle, illuminé par le faisceau :

BUNCHI

Abolies les différences entre les femmes et les hommes... La fibre morale de notre société décomposée... Nos jeunes sombrent dans la luxure et la lubricité... L'arrogance, l'insolence...

Gros plan sur Bunchi, devant une Belinda de plus en plus perturbée et horrifiée. Autres images d'archives de jeunes gens participant à des fêtes dépravées, se baignant nus, enlacés.

Les gros plans se succèdent de plus en plus rapidement : Bunchi debout, Bunchi sur les écrans vidéo, les images de luxure, Belinda, Groth, Soldash.

SOLDASH
(en gros plan)

Voici maintenant le général Lester Joe McCaffrey, de la soixante-cinquième unité de combat...

Le faisceau se pose sur le nouvel orateur. Même mouvement de caméra que pour les précédents. McCaffrey, la cinquantaine, barbu, est doté d'une carrure gigantesque. Il porte une sorte de tenue militaire d'une seule pièce. Il se lève et parle d'une voix de tribun :

MCCAFFREY

La guerre des hommes métalliques... Un massacre provoqué... Des armées de robots impitoyables... Des viols et des pillages... La nouvelle apocalypse... La terre décimée, brûlée...

Reprise des séquences précédentes de Groth et de Bunchi, mais avec McCaffrey cette fois. Belinda est presque en larmes, elle tremble et essaie de ne pas le montrer. Séquences avec des explosions, des immeubles qui s'écroulent, des soldats-robots qui avancent en formation, armés de lance-flammes, d'un enfant (image classique) pleurant au milieu des ruines, etc.

On intercale les images de McCaffrey, en direct et sur les écrans vidéo, avec celles de Groth puis de Bunchi, des images de guerre, les yeux exorbités de Belinda et de Soldash, Soldash, Soldash... Les images défilent de plus en plus vite.

Raccord sur Soldash en gros plan, le faisceau lumineux jaillissant de son index.

Raccord sur un des six invités, debout, les bras levés.

Raccord sur le symbole emblématique de l'église, étincelant dans les ténèbres.

Raccord sur Belinda, au bord de la crise de nerfs.

Sur Bunchi, puis sur Lanning, diabolisé.

Sur Groth, puis sur Edward Calvin, également diabolisé.

Sur les membres de la Congrégation, qui commencent à hurler, puis sur Belinda, complètement perdue.

CUT/

38 INT. CHAMBRE DES CALVIN — NUIT

Edward Calvin, assis dans son lit, en pyjama. Belinda entre précipitamment, toujours vêtue de la tunique qu'elle portait à l'église, la capuche relevée.

BELINDA
(complètement hystérique)

J'm'en fiche! J'en peux plus! Il est hors de question que je serve de cobaye à l'U.S. Robots! Je veux que cette horrible machine s'en aille d'ici!

EDWARD
(consterné)

Belinda!

BELINDA

Je veux qu'elle s'en aille aujourd'hui, ce matin; ou je demande la dissolution de notre mariage! Tu m'entends?

Il rejette les couvertures et marche vers elle, nu-pieds.

EDWARD

Belinda, arrête ça *tout de suite*! Ce sont ces fous furieux qui te terrorisent. Ils mentent! Le cerveau positronique des robots ne leur permet pas...

BELINDA
(elle fait des moulinets avec les bras, en hurlant)

Non! C'est contre la volonté de Dieu et des hommes!

EDWARD

Arrête! Arrête, tu vas réveiller Susan...

Il essaie de l'immobiliser pour la calmer mais elle explose à nouveau et se débat violemment. Avec une force incroyable, elle le gifle plusieurs fois. Ils roulent à terre, en gros plan. Elle pousse des cris stridents.

Il parvient enfin à la calmer, et maintenant que sa crise de nerfs est passée, elle fond en larmes, brisée et anéantie. Il la serre dans ses bras et la berce doucement.

EDWARD

Calme-toi, calme-toi, chérie. Chchch... Doucement... Ne pleure plus, ne pleure plus, chchch... Robbie va s'en aller aujourd'hui... Je parlerai à Alfred Lanning... Ça va aller...

La caméra recule et prend de la hauteur. Ils sont de plus en plus loin et comme cachés par une brume légère. On monte jusqu'à ce qu'ils ne soient plus que deux points microscopiques, se berçant, pitoyablement, sur le sol de la chambre.

FONDU SUR...

39 ... INT. SÉJOUR DES CALVIN — NUIT

SUSAN
(off)

Robbie? Robbie? Allez, où est-ce que tu te caches? Sois gentil, Robbie, montre-toi!

A l'arrière-plan, Belinda est en train de mettre la table pour recevoir des invités. Sur l'immense écran vidéo mural, un présentateur commente, en direct, les images d'une foule saccageant un magasin spécialisé dans la vente de robots domestiques.

PRÉSENTATEUR

Une nouvelle vague de vandalisme s'est abattue contre l'U.S. Robots Corporation. En effet, aujourd'hui, à Detroit, la foule a pillé et détruit trois des boutiques de gros de la compagnie, causant des dégâts évalués à près d'un million de dollars...

Susan entre dans le champ, à la recherche de Robbie : elle inspecte les placards qui s'ouvrent dès qu'elle frappe dans ses mains.

SUSAN

Robbie ? Je vais te donner une fessée si tu ne sors pas *tout de suite* de ta cachette !

Edward Calvin arrive au salon et se fige à la vue de Susan.

EDWARD

Chérie, viens voir ici une minute.

Susan s'approche du fauteuil où s'est assis son père. A l'arrière-plan, Belinda allume des bougies et pose des verres en cristal devant chaque assiette. Elle reste à distance pendant toute la scène, même s'il est clair qu'elle a l'œil sur eux.

40 PLAN AMÉRICAIN — SUSAN ET EDWARD CALVIN

Susan est assise sur les genoux de son père, visiblement inquiète ; il est pris en tenailles par ses propres émotions contradictoires.

SUSAN

Papa, où il est, Robbie ?

EDWARD

Robbie est parti, chérie.

SUSAN

Parti ? Où ça, parti ?

EDWARD

Il... il est parti, c'est tout.

SUSAN
(d'un air innocent)

Il a fait ça ?

EDWARD

Parfois, mon poussin, les Robbies font des choses comme ça.

SUSAN
(sûre d'elle)

Robbie, lui, il ferait jamais ça !

Calvin la serre plus fort contre lui.

Je sais qu'il ferait jamais une chose pareille. Il m'a rien dit. Il me *l'aurait dit*, papa !

EDWARD

J'ai un cadeau pour toi, mon poussin.

SUSAN

P't-être qu'il est malade, hein ? P't-être qu'il est blessé, dis, papa ?

(ragaillardie)

Il faut qu'on le *retrouve*, papa ! Il faut qu'on cherche Robbie, il doit être *quelque part*, malade.

Elle essaie de se dégager, mais son père l'en empêche.

EDWARD
(d'une voix pressante)

Écoute-moi, Susan ! Robbie est parti, tu comprends ? Il est parti travailler ailleurs. J'ai un cadeau pour toi... Si tu veux bien, ce sera ton nouvel ami.

Belinda s'affaire autour de la table, tandis que le programme sur les émeutes se poursuit. Susan se met à sangloter.

SUSAN
(mauvaise)

Non! Robbie, il ferait jamais ça! C'est mon ami! C'est *elle* qui l'a fait partir!

Susan ne l'a pas regardée mais a juste fait un signe de tête en direction de Belinda qui se fige. Calvin durcit le ton.

EDWARD

Arrête, Susan! Robbie n'est pas un être humain. Ce n'est qu'un robot, un outil, comme le robomek ou la machine à laver de maman...

SUSAN
(hurlant, révoltée)

C'est pas vrai! C'est *une personne*, comme toi et moi!

Belinda bondit sur eux, horrifiée par ce qu'elle vient d'entendre, une soupière fumante entre les mains.

BELINDA

Tais-toi! Ne dis plus jamais une chose pareille! Que je ne t'entende plus *jamais* dire ça, plus *jamais*! Tu m'entends?

EDWARD

Belinda! Par pitié!

BELINDA
(elle se reprend, confuse, puis murmure)

Que je n'entende plus jamais ça... par pitié!

Elle fait volte-face et repart à la cuisine. Susan est maintenant, elle aussi, au bord de la crise de nerfs.

Susan
(elle chuchote)

Papa, *s'il te plaît*... ramène-moi Robbie.

Edward

Il est parti, Susan, c'est tout ! Il ne reviendra plus. Jamais !

Elle éclate en sanglots.

Regarde : voilà le nouvel ami dont je t'ai parlé...

Il frappe dans ses mains et la porte du vestibule s'ouvre pour laisser passer un chiot au poil bouclé, mignon comme tout. Il gambade dans la pièce et saute sur Susan qui pleure encore plus fort. Le chiot la regarde ; elle se met à hurler.

41 CONTRECHAMP — SÉJOUR — SUR BELINDA

Belinda s'immobilise brusquement — la table est entièrement mise — et se rue vers Susan qu'elle arrache des genoux de son père.

Belinda

Bon, ça suffit comme ça ! Monte dans ta chambre !

Edward

Belinda, laisse-lui au moins le temps de s'habituer à son chien !

Belinda

Lanning et sa femme vont arriver d'une minute à l'autre ; je n'ai pas du tout l'intention de laisser une petite capricieuse gâcher la soirée !

Elle traîne Susan en pleurs dans sa chambre, à l'étage

supérieur, en empruntant un tapis roulant incliné. Calvin reste seul, la mine défaite. Plan sur lui.

EDWARD WINSLOW CALVIN

EDWARD
(doucement)
Elle oubliera... Encore quelques jours et elle aura oublié...

Il parle au chiot qui frétille de la queue et saute sur ses genoux.

COMMENTATEUR
Poussée par la haine et terrorisée à l'idée du chômage, la foule, ici, à Macon, en Géorgie, a incendié...

EDWARD
(très doucement)
Je t'en supplie, petit chien, je t'en supplie... Fais qu'elle oublie...

FONDU ENCHAÎNÉ SUR...

42 IDEM 21... EXT. MAISON DES CALVIN

Susan, perdue et malheureuse, tire mollement sur des brins d'herbe, sous la frondaison de l'érable. Elle ignore royalement le petit chien qui joue à ses côtés.

FONDU SUR...

43 ... INT. MAISON DES CALVIN — EDWARD ET BELINDA EN ACCROCHE

Ils sont de dos, on filme par la fenêtre, vers Susan.

BELINDA

On pourrait prendre l'aéroglisseur et aller en Jamaïque. Je suis sûre qu'elle adorerait Disney Island.

EDWARD

Oh, je t'en prie!

BELINDA

J'ai tout essayé, Edward! Il faut que tu arrêtes de m'en vouloir.

EDWARD

Je ne t'en veux pas.

BELINDA

Notre couple pourrait bien ne pas résister à tout ça.

EDWARD

Ce sera une belle réussite à mettre au compte de ton révérend Soldash!

BELINDA

Laisse l'Église tranquille! C'est la volonté du peuple.

EDWARD

J'imagine que c'est aussi en invoquant la volonté du peuple qu'on a justifié l'Inquisition!

BELINDA

Comment ça va, à la compagnie?

EDWARD

Mal. Si Robertson n'arrive pas à convaincre le Congrès d'adopter ce texte de loi, la société va couler.

BELINDA

Personne n'en veut, de ces machines, on en a tous peur...

EDWARD

(d'un ton las)

Je sais, Belinda, je sais ! J'entends ça à longueur de journée, alors épargne-moi, si tu veux bien, quand je suis à la maison.

Dehors, Susan, désœuvrée, s'est levée et marche vers la maison.

BELINDA

Lanning t'en veut toujours ?

EDWARD

Il n'est pas ravi, c'est le moins qu'on puisse dire. Rapporter Robbie n'a été qu'une humiliation supplémentaire. On est tous sur les nerfs là-bas.

BELINDA

Que comptes-tu faire ?

EDWARD

Je me dis qu'il est peut-être temps que je fasse autre chose.

BELINDA

(énervée)

Il faut que tu restes à la compagnie. On a besoin de cet argent. C'est une sécurité.

Il se tourne vers elle et la regarde pour la première fois de toute la scène.

EDWARD
(avec ironie)
Ma chérie, tu es vraiment un chef-d'œuvre de contradictions ! Reste avec cette foutue compagnie, au moins elle paie !

BELINDA
Quand tout ça sera fini, l'U.S. Robots pourra se reconvertir, fabriquer d'autres choses, des choses dont les gens ont vraiment besoin.

EDWARD
Laisse-moi deviner d'où vient cette idée : de la bouche de la prophétesse Madelaine Groth.
(un temps)
Qu'est-ce que tu veux que l'U.S.R. produise ? Des portraits en série de ton révérend Malachi Soldash ? Des copies de l'emblème de ton Église ?

BELINDA
Voilà Susan.

EDWARD
(las)
C'est ça. La voilà, et c'est reparti pour un tour !

FONDU ENCHAÎNÉ SUR...

44 ... INT. SÉJOUR DES CALVIN

Susan regarde d'un œil morne un dessin animé sur le mur vidéo.

FONDU SUR...

45 ... INT. MONOSPACE À RÉACTION — JOUR

Susan, à l'arrière, regarde distraitement défiler le paysage. Belinda et Edward sont assis à l'avant ; le pilote automatique sélectionne des touches colorées qui s'allument sur l'ordinateur de bord. Ils sont propulsés sur l'autoroute, sans que le moteur fasse aucun bruit. Silence total. On n'entend que le vent siffler à l'extérieur. On marque un temps avant d'entamer le dialogue.

BELINDA

J'espère que ça va marcher.

EDWARD

Si tu as autre chose à proposer... je t'écoute.

BELINDA

Allons, Edward... ne recommence pas. J'ai juste dit que j'espérais que ça allait marcher.

EDWARD

Si elle arrête de le considérer comme un être humain et qu'elle comprend que c'est une machine, on a une chance que ça marche.

BELINDA

Je n'aime pas l'idée d'aller là-bas.

EDWARD

Tu pourras toujours aller te confesser après.

Elle lui jette un regard glacial, plein de mépris.

46 PLAN LARGE — TRAVELLING SUIVI...

... sur le monospace qui passe à hauteur de la caméra puis disparaît au loin, sur la route qui se déroule comme un ruban métallique. Silence total, excepté le vent.

CUT/

47 EXT. BÂTIMENT DE L'U.S. ROBOTS — PLAN DE SITUATION

Le site est annoncé par un large panneau sur lequel on peut lire : « U.S. ROBOTS CORPORATION : DIVISION DE

HIGHLAND PARK ». Calvin se gare sur le parking, puis sort et se dirige en compagnie de sa femme et de sa fille vers l'entrée du complexe.

48 INT. SALLE DE MONTAGE — JOUR

Une chaîne de montage reluisante s'étend à perte de vue. Il y a d'énormes machines, des bacs bouillonnants, des consoles informatiques et des robots en train d'assembler d'autres robots. On est sur une plate-forme qui domine de très haut la chaîne. Plan sur Calvin et Belinda accompagnés d'une jeune GUIDE d'une vingtaine d'années. Susan marche à leur hauteur, l'air ailleurs.

BELINDA
(à Susan)

Tu vois, Susan, c'est ici qu'on construit ces choses.

EDWARD

Des robots. Des robots positroniques. Pas des choses.

BELINDA

Peu importe. Tu vois, Susan ?

L'enfant ne répond pas.

LA GUIDE

Nous sommes dans la zone de montage des thorax. Les cerveaux positroniques sont fabriqués en plusieurs parties, en amont ; ils sont ensuite acheminés ici par un système de chargeur avant d'être insérés...

(gênée)

Vous connaissez tout cela, monsieur Calvin. J'ai l'air bête de vous parler ainsi, comme à n'importe quel visiteur.

Il sourit, crispé et visiblement très nerveux. Il tente de la rassurer.

EDWARD

C'est la première fois que ma femme et ma fille viennent ici. Ne vous en faites pas pour moi.

BELINDA

(intéressée, malgré elle)

Tout va *si vite*, ici.

Des tapis roulants avec des robots déjà assemblés défilent très rapidement. Les robots travaillent tellement vite qu'on distingue mal leurs mouvements (c'est un détail important).

LA GUIDE

Ces robots téléguidés, modèle 41, ont de très bons réflexes et, bien entendu, il s'agit pour eux d'un travail de routine.

EDWARD

Il faudrait trois cents personnes pour abattre en une semaine le travail que ces robots effectuent en huit heures.

Ils marchent le long de la passerelle et dépassent un escalier qui descend vers l'atelier pour se trouver juste au-dessus d'un groupe de robots scellant au laser les plaques de cuivre des thorax, qui sont ensuite emportés très vite sur le tapis roulant.

BELINDA

Il n'y a pas beaucoup de mesures de sécurité, ici.

LA GUIDE

(fièrement)

Ce n'est pas nécessaire, madame. Ceux qui sont téléguidés savent qu'ils font face à un tapis roulant et évitent de trop s'en approcher.

BELINDA

Oui, mais la sécurité des êtres humains ?

EDWARD

Quels êtres humains ?

LA GUIDE

Tout est automatisé ici, madame. Il n'y a pas besoin d'humains pour faire fonctionner la chaîne.

Belinda pince les lèvres, effarée, assaillie par le spectre de Madelaine Groth qui avait prédit que les robots travailleraient un jour à la place des humains. Au même moment, Susan pousse un cri strident :

SUSAN

Robbie !

La caméra vire sur le visage de Susan, enfin rayonnant. La caméra virevolte et plonge sur les robots, en contrebas, qui poursuivent leur tâche sans ciller. Sauf l'un d'eux, qui a levé la tête au cri de l'enfant et la cherche du regard. C'est lui ! C'est Robbie ! Il court vers Susan.

49 CAMÉRA ARRIFLEX — SUSAN

Elle crie plusieurs fois le nom de Robbie avec joie en dévalant l'escalier qui mène à la chaîne de montage.

EDWARD

Susan, non ! Ne descends pas !

L'enfant dévale les marches, trébuche, s'agrippe à la rampe et, pour aller plus vite, saute les trois dernières marches. Elle atterrit sur le sol. Le tapis roulant continue de glisser à vive allure avec ses énormes robots qui pendent comme des quartiers de bœuf dans une boucherie. Susan s'élance vers Robbie.

50 GROS PLAN — ROBBIE...

... regarde dans l'axe de la caméra en écarquillant de grands yeux photoréflecteurs où brille une lueur rouge.

51 CONTRECHAMP — PLAN ÉPAULE — ROBBIE...

... vers qui court la petite fille.

52 IDEM 50

Plan ultraserré sur les yeux du robot.

53 EFFETS SPÉCIAUX — LA SCÈNE...

... vue par Robbie, en centaines de coupes octogonales de l'enfant qui court vers la caméra. Ses yeux fixent un point latéral et enregistrent la faible distance qui sépare Susan du tapis tractant les carcasses de robots.

54 CONTRECHAMP

Susan s'élance, les bras grands ouverts, vers Robbie. Derrière elle, un peu plus haut, un des gigantesques robots en cours de montage fonce droit sur elle, emporté par le tapis. Tout va très vite.

Avec l'agilité d'un félin, Robbie se propulse en avant. En quelques enjambées télescopiques, il est sur elle. Il cueille Susan au vol, la tient hors de portée du tapis; l'énorme masse du robot arrive sur eux à très grande vitesse. Robbie se détourne et tente de se protéger de l'inexorable choc. Trop tard : le thorax du robot le heurte violemment à l'épaule. Robbie perd alors l'équilibre mais tient toujours l'enfant hors d'atteinte. Il s'immobilise et se rétablit sur le sol, l'enfant toujours dans les bras, ahurie mais indemne.

**55 À 59 SÉRIE DE RACCORDS —
LEURS RÉACTIONS**

Edward Calvin hurle le nom de Susan et se rue vers l'escalier.

Belinda Calvin, pétrifiée, les yeux écarquillés d'effroi.

Alfred Lanning — beaucoup plus jeune que dans la scène 19 où il est mourant — fait irruption sur la passerelle et assiste à la scène, sidéré.

Susan, éberluée mais insouciante, heureuse avant tout d'avoir retrouvé Robbie.

Les yeux photoréflecteurs de Robbie découpent les images en segments octogonaux. Allongé, il regarde de côté l'enfant qu'il aime et qu'il a sauvée.

60 PLAN LARGE — MÊME SCÈNE...

... tandis que Lanning hurle dans le transmetteur qu'il porte au poignet :

LANNING

Contrôle ! Arrêtez tout de suite la chaîne de montage des thorax ! Immédiatement ! Ici Alfred Lanning, j'en prends l'entière responsabilité.

Edward Calvin dévale l'escalier, la guide sur ses talons. Belinda reste pétrifiée sur la passerelle. Les robots se sont arrêtés, le tapis roulant ralentit progressivement, imprimant une étrange ondulation aux thorax qu'on dirait suspendus à une tringle. La caméra plonge sur Edward qui s'est mis à genoux pour attraper sa fille, pas même décoiffée. Robbie lève les yeux pour s'assurer qu'il peut lâcher l'enfant et hoche la tête comme un vieil homme à la vue du père de Susan. Elle s'accroche au cou d'Edward, triomphante, riant de bonheur.

SUSAN
(voix aiguë)

Papa, papa ! C'est Robbie ! Tu vois ?

EDWARD
(au bord des larmes)

Oui, chérie... Oui, je l'ai vu.

Il lève des yeux embués mais pleins de défi sur sa femme, debout, immobile sur la passerelle.

EDWARD
(à Belinda)

Tu as vu ! Tu as vu, maintenant ?

Confondue, elle acquiesce d'un signe de tête. Lanning vient à sa rencontre.

61 CONTRECHAMP — SUR BELINDA — CONTRE-PLONGÉE, EN DOLLY

Lanning parle à Belinda. Sa voix, off, est désynchronisée :

LANNING
(off, voix déformée)

C'était la première fois que je voyais Susan Calvin. Ce n'est qu'après cet événement que j'ai compris ce qui s'était réellement passé : Calvin savait que Robbie avait été affecté à la chaîne de montage et c'est pourquoi il avait prétexté cette pseudo-visite guidée. Pour ma part, je ne l'aurais jamais autorisée, du moins pas avec une enfant qui, au demeurant, avait faillí être tuée. En outre, l'affection manifestée par Susan à l'égard de ce robot risquait de nuire à notre image qui, à l'époque, n'était guère reluisante. On était en l'an 2000, au tournant du siècle... juste à l'époque où ont débuté les pogroms contre les robots.

Plan sur le visage de Lanning.

62 IDEM 19 — PLAN LARGE — LANNING SUR CASSETTE

Trucage en surimpression : sur l'image tressautante de Lanning gisant sur son lit de mort, on imprime des petits points multicolores qui recouvrent l'image. On entend, off, la voix de Lanning :

LANNING
(off)

Les choses allaient mal, avec Calvin en tout cas. On répara celui qu'elle appelait Robbie, un peu inutilement, du reste, puisque je crois qu'il a été détruit pendant une de ces émeutes...

La transmission se fige en images d'archives noir et blanc...

VOLET À BORDS FLOUS

63 IMAGES D'ARCHIVES — UNE RUE — JOUR

Une foule accule contre un mur de brique un robot qui ressemble à Robbie. Il se protège d'un bras. Une femme lui jette une brique à la poitrine, endommageant sa surface métallique lisse et brillante.

LANNING
(off, voix déformée)

« Un robot ne doit pas blesser un être humain ni, par son inaction, permettre qu'un être humain soit blessé... Un robot doit protéger son existence, si cette protection n'est pas en contradiction avec la Première Loi. »

Robbie tente de s'échapper, mais ils l'ont coincé dans un cul-de-sac, aux murs très hauts. Il commence à se hisser sur ses jambes télescopiques, mais il est trop tard : un homme se rue sur lui, torche laser au poing. Un joint, à sa jambe, brûle. Une femme balance un bidon d'essence. Le liquide s'enflamme immédiatement. Les jambes du robot flambent. Cela ne suffit pas à calmer la foule en délire. Un homme, batte de base-ball à la main, le roue de coups. Un autre lui martèle la poitrine avec une enclume. Un troisième lui enfonce une pioche dans la cage thoracique. Ils lui brisent les bras... lui fracassent le crâne... Il tombe à terre. La foule vengeresse se précipite sur lui. Et l'achève.

64 IDEM 19 ET 62 — LANNING EN CASSETTE

Surimpression avec effets spéciaux des points phosphorescents de la transmission sur les images noir et blanc du massacre. Le cacique vieillissant réapparaît.

LANNING

Le vieux Robertson, qui avait fondé l'U.S.R., usa de toute son influence auprès du Congrès pour que la Garde nationale intervienne et protège les robots. La compagnie fut ainsi sauvée *in extremis*. Les parlementaires durent toutefois adopter des lois antirobots, pour museler l'Église et les syndicats. Et c'est ainsi qu'il fut décidé qu'il n'y aurait plus de robots sur Terre.

Il est interrompu par une quinte de toux ; un médecin vêtu d'une blouse blanche — on ne voit que son bras dans le champ — pose une main sur son épaule.

LE MÉDECIN
(hors champ)

Monsieur Lanning... ça suffit pour aujourd'hui, il faut vous reposer, maintenant...

LANNING
(acariâtre)

J'ai pas fini ! J'ai pas tout dit ! Il faut que je raconte ça... Fichez-moi la paix avec ce truc...

Le bras disparaît, Lanning poursuit :

Qu'est-ce que je disais... Ah, oui !

(un temps)

Edward Winslow Calvin est mort quatre ans plus tard, dans la force de l'âge, à tout juste quarante ans. J'm'en suis voulu après ça. Je ne me souviens plus exactement pourquoi, mais on ne s'entendait plus très bien après l'histoire de Susan et de son robot.

(un temps)

Susan, je ne l'ai revue que lorsqu'elle est entrée à l'U.S. Robots, en 2015, à vingt et un ans. Elle était très dévouée, très loyale... J'ai souvent pensé qu'elle tenait à faire meilleure impression que son père...

(un temps)

Heureusement qu'on voyageait déjà dans l'espace, à l'époque. Les lois antirobots ne s'appliquaient qu'à la Terre et n'interdisaient pas d'envoyer des machines ailleurs. C'est ce qui nous a sauvés...

Il toussote à nouveau et on sent le personnel médical s'agiter autour de lui. Tout à coup, l'image noircit. Une ligne verte s'imprime :

FIN DE TRANSMISSION

L'écran reste noir. Il fait clic en s'éteignant.

65 CONTRECHAMP — BRATENAHL — NUIT

Le journaliste est lové dans le fauteuil où on l'a laissé, scène 19, les yeux rivés sur l'écran qui vient de s'éteindre. On devine à peine ses traits dans la pénombre. Il se lève, s'approche de la large fenêtre opaque et la frôle d'un revers de la main : elle devient translucide. La caméra avance sur la nuit de Sigma Draconis 5, bien étrange avec ses trois lunes. Bratenahl contemple pendant quelques instants cette nuit mutante. On entend soudain une voix masculine et chaude qui semble émaner de chaque recoin de la pièce.

VOIX DE LA PIÈCE

Monsieur Bratenahl ? Je vous demande pardon, monsieur.

BRATENAHL
(de loin)

Oui ? Qu'y a-t-il ?

VOIX DE LA PIÈCE

Je voulais juste confirmer l'heure de votre téléportation sur Terre demain, monsieur.
(un temps)
Le Contrôle souhaiterait que vous vous teniez prêt pour 41 00 heures.

BRATENAHL

Aucun problème.

VOIX DE LA PIÈCE

Ce sera une téléportation en relais, avec deux escales, monsieur. D'abord à Rasket Beta 9, puis à Mars Central. Ensuite, arrivée à Novo Brasilia, sur Terre.

BRATENAHL

Bien. J'aimerais rester seul, si vous n'y voyez pas d'inconvénient.

La voix se tait un moment, le temps pour elle d'évaluer l'intensité émotionnelle de Bratenahl.

VOIX DE LA PIÈCE
(conciliante)

Je perçois une certaine mélancolie en vous, monsieur. L'Hôtel Magnum peut-il faire autre chose pour rendre votre séjour plus agréable ?

Bratenahl se retourne vers la caméra, les traits tirés.

BRATENAHL

Écoutez, je ne suis pas mélancolique, je fais de la méditation transcendantale. Je n'ai pas du tout l'intention de me suicider, alors arrêtez de me faire pleurer ! Allez-vous-en !

VOIX DE LA PIÈCE

Je ne voulais pas vous offenser, monsieur.

BRATENAHL

Vous ne m'avez pas offensé. Partez, maintenant !

VOIX DE LA PIÈCE

Vous savez, je ne suis composée que de circuits mnémoniques. Il m'arrive de temps à autre de mal évaluer certaines tonalités humaines.

BRATENAHL
(il hurle)

Vous allez foutre le camp, oui ? !

Un bruissement signale que la Voix de la Pièce s'est tue. Bratenahl se tourne à nouveau vers la fenêtre, les yeux perdus dans le ciel.

BRATENAHL
(à la nuit)
Je sais que vous tenez à protéger votre vie privée, docteur Susan Calvin. Moi aussi, d'ailleurs.
(un temps)
Mais je vais venir quand même.
(un temps)
Parce qu'il faut que je sache.
(un temps)
IL FAUT QUE JE SACHE !

Plan fixe sur son regard, perdu dans l'étendue sans limites où brillent les trois lunes de Sigma Draconis 5.

LENT FONDU SUR...

66 ... HALL D'ARRIVÉE DE TÉLÉPORTATION À NOVO BRASILIA — JOUR

Une cabine pyramidale (la même que celle décrite scène 14) trône étrangement au milieu d'une magnifique place recouverte de carreaux de faïence typiquement brésiliens, écrasée sous un soleil de plomb. Quelque chose scintille à l'intérieur de la pyramide, des atomes en cours d'agrégation. On devine que ce sont ceux de Bratenahl, que l'on distingue, d'ailleurs, de plus en plus nettement. Une fois la téléportation achevée, le journaliste émerge à l'air libre, un peu désorienté. Normal pour un homme qui vient de traverser la moitié de la galaxie !

67 PLAN LARGE — LA PLACE...

... de Novo Brasilia apparaît dans toute sa splendeur et son immensité. Elle jouxte la jungle impénétrable, épaisse comme un tapis, au milieu de laquelle serpente le Xingù, deux fois plus long et beaucoup plus agité que l'Hudson. Sur la place, la cabine de téléportation et Robert Bratenahl paraissent minuscules, pas autant que la Terre perdue dans l'immensité du cosmos, mais minuscules tout de même. Une silhouette traverse la place en direction de Bratenahl. La caméra descend. Ils se saluent d'une poignée de main. Et s'éloignent.

FONDU SUR...

68 ... LE XINGÙ — JOUR

Une pirogue, avec deux Indiens nus et Bratenahl en tenue de brousse, assis entre eux, glisse lentement sur l'eau. Les Indiens ont un écouteur à l'oreille, relié à une petite radio qu'ils portent autour du cou. On entend vaguement le rythme d'une musique rock aux accents futuristes.

FONDU SUR...

69 ... UN FERRY SUR LE RIO DAS MORTES

A l'orée de la jungle du Mato Grosso, au nord de Xavantina. Bratenahl, debout à côté d'un camion, scrute la jungle. Sur le câble électrique qui tracte le ferry, des coucous noirs, des martins-pêcheurs, des hirondelles sont venus se poser. Sur la rive d'en face, un émeu (un oiseau qui ressemble à une autruche) détale.

FONDU SUR...

70 ... LES PROFONDEURS DE LA JUNGLE — TRAVELLING

Bratenahl et un métis au volant du camion roulent sur une piste cahoteuse. Ils amorcent la montée d'une colline abrupte dominant une large vallée. Autour d'eux, une brousse inhospitalière. Le véhicule s'arrête; les deux occupants descendent et grimpent au sommet de la colline. Le métis indique un point au loin; Bratenahl fait un signe de tête entendu, lui serre la main et s'éloigne en suivant un chemin à peine visible.

71 LA CRÊTE

Plan serré sur Bratenahl qui balaie l'horizon du regard. Le fleuve gigantesque fait une tache plus claire sur le tapis vert de la jungle. Quelque chose d'insolite attire son attention, en contrebas : une coulée parfaitement rectiligne, large comme une superautoroute à huit voies. *C'est* une autoroute ! A son extrémité, une masse noire et grouillante semble littéralement *avaler* la jungle et faire progresser l'autoroute de quelques mètres. Cette masse grouillante est une armée d'écitons, ces dangereuses fourmis chasseresses d'Amérique latine, capables de défricher des kilomètres en se nourrissant de la végétation.

BRATENAHL
(négligemment)

Sympa, le goûter des *marabuntas* !

Plan fixe sur Bratenahl qui descend vers les monstrueux défricheurs.

FONDU SUR...

72 ... BARROSSO — PLAN TRÈS RAPPROCHÉ

Barrosso est une fourmi géante, répugnante, avec des reflets marron-rouge. Posée sur la paume d'une main, elle dévore goulûment une feuille d'un air renfrogné. On entend, hors champ, la voix de SIMON HASKELL :

SIMON
(hors champ)

On va pas en discuter pendant cent sept ans... T'étais censée finir cette clairière hier. Tu traînes, Barrosso !

La fourmi le regarde en émettant un cri strident, un gémissement métallique prolongé. On élargit le champ sur Simon, la cinquantaine, courtaud, avec un ventre rond comme une barrique. Avec ses traits durs et ses cheveux grisonnants, il fait penser à un des personnages de Ring Lardner ou de Damon Runyon, transposé en Amazonie. Il continue de parler à l'animal.

Arrête tes conneries, Barrosso ! T'as conclu un marché avec les patrons, pas avec moi. Alors t'attends pas à recevoir ta ration de sucre avant d'avoir fini ton boulot !

BRATENAHL
(hors champ)

Vous savez ce qu'on dit ? Qu'il est temps de retourner en ville quand on commence à parler aux fourmis !

73 PLAN AMÉRICAIN — BRATENAHL ET SIMON

L'homme se retourne. Bratenahl marche dans sa direction.

SIMON

Qu'est-ce que vous foutez ici, vous ?

BRATENAHL

Je suis Bob Bratenahl, du magazine *Cosmos*. C'est João, de Cachimbo, qui m'envoie. Il m'a dit qu'il vous mettrait au courant.

SIMON

Ah ! João, le *caboclo* !

BRATENAHL

Qu'est-ce que c'est que ça, un *caboclo* ?

SIMON

Un quarteron, un métis, quoi !

BRATENAHL

En tout cas, il a l'air de penser beaucoup de bien de vous.

SIMON

Pour deux cruzeiros, il penserait beaucoup de bien de la peste Anna.

BRATENAHL

De qui ?

SIMON

De la peste Anna : elle a décimé la moitié de la population de Xavantina avec la petite vérole.

(un temps)

Elle est connue comme le loup blanc.

BRATENAHL

Comme vous, alors...

SIMON

Ouais ! Comme João. Mais vous, en attendant, je vous connais pas !

BRATENAHL

Écoutez, essayons de nous entendre.

SIMON

Impossible ! J'ai trop mauvais caractère.

BRATENAHL

Et en plus, vous parlez aux fourmis, c'est ça ?

SIMON

Je leur parle quand elles déconnent. Je fais exactement le contraire avec les gens.

On entend à nouveau le cri strident de l'insecte. Simon baisse les yeux sur sa main : Barrosso a fini de manger. Il poursuit :

(à la fourmi)

Vas-y ! *Va le dire* au patron ! Plus de sucre jusqu'à ce que tu m'aies tout nettoyé.

BRATENAHL

Vous la soudoyez ?

SIMON

Eh, c'est une fourmi légionnaire, non ?

BRATENAHL

Écoutez, j'ai un porteur qui va pas tarder à arriver avec un bidon de sirop de chocolat.

Simon le considère avec intérêt.

SIMON

J'sais pas ce que vous cherchez, amigo, mais ça a l'air sacrément important !

BRATENAHL

J'ai aussi apporté des perles pour les Indiens.

SIMON

Vous en faites pas pour eux ! Pour rien au monde ils ne s'approcheraient à moins de cent cinquante bornes des *marabuntas* !

(à la fourmi)

Écoute-moi bien, Barrosso : tu te débrouilles pour que tes petites copines fassent le boulot prévu et moi j'te jure que tu pourras te shooter au chocolat ce soir.

La fourmi crie à nouveau.

SIMON

O.K. ! Marché conclu !

Il pose la fourmi par terre et la regarde s'éloigner. Il se tourne vers Bratenahl, pensif, puis, d'un signe de tête, l'invite à le suivre.

74 SIMON ET BRATENAHL — PLAN ULTRASERRÉ

On cadre au noir, en plan ultraserré pendant qu'ils s'éloignent. Plan fixe, rapide, sur la jungle et zoom avant en plongée sur Barrosso, qui pousse un ultime cri strident et absurde comme pour insulter une dernière fois son humain de patron. Elle décampe dans la forêt.

FONDU SUR...

75 ... LE CAMPEMENT DE SIMON — NUIT

En plongée, à travers le feuillage. On entend, dans cette scène ainsi que dans la suivante, une musique désuète, comme dans la salle de bal d'un vieil hôtel. (Je suggère les airs suivants : *Does Your Heart Beat for Me ?* enregistré par Russ Morgan et son Orchestre le 4 janvier 1939 ; *Hot Lips* enregistré le 25 septembre 1934 par Henry Busse et son Orchestre ; *Nola*, enregistré le 8 janvier 1940 par Vincent Lopez et le Suave Swing Orchestra ; et enfin *Bubbles in the Wine*, enregistré le 26 juillet 1938 par les Champagne Music Makers de Lawrence Welk. Un champ de force magnétique protégeant le campement des animaux et des insectes de la jungle scintille légèrement. Effets spéciaux.

76 AU TRAVERS DU CHAMP MAGNÉTIQUE

Les effets spéciaux doivent donner l'impression de traverser un nuage de poussière argentée. Travelling avant jusqu'au plan 77.

77 PLAN MOYEN — TRAVELLING

Là, au beau milieu de la forêt amazonienne, Simon Haskell s'est confectionné un salon, que l'on distingue comme sous un voile, dans le plus pur style Art déco. L'espace est délimité par les parois argentées du champ de force. Les bruissements inquiétants de la jungle endormie contrastent fortement avec l'atmosphère tranquille du salon, un havre de bon goût. Il a rassemblé une magnifique table oblongue en érable d'Angleterre, des chaises à dossiers sculptés, une console et un bar en chêne, de délicates lampes années 30, des vases et un miroir bleu de cobalt, ainsi qu'une fabuleuse radio aux lignes épurées datant de 1937, en verre bleu, qui diffuse la musique vieillotte que l'on entend depuis le début de cette scène. Simon et Bratenahl sont à table. Devant eux des assiettes en porcelaine de Sèvres et des coupes en cristal rouge, comme dans les eaux-fortes de Chirico. Des figurines en verre soufflé leur sourient. On se croirait vraiment dans un décor des années 30 des studios de la MGM. Bratenahl est visiblement impressionné quoique légèrement amusé. Il boit une gorgée en parcourant l'endroit des yeux.

BRATENAHL

C'est pas mal du tout ici.

SIMON

(ironique)

C'est pas grand-chose, mais c'est chez moi.

(un temps)

Vous reprendrez bien un peu de mouton-rothschild ?

BRATENAHL

Non, merci. J'ai de la marche à faire.

Simon essuie délicatement le coin de ses lèvres de sa serviette damassée, se cale dans sa chaise et considère son invité.

SIMON

Vous êtes sympathique. Vous m'avez l'air aussi barjo que moi.

BRATENAHL

Oh... juste un gars qui essaie de percer à la télé.

SIMON

C'était osé, votre truc du chocolat, tout à l'heure. Osé, mais bien vu.

BRATENAHL

On m'avait dit que vous aviez mauvais caractère... alors, j'ai pris les devants. Si vous voyiez tout ce que je trimballe avec moi, au cas où.

SIMON

A propos, vous n'auriez pas un sabre samouraï Tsuba, de la guerre de Gempei, par hasard ?

BRATENAHL

C'est bête, mais j'ai vraiment pas pensé à l'apporter !

(un temps)

En revanche, j'ai avec moi le numéro deux des *Whiz Comics*, avec le début des aventures du Captain Marvel.

SIMON

Vous n'auriez pas plutôt le premier numéro ?

BRATENAHL

Y a jamais eu de premier numéro ![1]

1. *Whiz Comics* n° 2, paru en février 1940, a été précédé de deux comics identiques — à l'exception du titre : *Flash* et *Thrill* —, parus en janvier 1940, et où apparaissait Captain Marvel sous le nom de Captain Thunder. *(N.d.T.)*

SIMON
(satisfait)

Ouais, c'est bien ce que je me disais... Complètement barjo, ce type ! On se tutoie ?

BRATENAHL

Pas de problème.

78 CONTRECHAMP...

... vers le dôme contre lequel une ombre vient s'aplatir avec un bruit mat.

SIMON

T'en fais pas pour ça. Probablement un aigle. Le champ magnétique est impénétrable.

BRATENAHL
(il embrasse la pièce d'un geste)

Tout ça, là. C'est marrant, mais on dirait pas que t'es du genre à venir t'enterrer volontairement dans un endroit pareil.

SIMON
(haussant les épaules)

Bah ! Disons que j'avais plusieurs raisons... d'abord, les 5 000 crédits par jour.

BRATENAHL

Même...

SIMON

Tu vois, j'me considère un peu comme la mouche du coche. En vérité, j'suis un vrai emmerdeur et y a pas mal de pays où j'suis sur la liste des espèces menacées.

BRATENAHL

En plus, tu parles aux fourmis.

SIMON

C'est de la télépathie à petite échelle! Elles ont vraiment rien à dire, ces abruties! C'est dingue à quel point elles en savent peu sur la littérature galactique.

BRATENAHL

Voilà qui nous amène à ce que tu vas faire pour moi.

SIMON

Qu'est-ce qui te fait croire que je vais faire ce que tu me demandes?

BRATENAHL

Rien, je le crois, c'est tout!

(un temps)

Tu m'aimes bien...

SIMON

João m'a dit que t'étais « comme quelqu'un brûlé par le soleil ». Il parle comme ça, João, en mauvais poète. Mais il a raison. Qu'est-ce qui te fait courir, Bratenahl?

BRATENAHL

Susan Calvin.

SIMON

Ah, c'est donc *ça*! Tu veux une interview, hein?

BRATENAHL

(décontenancé)

En quelque sorte.

SIMON

Encore un qui cherche à savoir si elle a bien été la maîtresse de Byerley!

BRATENAHL

Je veux lui parler.

SIMON

T'as déjà entendu parler de Machu Picchu, la Cité perdue des Andes ?

Bratenahl fait signe que oui.

SIMON

(il ferme les yeux et récite)

« J'ai escaladé l'échelle de la terre, bravé les épines de la jungle... Mère de pierre et sperme des condors... Vertigineuse barrière de l'aube des hommes... »

(un temps)

Pendant cinq cents ans, les Indiens ont fait des sources du Xingù une véritable forteresse. Quasiment imprenable et objet de légende. Vestige d'une grande cité disparue. *Xingù Xavante*. L'Eldorado, le temple d'Angkor... Machu Picchu.

(un temps)

C'est Susan Calvin qui l'a déterrée. Tu savais ?

BRATENAHL

(sidéré)

Non. Les réseaux n'en ont jamais parlé.

SIMON

Il y a six ans que je dirige les travaux dans le Mato Grosso. La colonne de fourmis que t'as vue tout à l'heure défriche la jungle depuis huit ans maintenant, pour qu'on puisse construire la future autoroute transamazonienne. Un jour, tu vois, elles en ont eu marre de leur patron, celui qui était là juste avant moi, et elles l'ont bouffé jusqu'à l'os. Il y avait soixante-dix ans que le Conseil terrien essayait de creuser un bassin. Mais c'est une vraie guerre contre la jungle, ici. Ils pensaient qu'ils n'y arriveraient jamais, jusqu'au jour où ils se sont aperçus que certains d'entre nous pouvaient contrôler les fourmis. C'était l'endroit le plus isolé, le plus impénétrable de toute la planète, à l'époque.

(un temps)

Et puis Calvin est arrivée, j'sais même plus il y a combien de temps. Elle a découvert la Cité et a construit — ou plutôt, elle a *fait construire* — sa demeure sous ses ruines. Personne ne peut s'y rendre sans autorisation spéciale.

(un temps)

Est-ce que tu réalises maintenant l'absurdité de ce que tu me demandes ?

BRATENAHL

Je réalise en tout cas que t'es en train de me dire que c'est infaisable... ou, du moins, que *tu* ne le feras pas.

79 PLAN SERRÉ SUR SIMON

Il se lève en esquissant un petit pas de deux sur l'air de Henry Busse, *Hot Lips.* Il s'avance près du champ de force et regarde au loin, les mains dans le dos.

SIMON

Tu te trompes, *c'est faisable*. J'le ferai. Il faut juste trouver un moyen.

Bratenahl se lève à son tour, repousse la table et le rejoint.

BRATENAHL

Pas seulement parce que tu m'aimes bien.

80 PLAN SERRÉ SUR LE VISAGE DE SIMON...

... tendu et grave. L'homme est visiblement plongé dans ses souvenirs. Quand il parle, c'est d'une voix lente et basse :

SIMON

João m'a parlé d'un enfoiré, Rowe, à ce qu'il m'a dit, qui essaie de te coincer. Moi aussi, un jour, quelqu'un m'a coincé.

(un temps)

Il y a mieux, pour vivre, que cette putain de jungle, j'te le dis, moi ! Même sans gagner 5 000 crédits par jour.

(un temps)

Des endroits bien plus tranquilles.

(un temps)

Les ennemis de mes ennemis sont mes amis.

81 PLAN POITRINE

Bratenahl et Simon sont debout, côte à côte, les yeux perdus dans l'immensité de la jungle.

FONDU SUR...

82 ... LA JUNGLE — JOUR
D'ABORD EN PLAN TRÈS RAPPROCHÉ, PUIS EN ZOOM EN CONTRE-PLONGÉE

(Ce plan doit couper le souffle, comme celui de Victor Fleming dans *Autant en emporte le vent* dans lequel on voit, en contre-plongée sur dolly, un soldat épuisé. Progressivement, on découvre un millier de soldats amassés qui attendent un train. Idem pour cette scène : on élargit le plan jusqu'à en avoir le souffle coupé.)

Gros plan sur une goutte de pluie bleutée qui glisse le long d'une feuille incroyablement verte. Zoom révélant la feuille d'une plante grimpante. Plante accrochée à une pierre patinée par le temps. Pierre encastrée dans un mur. Mur croulant dans une structure délabrée. Structure délabrée dans une cité beaucoup plus vaste et maintenant recouverte par des plantes grimpantes, ensevelie vivante sous le feuillage. On recule jusqu'à ce qu'on ait dans le champ l'ensemble de la Cité perdue de *Xingu Xavante*, dissimulée sous la végétation luxuriante. On recule encore, puis on monte jusqu'aux rebords de la cuvette dans laquelle la Cité a été construite. On recule pour avoir en premier plan les abords de la Cité.

SIMON
(off)

Ils ont prospéré pendant des millénaires... et puis la terre fertile s'est asséchée... ou alors ils ont perdu une bataille... ou alors la terre a tremblé... et ils ont cessé de se battre contre la jungle, cette plante carnivore... Ils sont morts... et la Cité a été engloutie...

(un temps)

Jusqu'à ce qu'elle arrive et la déterre.

BRATENAHL
(off)

Bon Dieu ! Mais c'est pas croyable !

83 SIMON ET BRATENAHL

Ils regardent, immobiles, vers les profondeurs de la Cité.

BRATENAHL

Comment comptes-tu me faire descendre là-dedans ?

SIMON
(il prend l'accent allemand)

Dou zaffons dotre itée, Herr Bratenahl...

FONDU SUR...

84 ... LES PROFONDEURS DE LA JUNGLE — FIN DE JOURNÉE

Gros plan sur une masse énorme et grouillante de fourmis qui dévorent des feuilles. En dessous, une surface métallique luit faiblement.

85 SIMON ET BRATENAHL...

... observent, à quelques mètres de là, les fourmis qui ont déjà dévoré un pan entier de feuillage. Les murs d'enceinte de la Cité perdue apparaissent.

SIMON

C'est p't-être un couloir d'aération, mais quelque chose me dit que c'est plus vraisemblablement l'entrée d'un tunnel.

BRATENAHL

C'est les fourmis qui t'ont dit que c'était là ?

SIMON

C'est Barrosso. T'as aucune idée de combien ça va me coûter, Bratenahl. Ce soir, elle va se shooter au sucre... et commencer à larmoyer, et je vais devoir me taper ses jérémiades ensuquées sur la façon dont on maltraite les intellectuels.

BRATENAHL

J'te revaudrai ça !

SIMON

Tu m'revaudras ça en ne racontant pas comment t'as réussi à entrer... quand ils te coinceront...

Simon avance vers l'entrée maintenant complètement dégagée. Il dégrafe un petit stylolaser de sa ceinture et le pointe vers le sceau qui obture l'entrée du tunnel. Le sceau brûle et le sas s'ouvre largement. Il n'y a pas une tache de rouille, pas une seule plante à l'intérieur. Juste un grand trou béant, noir.

86 BRATENAHL...

... regarde Simon opérer, puis reculer d'un pas une fois le sas ouvert. D'un geste de la main, il indique au journaliste qu'il devra se glisser à l'intérieur à quatre pattes. Ils se serrent la main.

SIMON

Je t'aime bien, mon gars ! T'es barjo ! C'est dommage... j'te reverrai sans doute jamais !

Bratenahl a un sourire forcé. Puis, à quatre pattes, il entre dans le tunnel noir comme l'enfer. Simon referme le sas derrière lui et le dissimule avec de gros branchages. Il reste immobile quelques instants, face au tunnel, puis, se tournant vers la masse grouillante de fourmis :

SIMON

Allez, les gars, on y va ! C'est pas l'tout, mais on a une route à finir !

CUT/

87 À 90 DERRIÈRE BRATENAHL — PLATEAU SUR FOND NEUTRE

Il rampe le long du revêtement lisse et légèrement réfléchissant du tunnel qui n'en finit pas. De temps à autre, il passe devant une plaque incrustée dans le mur d'où émane une pâle lueur verte. On le voit avancer, de moins en moins éclairé par la lumière verte. Il rampe.

91 VERS LA SORTIE DU TUNNEL

Devant lui, juste à l'extrémité du tunnel, on distingue la lueur argentée d'un champ magnétique. Il tend la main, prêt à le toucher, puis se ravise. Il considère le plat de sa main où un énorme scarabée a réussi à grimper sans qu'il s'en aperçoive et, le saisissant entre le pouce et l'index, il le lance dans le voile magnétique. Une étincelle jaillit : l'animal est désintégré en une fraction de seconde. Abattu, Bratenahl pousse un profond soupir, s'adosse à la paroi, se passe la main dans les cheveux. Avoir fait tout ce chemin pour se retrouver bloqué ici !

Il reste dos contre la paroi quelques instants puis se remet à ramper vers le champ magnétique. Il se contorsionne pour essayer de voir au-delà du voile, mais celui-ci est trop puissant et trop dense pour laisser filtrer autre chose que des silhouettes floues. Il a été délibérément conçu pour empêcher toute bestiole qui aurait miraculeusement réussi à s'aventurer jusque-là d'aller plus loin. Le journaliste se penche plus avant quand, soudain, il disparaît, happé. La scène qui suit est en plan subjectif.

92 PLAN SUBJECTIF — CE QUE VOIT BRATENAHL

Un jardin souterrain... l'Éden, entouré de petits pavillons de style futuriste, d'influence mi-orientale, mi-péruvienne, d'une facture architecturale difficilement imaginable mais esthétiquement superbe. Des patios intérieurs foisonnent d'espèces de plantes provenant de toute la galaxie. C'est un petit labyrinthe urbain, construit sous les profondeurs de l'Amazonie, à couper le souffle. Tout à coup, des bras surgis de nulle part plongent sur le journaliste, le saisissent sous les aisselles et le soulèvent. Il regarde à ses pieds.

93 PLONGÉE — SES PIEDS AU PREMIER PLAN

Il pend, les jambes dans le vide, à une trentaine de mètres au-dessus du jardin enchanteur.

94 CONTRECHAMP — SUR BRATENAHL

Deux hommes, qui ressemblent fortement aux gardes de la scène 13, le tiennent chacun sous une aisselle, les pieds posés sur la saillie d'un mur rocailleux creusé à même la montagne. Ils portent la même tenue que lorsqu'ils assuraient la garde rapprochée de Calvin aux funérailles. Bratenahl pend lamentablement dans le vide, terrifié. Ils le hissent vers eux.

95 SUR LA SAILLIE...

... où le journaliste s'affaisse à leurs pieds. Deux paires d'ailes sont posées à portée de main. Il suffoque et tente de se relever.

PREMIER GARDE

Votre présence est illégale, monsieur Bratenahl.

Il se relève et ne voit que leur air impavide et las.

BRATENAHL

Je...

SECOND GARDE

Violation d'espace personnel, monsieur.

Bratenahl acquiesce, dépité et vaincu. Les gardes échangent un regard et, sur un signe de tête, décident d'enfiler leurs ailes. Tout en le maintenant toujours fermement, ils mettent le contact de leur main libre. Ils s'élèvent de la saillie et amorcent la descente.

96 CONTRE-PLONGÉE...

... sur l'étrange équipage qui s'arrime lentement à un palier inférieur, au niveau de la caméra.

PREMIER GARDE

On doit vous emprisonner en attendant les instructions, monsieur.

SECOND GARDE

Désolé, monsieur.

Bratenahl prend un air abattu et déprimé et hoche la tête en signe d'assentiment. Alors que les deux gardes s'apprêtent à repartir, le journaliste se jette sur eux, les cogne l'un contre l'autre. Ils essaient de se ressaisir, mais trop tard : Bratenahl a sauté dans le vide et a disparu dans l'épais feuillage du jardin en contrebas.

97 SUR BRATENAHL — CAMÉRA ARRIFLEX

Il court à toute allure en essayant de se frayer un chemin dans la végétation luxuriante, foulant de délicates fleurs. Il court à perdre haleine.

98 SUR LES GARDES — ARRIFLEX

Ils transmettent des instructions à l'ordinateur qu'ils portent au poignet, sans qu'on entende exactement leurs paroles. Ils se séparent, s'élancent à sa poursuite, à toute allure.

99 SUR BRATENAHL... — ARRIFLEX

... qui court.

100 SUR DES ÉCRANS VIDÉO...

... qui reproduisent, dans des tons pastel, chaque plan de la course de Bratenahl. Certaines images reproduisent son rythme cardiaque. Il court toujours.

101 À 105 RACCORD...

... sur Bratenahl et ses poursuivants.

106 BRATENAHL, AU PREMIER PLAN

Il se faufile à travers un massif particulièrement feuillu et aperçoit, devant lui, une pyramide de verre bleuté, entourée d'une petite place décorée de carreaux de faïence. Écrasant tout sur son passage, il déboule sur la place. Personne en vue. Il regarde à droite, puis à gauche ; il est fait comme un rat. Il lui faut trouver une issue ! Un moyen de parvenir jusqu'à Susan Calvin !

107 PLAN SUBJECTIF — LE ROBOT-VIGILE

La scène reproduit la vision d'un robot. Il a Bratenahl en pleine ligne de mire. Il ajuste sa vision : Bratenahl se décompose en une douzaine de plans différents, tous en couleurs primaires. L'image est de plus en plus rapprochée, de plus en plus nette.

108 PLAN SERRÉ SUR BRATENAHL

Les yeux dilatés par la peur, aux aguets, il se retourne et voit le robot-vigile à ses trousses. Petit et lisse, doté d'un tronc rectangulaire, il tend les bras devant lui, prêt à attraper sa proie. Il est monté sur des roulements à billes qui lui permettent de se déplacer très rapidement.

109 PLAN MOYEN

Bratenahl s'élance vers la pyramide, puis, apercevant un édifice qu'il prend pour le centre du labyrinthe souterrain, il cavale dans sa direction. Un des deux gardes jaillit des fourrés sur le côté et le journaliste, sans ralentir sa course, lance latéralement le bras et l'atteint en pleine gorge. Le garde s'effondre et roule dans les fourrés. Bratenahl ressemble à un coureur olympique, il suffoque mais est décidé à réussir.

110 À 114 SÉRIE DE PLANS SUR LE MUSÉE, VUS PAR BRATENAHL

Des dizaines de marches mènent au fronton de l'édifice qui ressemble davantage, avec ses portes massives, à une cathédrale qu'à un musée. L'image devient plus nette à mesure que Bratenahl s'en rapproche. On découvre maintenant, sur la façade, des bas-reliefs représentant d'anciens dieux indiens, menaçants et tout-puissants. Ce n'est que lorsque le journaliste est tout près du monument que l'on se rend compte que c'est une structure en acrylique.

115 CONTRECHAMP...

... du haut des marches, sur Bratenahl, minuscule, qui les gravit quatre à quatre. Il trébuche, se relève avec, à l'arrière-plan, les deux gardes et le robot.

116 SUR LES PORTES

Bratenahl entre dans le champ : il s'abat de tout son poids sur les portes aux lourdes poignées forgées qui cèdent avec une facilité surprenante. Emporté par son élan, il s'écrase sur les dalles du musée.

117 INT. MUSÉE — BRATENAHL EN ACCROCHE

La caméra suit le mouvement de ses yeux, de plus en plus haut, vers le plafond. C'est un gigantesque musée où ont été remisés les trésors de la Cité de *Xingù Xavante*. Des statues de 15 mètres des dieux d'une civilisation éteinte occupent l'immense espace. Des dieux terrifiants et pourtant assez sages, qui ont régné sur un peuple décimé avant même que Cabral n'ait découvert le Brésil en 1500. Il y a des tapisseries et des fresques dépeignant une nature généreuse, et dont la facture même donne la mesure de la richesse et de l'imagination de ce peuple. Il y a aussi des amphores et des barriques, des plateaux et des coffres, des vases et des figurines de verre, des boucliers et des armes, des icônes et des armoires. Des allées entières de trésors restaurés, amassés sous l'ombre monolithe de ces dieux géants qui veillent, sous la voûte sombre du musée.

118 PLAN SERRÉ SUR BRATENAHL...

... complètement médusé. Le silence est rompu par le martèlement des pas de ses poursuivants. Bratenahl s'enfonce à l'intérieur.

119 EXT. MUSÉE — EN HAUT DES MARCHES

Les deux gardes et le robot s'apprêtent à entrer. Par l'un des battants resté ouvert, dans la pâle lueur du jour qui tombe, on voit Bratenahl courir au milieu des galeries de trésors.

120 SUR BRATENAHL...

... qui se faufile entre un groupe d'Indiens reconstitués, petits et nus, probablement en train de chasser. Tout à coup, Bratenahl se trouve nez à nez avec...

121 GROS PLAN

... Susan Calvin.

122 GROS PLAN

Bratenahl s'est figé, complètement stupéfait.

123 PLAN AMÉRICAIN

Calvin tient à la main un magnifique vase verni, décoré d'un entrelacs d'anacondas torsadés, qu'elle est en train de dépoussiérer à l'aide d'un petit soufflet d'archéologue. Ses prunelles se dilatent à la vue du journaliste.

BRATENAHL
(bégayant)

Docteur Cal... vin... Je...

Dans sa surprise, elle laisse tomber le vase. Bratenahl suit des yeux la chute de l'objet : on le voit lentement tournoyer dans l'air, au ralenti, avant de s'écraser sur les dalles et de se briser à leurs pieds en mille morceaux ambrés et dorés, tel un symbole. Il relève la tête, la regarde : elle a peur. Impuissant, il s'agenouille et recueille délicatement les précieux vestiges dans la paume de sa main, puis se redresse, désemparé.

BRATENAHL

Écoutez, je suis désolé... Je ne voulais pas...

Elle plaque la main sur sa bouche, comme pour étouffer un sanglot. Son visage exprime une souffrance telle que Bratenahl *ne peut pas ne pas* sentir à quel point il vient de gâcher leur rencontre. Nous non plus. C'est un instant vraiment tragique.

124 GROS PLAN SUR SUSAN CALVIN...

... les yeux rivés sur lui.

**CUT/
IMAGE FLASHÉE**

125 RACCORD SUBLIMINAL — COURT — SOLARISÉ

On revoit Susan enfant, comme dans la scène 40, assise sur les genoux de son père, la tête posée sur son épaule. Calvin l'entoure de ses bras.

EDWARD
(off, voix lointaine)

Tout le monde a des rêves, ma chérie. Le problème, c'est que la plupart des gens ne sont pas dignes de leurs rêves.

**CUT/
RACCORD SUR...**

126 ... LA SCÈNE DU MUSÉE

Susan Calvin secoue tristement la tête. La scène précédente est visiblement un souvenir qui l'a soudain assaillie. Même si la signification n'est pas immédiatement claire, il est nécessaire que le spectateur établisse un lien entre ce souvenir et l'incident du vase.

CALVIN

Pourquoi me poursuivez-vous de la sorte ?

BRATENAHL
(suppliant)
Docteur Calvin... je vous assure... Je n'avais pas l'intention de... Vous êtes une légende...

CALVIN
(avec violence)
Je suis une vieille femme et j'ai chèrement payé le droit à la solitude. Payé jusqu'au dernier centime...

On entend derrière eux les gardes arriver. Bratenahl regarde par-dessus son épaule.

127 PLAN SUBJECTIF
Il/on voit les deux gardes approcher. L'un d'eux — celui que le journaliste a frappé — traîne bizarrement la jambe gauche. Son acolyte a dégainé un pistolet paralysant. Le robot les accompagne, battant l'air de ses bras métalliques.

SECOND GARDE
(inquiet)
Docteur Calvin ! Êtes-vous...

CALVIN
(hors champ)
Je n'ai rien. Ne tirez pas !

128 SUR BRATENAHL...
... qui laisse tomber les morceaux qu'il avait ramassés et fixe à nouveau Susan Calvin.

BRATENAHL
Docteur Calvin, ne craignez rien. Je suis journaliste, je travaille au magazine *Cosmos*. Écoutez, c'est de la folie de pousser les gens à pénétrer chez vous de force alors qu'ils ne désirent qu'une chose : vous *parler*... !

CALVIN
En effet, monsieur.

(un temps)
(froidement)

C'est précisément contre des gens de votre espèce que les lois contre la violation d'espaces personnels ont été adoptées.

Une main pesante s'abat sur l'épaule de Bratenahl et le fait pivoter. Il se débat, déséquilibrant le second garde qui tombe lourdement à la renverse, sur le groupe d'Indiens reconstitués. Le garde boiteux s'avance vers le journaliste qui, paniqué, s'élance dans le musée. Travelling. Arrivé au pied de l'une des immenses statues, il commence à l'escalader.

129 SUR LE SECOND GARDE...

... qui pointe son pistolet paralysant sur le journaliste après avoir actionné une manette latérale. Il tire. Une lumière ambrée jaillit.

130 ANGLE SURÉLEVÉ, SUR LA STATUE

Bratenahl, parvenu à hauteur des bras croisés de la statue (on voit maintenant qu'elle a une tête d'animal), est atteint de plein fouet par le faisceau lumineux. Immobilisé instantanément, il vacille et tombe, inanimé.

131 ANGLE ÉLARGI...

... sur sa chute, douze mètres plus bas. Le second garde se poste au pied de la statue ; il étend le bras et le cueille au vol, très délicatement. Bratenahl est à peine secoué. Ce moment doit être impressionnant.

132 GROS PLAN SUR BRATENAHL

Il gît, inconscient mais indemne, dans les bras du garde. On élargit le champ sur les poursuivants et Susan Calvin qui convergent vers le journaliste inanimé. Elle se penche et dit :

CALVIN

Laissez-moi tranquille, monsieur. Je vous en supplie, laissez-moi en paix.

Elle tourne les talons et sort. Le second garde se tourne vers la caméra et, portant le corps du journaliste de sorte que sa tête et son torse dominent l'image, marche vers la caméra.

CADRER AU NOIR
CUT/
RACCORD SUR...

133 ... BRATENAHL — GROS PLAN

On cadre son visage et son torse : on doit avoir l'impression qu'il est encore dans les bras du garde. Le champ s'élargit : il est allongé sur le dos, le corps ondulant faiblement. On élargit davantage : Simon Haskell apparaît, aux côtés d'une longue cohorte de fourmis qui porte le corps de Bratenahl, loin de la Cité. On tient le plan quelques secondes.

LENT FONDU SUR...

134 ... INT. COSMOS-CENTRAL

Gros plan sur Bratenahl. Il ouvre les yeux et grimace. On entend Rowe, hors champ.

ROWE
(hors champ)

Eh, je m'en fous, moi, de perdre mon job ! Y a que seize ans que j'suis dans la maison ! C'est sûr, j'peux toujours repartir chez les Kiwanis sur Altaïr et faire le maquereau pour leurs femmes-serpents !

135 PLAN MOYEN — LA MÊME SCÈNE — JOUR

Bratenahl est allongé sur une table lumineuse, au milieu de diapositives et de photos. Il est dans la salle de coordination centrale du magazine *Cosmos*. Des employés s'activent autour de nombreuses machines d'enregistrement et de codage, toutes hypermodernes et ultrarapides. Rowe, le petit rédacteur en chef aux airs de bouledogue, est penché sur lui. Il est, on le comprend, franchement exaspéré.

ROWE

Putain, mais lève-toi de là, espèce d'idiot !

Bratenahl ne parvient qu'à relever la tête, une main sur le cœur.

BRATENAHL

(faiblement)

Rowe... de... l'eau...

ROWE

De l'eau ! T'as de la chance que je noie pas ta sale gueule au fond de la mer d'Argent, oui !

BRATENAHL

De... l'eau...

ROWE

Et merde !

Il s'approche d'une console près du mur, presse un bouton, saisit le verre servi par la machine. Il le tend à Bratenahl. Comme celui-ci ne parvient pas à le tenir entre ses mains, Rowe lui soulève la tête et fait couler quelques gouttes dans sa gorge. Une foule s'est rassemblée pour observer la scène.

BRATENAHL

Sur mes yeux... mets-en sur mes... yeux...

Rowe lève les yeux au ciel, puis s'exécute. Il l'aide à s'asseoir. La foule est maintenant plus nombreuse.

ROWE

(exaspéré)

Qu'est-ce que j'ai fait au Bon Dieu pour récupérer un type comme toi ? Quelle horreur est-ce que j'ai commise dans une vie antérieure pour qu'on m'ait foutu un branquignol pareil ?

BRATENAHL

J'sais où elle est, Rowe... J'l'ai trouvée !

ROWE

(sarcastique)

Non ? Pas possible !

BRATENAHL

J'avais deviné où elle se cachait. Elle *vit* en Amazonie, sur Terre !

Il s'interrompt et regarde autour de lui, éberlué.

Eh... mais comment j'suis arrivé ici ?

ROWE

D'après ce qu'on m'a dit, mon mignon, on t'a balancé au fin fond de la jungle. C'est une bande de gitans errants qui t'a retrouvé : ils t'ont traîné jusqu'à la cabine de téléportation et ils t'ont renvoyé ici, aux bons soins de monsieur Rowe.

(un temps)

Le retour le plus rapide de l'Histoire.

(un temps)

Mais y a plus rapide encore : par exemple, les plaintes qui sont en train de pleuvoir sur ce modeste magazine et son fidèle serviteur. Tu nous as vraiment *foutus dedans*, ce coup-ci, Bratenahl !

BRATENAHL

Elle a découvert une cité perdue... Elle vit sous ses décombres... Ce qu'elle a fait construire, ça n'a pu être financé que sur les fonds de la Fédération. Rowe, c'est sûr, elle *était* avec Byerley, *c'est forcé* !

ROWE

Laisse tomber, O.K. ? J'te retire l'affaire.

BRATENAHL

Tu peux pas faire ça ! J'y suis presque, Rowe. *J'l'ai vue* là-bas !

ROWE
(hurlant)

Je t'ai dit que t'étais plus sur le coup, espèce d'enfoiré ! Fini ! Terminé !

136 SUR BRATENAHL...

... tandis que Rowe s'éloigne en poussant du coude les curieux attroupés. Bratenahl se laisse glisser le long de la table lumineuse, s'accroche à son rebord comme pour tester son équilibre et se précipite derrière son patron.

BRATENAHL

Rowe, attends, écoute-moi *au moins* !

Rowe avance dans un long couloir blanc. Il fait brusquement demi-tour et revient vers le journaliste. La marée humaine s'entrouvre sur son passage, comme la mer Rouge.

ROWE
(à l'intention de la foule)

Je t'ai assez écouté pour aujourd'hui. Mais puisque t'insistes, je vais te le redire : t'es viré ! Et en plus, la Ligue de jurisprudence de Capella 8 t'a retiré ta matrice... Alors oublie la téléportation ! T'es scotché au sol, mon pote, et pour le restant de tes jours! Il devrait pas t'en rester des masses, remarque, s'il y a une justice!

BRATENAHL

Enfoiré, va! C'est *toi* qui m'as foutu là-dedans! Tu m'avais même dit que tu me couvrirais sur toute la ligne si jamais je me faisais coincer.

ROWE
(mortellement calme)

Ah ouais? J'ai dit ça? Prouve-le!

BRATENAHL

Un peu que je vais le prouver! J'ai toutes les cassettes de nos conversations.

Le visage de Rowe s'éclaire d'un mauvais sourire.

ROWE
(calmement)

Même si tu cherchais, tu trouverais rien.

Bratenahl tremble de rage, les mâchoires serrées. Il regarde à droite, puis à gauche, comme pour éviter de se jeter sur Rowe, comme pour trouver une diversion. Il fait un pas de côté, feignant de s'en aller, puis, le plus naturellement du monde, il pivote sur la plante du pied et, tel un karatéka, lève la jambe souplement sur le côté et frappe Rowe sur l'arête du nez. Rowe, propulsé sur le mur d'en face, s'effondre lourdement à terre, à moitié inconscient.

137 PLAN MOYEN

Les curieux se sont passé le mot : ils forment une foule avide et compacte. Bratenahl s'apprête à frapper de nouveau mais se ravise. Il *veut* se dominer. Il se penche sur Rowe, le poing brandi, tandis que le rédacteur en chef tente vainement de se relever. Il ressemble à un boxeur complètement sonné par des coups répétés, et qui tenterait de se ressaisir. La scène fait peine à voir. Il se redresse enfin en s'aidant du mur et se tourne vers Bratenahl, le visage tuméfié et un œil complètement fermé.

ROWE

Fous-moi le camp ! T'es complètement grillé, mon pote !

Ils s'observent un long moment ; Rowe essuie d'un revers de la main le sang qui perle aux commissures de ses lèvres et appuie une paume ensanglantée sur la paroi blanche. Elle pivote et s'ouvre sur une pièce où trône un fauteuil en forme d'œuf, relié à des circuits électroniques semblables à des circuits cérébraux. Il s'affale dans le fauteuil qui se referme souplement autour de lui. On entend, presque instantanément, les voix des reporters qui lui communiquent de tous les points de la galaxie des informations directement transmises à son cerveau. C'est le cœur du magazine *Cosmos,* conçu comme un cerveau géant, dont Rowe serait le centre et les journalistes les relais. Il ferme les yeux, ses lèvres bougent silencieusement, comme s'il parlait dans son sommeil. Bratenahl l'observe, entouré des curieux. Puis il s'en va, l'air désemparé.

FONDU SUR...

138 ... LES ARCOLOGIES — NUIT — PLAN DE SITUATION

Les « Arcologies » sont la concrétisation du rêve de l'architecte contemporain Paolo Soleri : des villes entières rassemblées dans des immeubles octogonaux géants, reliés les uns aux autres. Ils font 15 kilomètres de haut et peuvent abriter chacun 250 000 personnes.

Il n'y a autour que des plaines mornes et arides. La caméra avance sur ces Arcologies, se dirige plus particulièrement vers une fenêtre éclairée, minuscule tache blanche dans ce gigantisme.

FONDU ENCHAÎNÉ SUR...

139 ... INT. APPARTEMENT DE LA CITÉ BOISÉE — NUIT

On avance encore, puis la caméra pénètre à l'intérieur de l'appartement éclairé. L'appartement de Bratenahl ressemble à s'y méprendre à une forêt, avec son petit ruisseau qui gazouille et ses nombreuses espèces d'arbres, certaines d'origine terrienne. C'est comme si la nuit nous avait surpris dans un bois, sauf que celui-ci a quelque chose d'apprivoisé, de féerique, un peu comme dans *Le Songe d'une nuit d'été*. Lent travelling avant sur Bratenahl, penché sur son bureau, devant l'écran d'un ordinateur sur lequel des images défilent en séquences discontinues. On n'entend que le bruissement de la forêt. Le journaliste est relié à sa machine par un casque. Des visages connus se succèdent à l'écran : Edward Calvin, Susan Calvin, Stephen Byerley, Alfred Lanning, des images des pogroms des robots. Le journaliste est à l'évidence toujours obsédé par son sujet. Il se frotte les yeux, fatigué, comme s'il était là depuis longtemps. On entend un carillon étouffé. Il lève la tête, regarde autour de lui, légèrement hébété. Il parle à son ordinateur.

BRATENAHL

Éteins !

Sur l'écran s'affiche le menu, en caractères rouges.

Qui sonne à la porte ?

Rowe apparaît à l'écran. Il est dans l'entrée de l'immeuble. Des armes laser à têtes pivotantes, incrustées dans le mur, sont pointées sur lui, comme dans toutes les entrées gardées des Arcologies. Rowe porte des pansements sur la joue et le nez.

BRATENAHL

Débloque le son.

(un temps ; puis, à l'écran)

Qu'est-ce que tu veux, bourreau ? Les abattoirs sont au troisième.

ROWE

Ouvre, il faut que j'te parle.

BRATENAHL

Va te faire foutre.

ROWE

Ouvre, connard ! C'est pas ce que tu crois !

Bratenahl reste un long moment les yeux sur l'écran. Il fait quelques pas dans la pièce, puis soupire, résigné.

BRATENAHL

Central... Ouvre la porte.

Il tourne la tête vers la droite et un signal lumineux, au sol, fuse immédiatement à travers le bois, sur le gazon-moquette, en projetant des teintes chaudes sur le mobilier de palissandre. Rowe émerge, à l'autre bout, et suit le signal qui le guide vers le « salon » de Bratenahl. Dès que Rowe se trouve à une distance raisonnable, le signal s'éteint, laissant la part belle au crépuscule intérieur. Silence.

BRATENAHL

Je suis coincé ici, imagine-toi. Aucune cabine n'accepte le code de ma matrice. On me traite comme un vulgaire assassin !

ROWE

J'ai rien pu faire pour éviter ça.

(un temps)

Mais j'peux y remédier.

Il s'assied, prenant ses aises.

Écoute-moi bien : si j'ai été si dur avec toi à la boutique, c'est que j'tenais à ce que tout le monde croie que t'étais plus sur le coup.

Bratenahl, bouche bée.

BRATENAHL

Quoi ? Tu veux dire que tout ça, c'était *pour la galerie* ?

ROWE

Ouais. Tu crois quand même pas que j't'aurais laissé me tabasser comme ça ? J't'aurais brisé les os si j'avais pas eu une idée derrière la tête !

(un temps)

Il m'faut ce reportage. T'es la seule personne capable de me l'obtenir.

BRATENAHL

(il hurle)

Tu peux pas manipuler les gens autrement qu'en les intimidant ?

ROWE

Non. J'ai pas eu une enfance très heureuse.

BRATENAHL

Et ta mère !

En un éclair, Rowe a bondi de sa chaise et s'est jeté sur le journaliste. Il lui assène un coup de poing juste au niveau du plexus solaire. Bratenahl s'effondre, terrassé par la douleur. Rowe se rassied et attend.

ROWE

Ne dis rien et écoute-moi.

(un temps)

Jusque-là, tu t'es bien débrouillé. Tu l'as retrouvée. C'est déjà énorme.

Bratenahl essaie de se lever mais retombe sur ses coudes.

Je t'ai dégoté une matrice de remplacement. Ne me demande pas comment.

Il extrait de sa mallette une liasse de documents ainsi que plusieurs pochettes en plastique qu'il dépose sur le bureau. Il poursuit :

Voilà les coordonnées de la cabine. Plus les noms de deux hommes qui ont travaillé avec Calvin. Si tu t'y prends bien, ils te donneront certainement des informations intéressantes.

(un temps)

Pars dès que tu pourras.

Il se lève, prêt à partir.

T'es pas obligé de m'aimer, p'tit. Mais fais ce que je te dis et j'te garantis que c'est toi qui sortiras gagnant.

(un temps)

J'suis peut-être qu'une merde, Bratenahl, mais quand j'fais quelque chose, j'vais jusqu'au bout. T'as l'étoffe d'un grand, même si tu le sais pas. Crois-moi et j'te promets que tu te souviendras de cette histoire jusqu'à la fin de tes jours.

Il part, abandonnant le journaliste à sa douleur.

FONDU SUR...

140 ... EXT. KITALPHA XVI — NUIT

Un éclair fulgurant cisaille le ciel bleu électrique de la seizième planète de l'étoile Kitalpha, dans la constellation du Petit Cheval. Travelling arrière pendant qu'on entend le déchirement assourdissant d'un milliard d'éclairs. Kitalpha XVI est une planète dont l'atmosphère surchargée d'ozone provoque des foudres perpétuelles. Aucun être vivant ne peut vivre à sa surface rongée de cratères et d'entailles. Vue panoramique de la planète déchirée par les éclairs, puis, plongée sur une cabine de téléportation (voir scène 14 pour sa description). Un peu plus loin, un vaisseau spatial décati flotte dans l'espace, usé et poli par le temps. C'est un vieil engin qui a néanmoins fière allure. Il est entouré d'un entrelacs de câbles métalliques, probablement des paratonnerres. La caméra descend sur la pyramide. Au même moment, une silhouette se glisse hors du vaisseau et se dirige rapidement vers la cabine.

Plan serré sur un robot, presque ridicule tant il est vieillot et démodé, qui s'approche de la cabine. Ses bras et ses jambes sont filiformes et ses yeux photoélectriques sont placés à un endroit inhabituel. Il porte une couronne de câbles sur la tête, avec deux tortillons dressés, qui le protège de la foudre. Son nom est FRINKEL.

La porte de la cabine s'ouvre en coulissant (selon la technique décrite scène 14) et un faisceau de lumière jaillit de l'obscurité, à l'intérieur. Bratenahl se rematérialise en un instant. Frinkel s'approche et lui pose l'étrange couronne sur la tête. Un éclair soudain à l'extérieur de la cabine aveugle le journaliste qui recule, se protégeant les yeux.

FRINKEL
(voix rouillée)

Je m'appelle Frinkel, monsieur. Messieurs Donovan et Powell m'envoient vous chercher. On vient juste de recevoir les coordonnées de votre arrivée. Mettez cette couronne, s'il vous plaît, elle vous protégera des éclairs.

Bratenahl, aveuglé par les tourbillons de feu, sursaute et fait un bond chaque fois qu'un éclair déchire le ciel. Il avance prudemment.

FRINKEL

Vous vous habituerez, monsieur. Ici, les éclairs ne s'arrêtent jamais à cause de la surcharge en ozone de l'atmosphère.

(un temps)

Mais, euh... dépêchons-nous. Ils vous attendent.

Bratenahl, pétrifié, acquiesce d'un signe de tête. Le robot se détourne et marche d'un pas lent aux côtés du journaliste désorienté. Terrorisé par un éclair tout proche, Bratenahl cavale vers le vaisseau. La porte de la cabine se referme doucement. Plan fixe : le Terrien et le robot filent à toute allure sur le sol dévasté.

FONDU SUR...

141 ... INT. CABINE DU VAISSEAU — PLAN MOYEN

Frinkel s'est adossé au mur, attendant silencieusement les ordres. C'est une cabine circulaire assez spacieuse, dotée d'un large hublot qu'illuminent, à intervalles réguliers, les éclairs meurtriers. Un morceau de Robert Schumann (1810-1856), le *Kreisleriana*, opus 16 (je recommande, en l'espèce, l'enregistrement d'Alicia De Larrocha, au Philharmonique de Londres), berce la cabine, recouvert, par moments, par les coups de tonnerre.

Bratenahl est assis dans un fauteuil pivotant, dont le rembourrage saille aux accoudoirs. MICHAEL DONOVAN est assis en face de lui, bronzé comme du pain d'épice après tant d'années d'exposition à des milliers de soleils. Mince, dans les quatre-vingt-dix ans, il porte une combinaison qui s'arrête aux genoux. On devine les veines sous sa peau et ses articulations noueuses. Ses yeux brillants et généreux masquent à peine son grand âge.

A l'autre bout de la cabine, le partenaire de Donovan, GREGORY POWELL, est penché sur un jeu d'échecs. Il a le même âge que Donovan, d'épais cheveux blancs et le teint buriné par le soleil. Il mesure à peine 1,70 mètre. Visiblement absorbé par son jeu, il suit discrètement la conversation entre le journaliste et Donovan. Le vaisseau ressemble à une garçonnière; l'atmosphère d'abandon et de désordre traduit l'habitude de longues années solitaires. Des habits traînent sur une console, des chaussures sont posées sur le bar, des Post-it parsèment les cloisons. Une thébaïde aussi confortable qu'une location de vacances...

Bratenahl sort une bouteille d'alcool de sa sacoche et la tend à Donovan qui sourit de plaisir.

BRATENAHL

Je vous ai apporté un petit cadeau. J'ai pensé que ça devait faire un bout de temps que vous n'aviez pas bu de bourbon.

DONOVAN

Un cadeau, monsieur Bratenahl ? Humm, vous en faites trop, non ?

BRATENAHL

J'ai pensé que ce serait plus approprié que du sirop au chocolat.

DONOVAN

Pardon ?

BRATENAHL

Rien. Juste un souvenir...

DONOVAN

Je ne m'explique pas très bien pourquoi quelqu'un viendrait de si loin juste pour poser des questions sur Susan Calvin...

BRATENAHL

Vous avez travaillé avec elle, n'est-ce pas ? Vous la connaissiez bien.

DONOVAN
(souriant)

On a travaillé avec elle, ça oui. Mais de là à dire qu'on la connaissait bien, non, on peut pas vraiment dire ça. Non. C'était pas le genre de femme qu'on pouvait connaître. Et encore moins comprendre !

Powell grommelle quelque chose ; Bratenahl tourne la tête, mais l'homme est toujours absorbé par son jeu.

BRATENAHL

Vous avez dit quelque chose, monsieur Powell ?

POWELL

(sans lever les yeux)

Je disais : la pire peau de vache que j'aie jamais rencontrée.

Un sourire narquois aux lèvres, Donovan fait signe à Bratenahl de poursuivre.

BRATENAHL

Je l'ai rencontrée, et l'impression que j'en ai retirée, si on peut dire, c'est qu'elle n'apprécie pas tellement ses congénères.

POWELL

Elle préférait largement les robots aux humains. Y a pas de « si on peut dire » qui tienne.

DONOVAN

(ignorant l'intervention de Powell)

Je ne suis pas sûr qu'on puisse vraiment vous être utiles, monsieur Bratenahl. Il y a une éternité que Greg et moi n'avons reçu de visites et... euh, voulez-vous nous excuser une minute ?

Bratenahl acquiesce. Donovan va vers Powell et pose une main sur son épaule. Celui-ci lève les yeux en soupirant et couche sur l'échiquier le Roi blanc. Il suit Donovan hors de la cabine, le sas se referme derrière eux. Le journaliste se tourne vers Frinkel.

FRINKEL

Vous désirez reprendre du café, monsieur ?

BRATENAHL

Non, merci.

(un temps)

Ils ont l'air tellement tristes.

FRINKEL

Vous seriez triste aussi, monsieur, si vous n'aviez plus de raison d'exister.

BRATENAHL

Je ne comprends pas.

142 PLAN AMÉRICAIN — FRINKEL ET BRATENAHL

Le robot fait un pas en avant mais reste debout pendant tout le dialogue qui va suivre.

FRINKEL

Ce sont les derniers capitaines de vaisseau. Les cabines de téléportation ont tué leur métier. Maintenant qu'on va d'un monde à un autre en un clin d'œil, qui a encore besoin de vaisseaux qui se déplacent à la vitesse de la lumière ?

BRATENAHL

Oui, je comprends. Il y a de quoi être amer.

FRINKEL

Vous comprenez, vraiment ? Permettez-moi d'en douter.

Il prend tout à coup la voix de Powell, l'imitant parfaitement.

FRINKEL

(avec la voix de Powell)

Fut un temps... avant la téléportation... où une passoire comme celle-ci allait loin, à la frontière du Sac à charbon, là où y avait rien que du néant... Fut un temps où, ici, c'était plein de vaisseaux... des vaisseaux énormes... des vaisseaux conquérants, pas des jouets comme celui-ci... des vaisseaux *énormes*, arrimés les uns aux autres, des centaines de vaisseaux. Fut un temps...

BRATENAHL

Mais qu'est-ce qu'ils font ici avec leur vaisseau, alors ?

FRINKEL

Il faut qu'il y ait au moins *un* vaisseau spatial, monsieur. Le nôtre.

(un temps)

Il faut bien que quelqu'un construise des terminus, si on veut pouvoir y accéder par téléportation.

BRATENAHL

(doucement)

Mon Dieu ! Chaque nouvelle jonction les éloigne davantage ! Mais c'est comme un exil volontaire !

FRINKEL

Ils font quand même leur travail, monsieur. Ils continuent, parce que c'est tout ce qu'*ils savent faire*. Central se désintéresse d'eux ; il se contente de leur envoyer de quoi construire la prochaine cabine, toujours plus loin... Ils y vont et puis ils attendent les instructions pour le tronçon suivant.

BRATENAHL

(déprimé)

C'est affreux de se sentir inutile à ce point-là.

FRINKEL

Pas inutile, monsieur. Non... fini.

La porte s'ouvre sur les deux capitaines. Powell lance un regard méfiant à Frinkel et au journaliste. Le robot réintègre immédiatement sa niche dans le mur. Ils s'installent en face de Bratenahl.

DONOVAN

Par où voulez-vous commencer ?

BRATENAHL

Qu'est-ce que vous savez de ses relations avec Byerley ?

DONOVAN

Rien. On a quitté définitivement la Terre en 2020. Byerley n'est entré en politique que quinze ou vingt ans plus tard.

BRATENAHL

Commençons alors par la première fois où vous avez été amenés à travailler avec elle. Si vous vous en souvenez...

POWELL

On se souvient de tout, *coco* ! Vieux, ça veut pas forcément dire sénile !

(un temps)

En 2022, elle avait vingt-huit ans. Elle nous a rejoints, avec un robot qui s'appelait Speedy. Ensemble, nous sommes partis pour la deuxième expédition minière sur Mercure.

DONOVAN

(prenant le relais)

En 2018, ils avaient envoyé une première mission d'exploration sur Mercure qui devait procéder à l'installation d'une station minière. Mais ce fut un échec.

143 PLAN MOYEN — DESCENDANT

Au fur et à mesure que se déroule le dialogue, la cabine s'obscurcit. Donovan et Powell sont off. C'est l'histoire qu'ils sont en train de raconter que l'on va voir. La caméra fixe l'un des globes photoréflecteurs de Frinkel, soudain rouge vif. La caméra plonge dans son regard; l'obscurité se fait autour d'eux.

POWELL
(off)

Tu sais à quoi ça ressemble, Mercure, coco?

BRATENAHL
(off)

Vaguement. Une de ses faces est toujours orientée vers le soleil... brûlante... L'autre est toujours glaciale, tournée vers le néant, sans oxygène.

POWELL
(off)

Brûlante, tu parles! Bouillante, oui! Température l'après-midi, 460° Kelvin... c'est-à-dire 186° Celsius, comme on disait dans le temps. Quant à la face toujours à l'ombre, la température descendait jusqu'à 90° Kelvin... – 147° Celsius!

(un temps)

Le seul truc qui empêchait la station de fondre au soleil, c'était le champ électrostatique, alimenté par des bancs de cellules photoélectriques, qui s'interposait entre la station et les rayons meurtriers. La station n'était qu'un gigantesque convertisseur d'énergie, en fait.

Fondu sur l'œil photoréflecteur rouge de Frinkel... Les voix s'amenuisent mais restent audibles.

144 ... INT. STATION SUR MERCURE — PLAN MOYEN

La station est abritée sous un dôme en métal et en plastique d'une quinzaine de mètres de hauteur. Deux hommes jeunes, d'à peine trente ans, Donovan et Powell, semblent jouer à cache-cache à l'intérieur. Powell, qui vient de franchir un sas, cherche avidement son partenaire des yeux. Celui-ci entre dans le champ en grimpant les marches d'un escalier en colimaçon qui émerge des niveaux inférieurs. Bien qu'on n'entende pas ce qu'ils se disent, il est clair que leur conversation est très animée. On n'entend que les voix, off, des deux hommes racontant ce qui s'est passé.

DONOVAN
(off)

On nous a envoyés sur Mercure pour sauver l'exploration minière. Calvin était venue avec nous pour superviser l'utilisation du nouveau robot S.P.D. 13, plus familièrement appelé Speedy.

(un temps)

Moins de quarante-huit heures après notre arrivée, les bancs de cellules photoélectriques ont lâché. On pouvait tenir encore vingt-quatre heures... mais après, c'était la mort à petit feu... enfin, si on peut dire!

MIKE DONOVAN

(un temps)

Il nous fallait juste un kilo de sélénium pour les faire redémarrer.

POWELL
(off)

Au début, ça nous a paru facile. Mercure regorge de filons de sélénium. Le plus proche n'était qu'à vingt-cinq kilomètres de la station.

(un temps)

On a décidé d'envoyer Speedy chercher ce qu'il nous fallait. On pensait que ce serait l'affaire d'un quart d'heure...

Donovan et Powell, jeunes, se disputent. Ils sont penchés sur une carte de Mercure. Susan Calvin fait irruption dans la pièce. Une porte coulissante se referme derrière elle. Elle les a d'abord écoutés se quereller, mais elle montre maintenant du doigt un point sur la carte, ce qui semble alimenter la dispute. Ils sont tous les trois en gros plan. Plongée sur la carte.

Pendant que Powell s'escrime à montrer un point précis sur la carte, on a le temps d'apercevoir une croix localisant la station et d'autres situant les filons de sélénium. Quatre cercles rouges entourent le filon le plus proche. On entend maintenant la conversation des deux hommes et de Susan Calvin. Flash-back dans la station.

POWELL

Il y a cinq heures que j'ai envoyé ce foutu robot chercher le sélénium. Quand j'ai vu qu'il ne revenait pas, j'ai essayé de le localiser par radio. En vain.

(un temps)

Il est devenu fou !

DONOVAN

On dirait qu'il fait le tour du filon de sélénium. Au lieu d'y entrer, de prendre ce qu'on lui a demandé et de revenir, il s'en approche puis revient sur ses pas, vers la station...

POWELL

Il s'arrête à mi-chemin et puis il repart vers le filon. Il ne sait faire que ça, des allers-retours... Et nous, on va cramer sur place !

CALVIN

Vous lui avez donné des ordres précis ?

POWELL

(sans aucune sympathie)

Évidemment !

CALVIN

Pourtant, les Trois Lois sont incontournables... Un robot ne peut pas violer les Trois Lois.

POWELL

Ah ouais ? Génial ! En attendant, il faut quand même sortir le récupérer !

Ils descendent tous trois par l'escalier en colimaçon.

145 À 151 CAMÉRA ÉPAULE — CALVIN ET LES DEUX HOMMES

Ils descendent dans les galeries souterraines, dans des tunnels, traversent des sas et débouchent dans un immense hangar où six énormes robots démodés sont assis contre le mur, les jambes étendues devant eux.

POWELL

Ils ont été abandonnés par la première expédition. Si on enfile les combinaisons isothermes, on devrait être protégés pendant vingt minutes. J'espère que ça nous laissera le temps de récupérer Speedy.

DONOVAN

Et pourquoi on n'enverrait pas un de ces robots géants à notre place ?

Les robots sont démesurément grands et, même lorsqu'ils sont assis, leurs têtes sont à plus de deux mètres du sol. Des caisses moisies, également laissées là par la première expédition, jonchent le sol. Susan Calvin s'approche de l'un des robots et ouvre sa plaque thoracique. A l'aide d'instructions qu'elle a dénichées sur une des caisses, elle insère dans la cavité la petite sphère contenant la minuscule étincelle d'énergie atomique donnant vie au robot. Il se redresse et la domine de toute sa hauteur.

CALVIN

Je crois que Powell a raison. Je connais bien ce modèle. Il a été construit à l'époque où on mettait l'accent sur la notion de sécurité. Ces engins ne peuvent se déplacer qu'avec un être humain.

(un temps)

On va devoir les enfourcher.

Ils enfilent leurs combinaisons, terriblement encombrantes et inesthétiques, et activent deux autres robots qui se redressent à leur tour. Les robots forment de leurs mains un étrier, puis les mettent en selle. Le dos des robots est bossu et porte une gouttière aménagée dans chaque épaule pour le logement des cuisses. Deux oreilles allongées servent de poignées. Une fois assis, ils enfilent un casque. Les trois énormes montures se meuvent lentement et restent les unes près des autres. Gros plan sur Powell qui montre, sur la carte, la sortie d'un tunnel, près du point identifiant le filon de sélénium qu'on a vu entouré de cercles rouges en pointillé.

POWELL

(voix déformée)

Le tunnel émerge à quatre ou cinq kilomètres de la surface de la mine où se trouve Speedy.

Juchés sur leur étrange monture, ils franchissent la porte du hangar. Son plafond n'est qu'à quelques centimètres de leurs têtes et ils doivent se baisser en toute hâte pour ne pas être rejetés en arrière. Plan sur la porte qui se referme silencieusement. Ils s'engagent dans un étroit couloir que seuls les yeux rouges des robots éclairent.

DONOVAN
(voix déformée)
J'y comprends rien. Speedy est parfaitement adapté à Mercure. La chaleur ne devrait avoir aucun effet sur lui. De plus, il a été conçu en tenant compte de la faible apesanteur de la planète et de son sol accidenté. Normalement, il devrait être indéréglable.

Ils parviennent au bout du tunnel, dans une minuscule sous-station, vide, sans air et hors d'usage. Les robots s'immobilisent. A l'aide de sa lampe de poche, Donovan examine un trou dentelé dans la partie supérieure du mur. Au signal de Powell, la porte de la sous-station coulisse et une lumière aveuglante envahit la galerie. Nous sommes à la surface de Mercure. Une haute falaise de roches noires basaltiques les abrite du soleil. Devant eux, l'ombre s'étend jusqu'à une crête dentelée, effilée comme un rasoir. Ailleurs, l'intensité de la lumière est presque insoutenable, d'autant que des myriades de cristaux sur le sol rocheux réverbèrent le soleil.

POWELL
(voix déformée)
Pas croyable ! On dirait de la neige.

Ils ont rabattu un filtre sur leur visière dès la sortie du tunnel.

DONOVAN
(voix déformée)

Il fait plus de 145° Celsius, ici!

Powell ajuste à sa visière une sorte de jumelle qui le fait ressembler à un escargot.

CUT/

152 AU TRAVERS DE LA VISIÈRE DE POWELL

Le filtre de la visière colore toute la surface de Mercure de teintes roses. On distingue, au loin, la tache noire du filon de sélénium.

POWELL
(voix déformée)

Il y a un point noir à l'horizon qui pourrait bien être le filon de sélénium. Mais je ne vois pas Speedy.

Soudain, quelque chose s'agite au loin qui semble venir droit vers eux, un point minuscule qui se détache en noir sur le fond cristallin éblouissant. Les étranges lunettes de Powell projettent un signal vert lumineux qui avance et fait le point sur l'objet mouvant.

POWELL
(voix déformée)

Je crois bien que... Oui, oui, c'est bien lui! Il vient vers nous!

CUT/

153 PLAN MOYEN — LE TRIO...

... en haut de la falaise. Trois étranges silhouettes, boudinées dans leur combinaison et ridicules avec leurs scaphandres, dont l'une a une tête d'escargot, sont juchées sur les épaules de trois géants de métal, les jambes écartées afin de garder l'équilibre. Donovan désigne du doigt le point dans le lointain.

DONOVAN
(voix déformée)

Je le vois! Allons-y!

Il plante des éperons imaginaires dans les flancs de sa monture et hurle à tue-tête dans son casque :

Allez, hue cocotte!

La caméra suit la marche lente et régulière des robots.

Plus vite!

POWELL
(voix déformée)

Inutile de hurler. Ces tas de ferraille n'ont qu'une seule vitesse.

Ils quittent l'ombre. Les rayons brûlants s'abattent tout à coup sur eux, les enveloppant comme un liquide. Susan Calvin n'a jusque-là, bizarrement, pas dit un mot. Elle guide son robot en silence, avec une certaine grâce.

154 ZOOM VERS L'HORIZON — SUR SPEEDY

Le robot S.P.D. 13 avance à pas aisés et rapides, comme s'il avait toujours gambadé sur ce sol cahoteux et brûlant comme l'enfer. (On doit absolument ressentir les 200° Celsius.) Speedy a un corps gracieux et aérodynamique qui fait jaillir de petits geysers de poussière sous ses pas. C'est un lointain ancêtre de Frinkel, mais il semble très perfectionné comparé aux trois montures métalliques. Aussi perfectionné qu'une Maserati ou une Porsche comparées à une vieille Stanley à vapeur.

155 CONTRECHAMP — DONOVAN AU PREMIER PLAN

Du haut de son robot, il aperçoit Speedy qui progresse vers eux à une vitesse vertigineuse. Il agite frénétiquement la main.

DONOVAN
(voix déformée)

Speedy ! Speedy ! Ouh ! ouh !

POWELL
(voix déformée)

Bien, bien, Speedy ! Viens, mon chou... Viens, p'tit salopard !

DR. SUSAN CALVIN, AGE 28

156 GROS PLAN — SUSAN CALVIN

Elle observe, silencieuse, les manigances du robot. Quelque chose dans son expression indique qu'elle n'est pas aussi satisfaite que ses deux partenaires.

157 PLAN MOYEN

La distance entre le trio et le robot diminue rapidement, celui-ci avançant toujours à vive allure.

DONOVAN
(voix déformée)

Pousse au maximum ton émetteur, Greg. Il ne nous voit pas encore.

158 À PARTIR DE POWELL, EN DIRECTION DE SPEEDY

Speedy oscille étrangement. Au cri de Powell, il lève la tête et les aperçoit. Il s'immobilise aussitôt, les jambes plantées dans le sol, tout en vacillant légèrement.

POWELL
(voix déformée)

C'est ça, c'est ça. Viens par ici, coco, viens!

159 GROS PLAN — SPEEDY...

... les regarde tous les trois et, pour la première fois, on entend sa voix métallique qui résonne dans les écouteurs :

SPEEDY
(d'une voix métallique un peu dérangée)

Mais jouons, nom d'un chien! Je t'attrape et tu m'attrapes. Aucun amour ne nous blessera jamais. Car je suis le Petit Chaperon rouge, le gentil Petit Chaperon rouge. Youpi!

On dirait qu'il a le hoquet. Il tourne les talons et s'élance dans la direction opposée, avec une fureur qui fait jaillir sous ses pas de petits éclairs dorés.

160 LE TRIO...

... le regarde s'éloigner.

POWELL
(voix déformée)

Merde, merde, merde et merde!

DONOVAN
(voix déformée)
Espèce d'abruti ! Saloperie de ferraille !
Nom de Dieu ! Tu vas revenir, oui ?!

Silence. Les deux hommes se regardent puis, dépités, se tournent vers Susan Calvin.

CALVIN
(voix déformée)
Retournons à l'ombre de la falaise. Nous sommes en train de rôtir.

Elle tire sur les oreilles de son robot qui fait demi-tour en direction de la falaise. Les deux hommes la suivent.

FONDU SUR...

161 ... L'OMBRE DE LA FALAISE — LE TRIO

Ils sont descendus de leurs montures et se sont assis dans l'ombre ouatée, faiblement éclairés par les globes photoélectriques rouges des robots qui les toisent de toute leur hauteur.

DONOVAN
(voix déformée)
Où a-t-il été pêcher ce texte à la noix ? Vous voulez que j'vous dise ? Il est ivre, ivre mort !

CALVIN
(voix déformée)
Speedy n'est pas ivre, du moins pas au sens où nous l'entendons.

POWELL
(voix déformée)
En tout cas, il a pété un plomb, ça c'est sûr !

CALVIN
(voix déformée)
Puis-je vous suggérer de modérer votre langage, monsieur Powell ?

Powell et Donovan se regardent, interloqués. Powell explose :

POWELL
(voix déformée)
Non mais putain, *j'y crois pas*, Calvin ! On a le cul posé sur Mercure, à 82 millions de kilomètres de la Terre, on est à deux doigts d'être *incinérés* vivants parce que cette saloperie de robot que vous avez en partie conçu est incapable de faire autre chose que de tourner en rond... et vous, tout ce que vous trouvez à dire, c'est « modérez votre langage » ! ! !
(un temps)
J'suis mort de trouille, moi, espèce d'idiote ! P't-être que vous comptez rester plantée là comme une andouille à nous regarder, Mike et moi, brûler vifs et après rentrer dans votre putain de baraque... mais *moi, j'ai peur*, nom de Dieu !

Donovan se glisse à côté de Powell et lui assène un tel coup sur la tête que son scaphandre vient heurter la paroi de la falaise. Powell est sonné, le coup semble l'avoir calmé. Il ne pleure pas, mais respire lourdement, comme s'il essayait de se maîtriser.

DONOVAN
(voix déformée)
(calmement)
Il est désolé, docteur Calvin.

CALVIN
(voix déformée)
Je comprends. Réfléchissons, maintenant.

Elle s'assied.

162 AUTRE ANGLE — CALVIN EN ACCROCHE

Powell est agité de tremblements ; Donovan se rapproche de lui pour le réconforter. Un temps. Ils se tournent vers Calvin.

CALVIN
(voix déformée)

Speedy est parfaitement adapté à la surface mercurienne, si l'on en croit les conclusions de la première expédition.

(elle balaie l'horizon des bras)

Donc, il y a quelque chose d'anormal, ici.

(un temps)

C'est par là que nous devons commencer.

La zone qu'elle vient de désigner est illuminée par des milliers de cristaux qui jonchent la surface et reflètent les rayons ardents du soleil.

DONOVAN
(voix déformée)

Vous parlez de ces cristaux ? D'accord, mais d'où viennent-ils ? Ils n'ont pu se former qu'à partir d'un liquide en état de refroidissement lent. Or, quel liquide serait suffisamment chaud au point de refroidir sous les rayons incandescents de Mercure ?

Powell se racle la gorge.

POWELL
(voix déformée)

Une action volcanique, peut-être ?

Calvin se rassied subitement et le considère avec attention.

CALVIN
(voix déformée)

Bien, bien, monsieur Powell.

(un temps)

Qu'avez-vous dit à Speedy quand vous l'avez envoyé chercher le sélénium ?

POWELL
(voix déformée)

J'm'en souviens plus exactement. Je lui ai dit d'aller en chercher.

CALVIN
(voix déformée)
(sèchement)

Il va falloir vous souvenir *exactement*... Comment le lui avez-vous demandé ?

POWELL
(voix déformée)

J'ai dit... euh... euh... : « Speedy, il nous faut un peu de sélénium. Tu pourras en trouver à tel et tel endroit. Va et ramènes-en. » C'est tout. Qu'est-ce que vous vouliez que je lui dise de plus ?

CALVIN
(voix déformée)

Est-ce que vous avez donné à votre ordre un caractère d'urgence ?

POWELL
(voix déformée)

Non, pourquoi ? Il s'agissait d'une simple opération de routine.

Calvin se lève et fait quelques pas, les mains dans le dos. Après un temps de réflexion, elle dit, sans se retourner :

CALVIN
(voix déformée)

Il se trouve que nous ne sommes pas en train d'effectuer une opération de routine, monsieur Powell, et qu'on pourrait bien tous y passer.

DONOVAN
(voix déformée)
Vous avez compris ce qui n'allait pas ?

CALVIN
(voix déformée)
Oui, je crois...

DONOVAN
(voix déformée)
On vous écoute.

Elle revient vers eux.

CALVIN
(voix déformée)
Il s'agit des Trois Lois de la robotique... comme toujours.
(elle énumère les Lois sur ses doigts)
Un : Un robot ne peut porter atteinte à un être humain ni, par son inaction, permettre qu'un être humain soit blessé.

POWELL
(voix déformée)
(il enchaîne)
Deux : Un robot doit coopérer avec les êtres humains, sauf si une telle coopération est en contradiction avec la Première Loi.

CALVIN
(voix déformée)
(agitant son majeur)
Et trois : Un robot doit protéger son existence, si cette protection n'est pas en contradiction avec la Première Loi.

DONOVAN
(voix déformée)
Exact ! Mais où cela nous mène-t-il ?

CALVIN
(voix déformée)

Tout droit à l'explication.

(un temps)

Supposons que le robot aille au-devant d'un danger et qu'il le sache. Le potentiel de la Troisième Loi le contraint à revenir sur ses pas. Supposons maintenant que vous lui *ayez ordonné* d'aller s'exposer à ce danger. Dans ce cas, la Deuxième Loi suscite un contrordre plus fort que le précédent : le robot exécute les ordres qu'il a reçus au péril de son existence.

(un temps)

Pour le S.P.D. 13 — qui est, soit dit en passant, un modèle aussi coûteux qu'une flotte de croiseurs de guerre —, le potentiel de la Troisième Loi a été spécialement renforcé, de sorte que son allergie au danger est particulièrement forte.

POWELL
(voix déformée)
(il se frappe le front)

Et en plus, je lui ai donné l'ordre d'aller chercher du sélénium, d'un ton tout à fait ordinaire ! Ce qui a amoindri le potentiel de la Deuxième Loi.

DONOVAN
(voix déformée)

Je commence à comprendre... et ça ne me plaît pas du tout.

(un temps)

Donc, si j'ai bien compris, il existe pour Speedy un danger dont le centre est le filon de sélénium. Plus il s'approche, plus le danger augmente. Parvenu à une certaine distance du centre, le potentiel de la Troisième Loi, qui est inhabituellement élevé dans le cas de Speedy, équilibre le potentiel de la Deuxième Loi qui est, en l'occurrence, moins fort au départ. En d'autres termes, la Troisième Loi le repousse et la Deuxième l'attire en avant...

CALVIN
(voix déformée)
(elle acquiesce)

Si bien qu'il tourne en rond autour du filon et qu'il ne dépasse pas un certain rayon. A moins que nous n'intervenions, il continuera sa ronde pour toujours. C'est ce qui lui donne cet air ivre. Car lorsque l'équilibre est atteint, une partie des réseaux positroniques de son cerveau est court-circuitée.

POWELL
(voix déformée)

Mais de quel danger s'agit-il ? De quoi a-t-il peur ?

CALVIN
(voix déformée)

C'est vous qui l'avez suggéré tout à l'heure. Un phénomène volcanique. Il doit y avoir, près du filon de sélénium, une émanation de gaz provenant des entrailles de Mercure. Vous imaginez les dégâts que peuvent causer l'acide sulfurique, le gaz carbonique... et l'oxyde de carbone, en telles quantités et à une telle température ?

DONOVAN
(voix déformée)

Oh, mon Dieu !

POWELL
(voix déformée)

Quoi ? *Et alors ?* Je ne comprends pas...

DONOVAN
(voix déformée)

L'oxyde de carbone allié au fer produit une substance volatile. Or, un robot est essentiellement composé de fer.

Powell s'effondre, le visage sombre. Les yeux rouges du robot se fixent sur le Terrien.

POWELL
(voix déformée)

On ne peut pas aller chercher le sélénium nous-mêmes. Le filon est trop loin, nos combinaisons n'y résisteraient pas. On ne peut pas non plus envoyer ces monstres puisqu'ils ne peuvent se déplacer sans nous... De toute façon, ils n'iraient pas assez vite pour nous empêcher de cramer sur place... Et nous ne pouvons pas non plus rattraper Speedy, parce que cet imbécile va beaucoup plus vite que nous.

CALVIN
(voix déformée)

Il y a autre chose...

(un temps)

Il y a une haute concentration d'oxyde de carbone dans l'atmosphère de vapeurs métalliques et, en conséquence, un effet corrosif non négligeable. Il y a des heures qu'il tourne en titubant. Je pense qu'un joint de ses genoux a cédé.

(un temps)

Si nous n'intervenons pas, il va s'effondrer. Alors là, il sera vraiment trop tard. Il faut que nous trouvions la solution, et très vite, messieurs, sinon...

Plan sur leurs visages pétrifiés.

FONDU SUR...

163 ... LE VISAGE DE POWELL — PLAN SERRÉ

Ses traits sont déformés par la peur et l'impuissance. Il regarde à sa gauche. La caméra le suit et s'arrête sur Donovan, l'air tout aussi perplexe. Ils savent qu'ils sont foutus.

DONOVAN
(voix déformée)
On peut encore tenir une quinzaine de minutes... Après, il faudra rentrer et alors...

POWELL
(voix déformée)
Alors, Calvin ? Une suggestion ? Une autre de vos brillantes idées ? Vous êtes la seule, ici, à savoir comment pensent ces débiles !

Il tourne la tête, mais Susan Calvin et son robot ont tous deux disparu.

POWELL
(voix déformée)
Calvin, où êtes-vous ? On ne voit rien ici.

Il se lève et tâtonne dans le noir.

POWELL
(voix déformée)
(au robot)
Hé, toi, l'idiot ! Tu pourrais pas allumer tes yeux et nous éclairer un peu ?

Le robot balaie du regard les alentours et une lave rouge se déverse sur le sol rocheux. On ne voit ni Calvin ni son robot.

POWELL
(voix déformée)
(tremblant)
Mike, elle a disparu !

DONOVAN
(voix déformée)

Docteur Calvin? Docteur Calvin? Où êtes-vous?

(à Powell)

Comment a-t-elle pu s'en aller sans qu'on s'en aperçoive?

POWELL
(voix déformée)

Si je le savais!

DONOVAN
(voix déformée)

Docteur Calvin! Répondez-nous, par pitié!

POWELL
(voix déformée)

Peau de vache!

(il hurle dans son transmetteur)

Vous ne vous en tirerez pas comme ça, Calvin! Vous brûlerez comme nous, espèce de lâche!

DONOVAN
(voix déformée)

Bon sang, mais ferme-la, Greg! Il lui est arrivé quelque chose... Elle n'est pas idiote... Elle ne nous aurait pas plantés là...

(un temps)

Docteur Calvin! Répondez! Où êtes-vous?

On entend un grésillement, puis la voix de Susan Calvin leur parvient.

CALVIN
(voix déformée)

Il y a toujours la Première Loi, messieurs. La Deuxième et la Troisième ne sont pas assez fortes pour contrer le potentiel de la Première. J'y pensais tout à l'heure...

DONOVAN

Oh, mon Dieu, non! Docteur Calvin... Revenez! Non, n'y allez pas!

POWELL
(voix déformée)

Non! Nom de Dieu, Mike, ne me dis pas qu'elle...

CALVIN
(voix déformée)

Je suis trop loin pour que vous me rattrapiez. Je reste en contact radio.

CUT/

164 PAYSAGE DÉLAVÉ PAR LA LUMIÈRE — CALVIN ET SON ROBOT

Juchée sur son robot qui avance à pas lourds et lents vers le filon de sélénium, elle longe une haute falaise de roche basaltique.

165 VERS L'HORIZON — CALVIN EN ACCROCHE

Speedy court vers elle, en oscillant et claudiquant de la même manière étrange que tout à l'heure, mais son balancement s'est accentué.

SPEEDY
(voix déformée, métallique et plus perturbée)

Nous y revoilà! Ouaiaiais! J'ai fait une petite liste, le joueur de piano; ceux qui mangent de la menthe et qui vous la crachent à la figure...

Elle se rapproche de Speedy. Il s'arrête net, en vacillant légèrement, puis fait un pas en arrière.

CALVIN
(voix déformée)

Je sens une horrible démangeaison dans le dos. C'est probablement mon imagination qui me joue des tours, mais ça pourrait aussi être des radiations dures qui ont traversé ma combinaison et qui commencent à faire leur effet. Bonjour, Speedy...

166 SPEEDY EN ACCROCHE — VERS CALVIN

Ils sont toujours assez loin l'un de l'autre ; Calvin poursuit son inexorable progression. Son robot s'immobilise tandis que Speedy recule, de plus en plus lentement.

SPEEDY
(voix déformée)

... j'ai repassé tous les effets de la Marine Royaaaaale...

(plaintivement)

Tralalilala ! C'est nous que revoilà !

Puis, parvenue à 250 mètres de lui, elle descend de sa monture et atterrit sur le sol cristallin avec un léger choc, faisant voler de petits éclats autour d'elle. Elle poursuit à pied, ralentie par le terrain inégal et glissant. Speedy recule tandis qu'elle avance. Elle s'immobilise, tout près de lui.

CALVIN
(voix déformée)

Speedy! Écoute-moi, Speedy! Il faut que je retourne à l'ombre, sinon le soleil me tuera. C'est une question de vie ou de mort, Speedy! J'ai besoin de toi.

(un temps)

Aide-moi, Speedy!

Le robot fait un pas en avant, s'arrête.

SPEEDY
(voix déformée, incertaine)

Lorsque vous êtes étendu sur votre lit avec une forte migraine et que le repos vous fuit...

CUT/

167 GROS PLAN — VISAGE DE CALVIN AU TRAVERS DU SCAPHANDRE

DONOVAN
(voix déformée)

Revenez, docteur Calvin! Il récite *Iolanthe*, maintenant. Revenez! Peut-être qu'on peut...

CALVIN
(voix déformée)

Trop tard... je cuis...

Quelque chose a attiré son attention. On suit son regard. On élargit le champ : elle titube et écarte les bras comme pour se rattraper à une branche. Les yeux écarquillés, elle voit sa monture avancer vers elle... sans cavalier.

LE ROBOT
(voix déformée)

Pardon, Maîtresse. Normalement, je ne dois pas me déplacer sans être monté par un Maître, mais vous êtes en danger.

Elle recule en agitant frénétiquement les bras.

CALVIN
(voix déformée)
Je t'ordonne de t'arrêter. Je te *l'ordonne* !

Elle titube, une main sur son scaphandre, morte de chaleur sous sa tenue qui laisse pénétrer les rayons de feu. Elle regarde autour d'elle, étourdie.

LE ROBOT
(voix déformée)
Vous êtes en danger, Maîtresse.

Plan serré sur Calvin. L'intérieur de sa visière est recouvert de gouttelettes et on entend sa respiration lourde, presque rauque. Elle tombe, un genou à terre, étourdie par la chaleur.

CALVIN
(voix déformée)
Speedy ! Je suis en train de mourir... Mon Dieu, Speedy, *je t'en prie*, aide-moi !

Susan se met à ramper vers Speedy pour fuir le robot géant qui avance vers elle à pas lourds. Tout à coup, des mains d'acier se posent sur elle. Sa tête et ses épaules sont en plan serré.

SPEEDY
(voix déformée)
Tonnerre de sort, patronne ! Mais que faites-vous là ? Et moi, qu'est-ce que je fais là ? Tout est tellement confus...

Elle le regarde, soulagée, et sourit faiblement.

CALVIN
(voix déformée)
(dans un murmure)
Ce n'est rien, Speedy. Ra... ramène-moi à l'ombre de la falaise... vi... vite...

CUT/

168 PLAN SUBJECTIF — VISIÈRE DE CALVIN...

... parsemée de buée et de gouttelettes. On entend son souffle rauque.

CALVIN
(voix déformée)

Vi... Vite...

La buée se transforme en blanc vaporeux : elle s'est évanouie.

FONDU SUR...

169 IDEM 141

... Bratenahl, Donovan, Powell et leur secrétaire Frinkel. Ils sont assis dans la pénombre du vaisseau spatial, que seuls illuminent, périodiquement, les éclairs fulgurants rayant la surface de Mercure. Leurs visages sont faiblement éclairés par les lueurs rouges, vertes et argentées des clignotants sur le tableau de bord de la cabine.

POWELL

J'ai envoyé Speedy à l'un des autres filons de sélénium avec l'ordre exprès d'en rapporter à tout prix.

DONOVAN

Il est revenu au bout de quarante-deux minutes et trois secondes. Je l'ai chronométré.

(un temps, puis, d'une voix pensive)

Susan Calvin...

BRATENAHL

Elle a dû être sévèrement brûlée, non ?

POWELL
(plus calme)

J'aurais pas pu supporter ce qu'elle a enduré.

Ils observent le silence pendant quelques secondes.

BRATENAHL

Aidez-moi à entrer en contact avec elle.

DONOVAN

On ne peut pas. On n'est rien, nous. Que des vieux qui attendent leur tour.

POWELL

Elle ne nous a jamais vraiment appréciés. Remarquez, on peut pas lui en vouloir non plus. On se prenait un peu pour des je-sais-tout, à l'époque.

BRATENAHL

S'il vous plaît, aidez-moi. Vous m'avez parlé d'un aspect d'elle que personne ne connaît. Il faut que le monde *sache*. C'est important, vous comprenez ?

DONOVAN
(à Powell)

T'es pas un peu fatigué, Greg ?

POWELL

T'as raison. Ce serait pas une mauvaise idée d'aller dormir. On a une rude journée demain.

Ils se lèvent et se dirigent vers leurs couchettes tandis que Frinkel signifie clairement à Bratenahl qu'il est temps de partir.

FRINKEL

Je vous raccompagne, monsieur.

BRATENAHL
(insistant)

Je serai sur Sigma Draconis 5. Central me trouvera... si vous cherchez à me joindre...

Donovan et Powell s'enfoncent dans les ténèbres du vaisseau. Frinkel raccompagne poliment mais fermement le journaliste à l'ascenseur. Celui-ci y entre et fait face à Frinkel.

FRINKEL

Ils sont fatigués, monsieur, très fatigués. Il faut les comprendre... Ce doit être terrible de vivre au-delà de son temps. Je ne comprends pas bien ce concept moi-même, mais je partage leur douleur.

L'ascenseur descend lentement, le journaliste porte la couronne paratonnerre sur sa tête. Il regarde toujours le robot bienveillant, resté immobile là-haut.

FONDU SUR...

170 ... LES CRYPTES — SOUS SIGMA DRACONIS 5

Une salle immense, composée de galeries très hautes et très longues, toutes en acier et en matériaux synthétiques réfléchissants. Deux silhouettes minuscules marchent dans l'allée centrale, au milieu des parois dans lesquelles sont encastrés les caissons où des humains et des mutants ont été cryogénisés. Le spectateur doit être médusé par la taille gargantuesque de la crypte. Caméra plongeante sur les pas qui résonnent. On doit lentement découvrir le visage de Bratenahl et de Bernice qui tient à la main un petit appareil à infrarouge.

BERNICE

Je t'assure que tous ceux qui me devaient un service ont été mis à contribution pour que j'arrive à mettre la main sur ce petit engin.

BRATENAHL

Je te remercie.

Elle regarde avec inquiétude le journaliste tendu et muré dans son silence.

BERNICE

T'as l'air malade comme un chien !

Ils marchent dans l'allée centrale, caméra à leurs côtés. Par les portes de cristal qui ferment les niches des parois, on voit des sarcophages individuels où reposent les corps cryogénisés. Leurs pas résonnent dans le silence ; on les entend faiblement.

BRATENAHL

Je sens que je vais tout perdre...

BERNICE

Perdre quoi, Bob ? C'est ça que j'aimerais bien comprendre : perdre quoi ? Tu sais bien que Rowe te reprendra de toute façon !

BRATENAHL

Qu'il me reprenne ou pas, ça m'est égal maintenant.

BERNICE

Elle t'a *envoûté,* cette Susan Calvin, ou quoi ?

BRATENAHL

J'sais pas. J'arrive pas à expliquer comment je me sens, ni à comprendre ce qui m'arrive. J'ai revu cent fois les cassettes où elle est avec Byerley... Je sais que la solution est là... mais j'sais pas où...

BERNICE
(lasse)

C'est qui, ce Bogert qu'on vient voir, au juste ?

BRATENAHL

Norman Bogert était mathématicien à l'U.S. Robots et Hommes Mécaniques. Il a travaillé avec Susan Calvin pendant des années avant de succéder à Alfred Lanning à la tête de RoboMek.

BERNICE

Il a été cryogénisé il y a vingt-deux ans. En quoi peut-il t'être utile ?

BRATENAHL

Donovan et Powell m'ont vaguement dit qu'il y avait à l'époque une rumeur selon laquelle Calvin avait une liaison. Bogert pourra peut-être me donner des précisions là-dessus. Il était assez proche d'elle.

BERNICE
(baissant les yeux sur son bip)

C'est ici. Rangée n° 15.

Elle entre un code d'accès dans l'appareil. Soudain, bien au-dessus de leurs têtes, un des cercueils coulisse lentement hors de sa niche en grinçant légèrement. Deux bras extensibles le ramènent vers le sol. Bernice coule un regard inquiet vers son compagnon.

171 PLAN AMÉRICAIN — MOYEN LONG...

... sur Bernice qui oblige le journaliste à se tourner vers elle.

BERNICE
(pressante)

Tu sais, Bob, j'aimerais bien être à demain... au jour où je pourrai me laisser aller et profiter de toi.

BRATENAHL

Plus tard, peut-être.

BERNICE

Peut-être que plus tard, il sera trop tard, Bob.

BRATENAHL

Tant pis. Pour le moment, j'arrive pas à penser à quoi que ce soit d'autre.

BERNICE

T'as toujours été comme ça. Si ce n'était pas cette affaire, ce serait un naufrage dans la mer de lave de 30 Cassopeia Iota, une chasse à l'homme sur Carina Avoir 9...

BRATENAHL

Le voilà.

BERNICE

Bernice soupire et, résignée, retire sa main du bras de Bratenahl. Ils se penchent sur le sarcophage. Bernice connecte son appareil à un écran apposé à la plaque de quartz qui scelle le tombeau.

BERNICE

Cancer du système lymphatique. Cryogénisé à un stade avancé de la maladie. A moins d'organes de remplacement, on ne pourra jamais le décryogéniser.

BRATENAHL

Je peux lui parler ?

BERNICE

On peut essayer d'entrer en contact avec son hypothalamus. Le faire passer en stade de sommeil alpha. Il devrait être suffisamment conscient pour pouvoir t'entendre. Tiens, mets ça, tu vas devoir utiliser un écouteur.

Elle lui tend un petit écouteur qu'il insère dans son oreille et attache à son lobe externe. Elle règle le bip sur les ondes alpha ; on entend des grésillements électroniques. Caméra sur Bratenahl penché sur l'homme qui semble endormi.

172 DOLLY SUR LE SARCOPHAGE

On voit assez nettement le corps d'un homme nu. NORMAN BOGERT a été cryogénisé alors qu'il avait à peine soixante ans. Son visage est impassible, ses cheveux, qui n'ont miraculeusement pas blanchi, sont ternes et noirs, collés au crâne. Ses yeux sont fermés, ses lèvres minces, soudées. Plan de plus en plus serré sur fond de grésillements électroniques. On entend l'écho d'une voix, comme si elle nous parvenait du fond d'un tunnel. Le volume de la voix s'amplifie, accompagné, à chaque inspiration, d'un petit sifflement des bronches.

BOGERT
(voix lointaine)

Quelqu'un m'appelle... au bout de ce tunnel... Quelqu'un appelle mon nom...

(un temps)

Attendez... Est-ce que... je suis réveillé ?

BRATENAHL
(hors champ)

Monsieur Bogert, vous êtes toujours en train de dormir. Je me suis connecté à votre cerveau pour vous parler.

BOGERT
(voix lointaine)

Qui êtes-vous ? Êtes-vous *là-haut* ? Je ne vous vois pas.

BRATENAHL
(hors champ)

Je m'appelle Robert Bratenahl. Je suis journaliste à *Cosmos.* Je suis venu vous poser quelques questions sur Susan Calvin.

BOGERT
(voix lointaine)

Je suis toujours en train de mourir, alors. Et c'est pour *me dire ça* que vous m'avez réveillé ? Comment m'avez-vous réveillé, au fait ? Est-ce que je rêve ?

BRATENAHL
(hors champ)

Je me suis branché sur votre inconscient, monsieur. Ce que j'ai à vous demander est très important, j'espère que vous pourrez m'aider.

173 PLAN MOYEN...

... sur l'ensemble du complexe cryogénique, de haut en bas et de droite à gauche. Tout en bas, deux minuscules taches sombres sont penchées sur un cercueil transparent. Lente plongée pendant que le dialogue se poursuit.

BOGERT
(voix lointaine)
(provocateur)

Mais je ne tiens absolument pas à vous parler. Ce que vous m'imposez relève d'un égoïsme patenté, monsieur Machin.

BRATENAHL

Écoutez, vous étiez très proche du docteur Calvin pendant toutes ces années où...

BOGERT
(voix lointaine)

Personne n'a jamais été proche de Susan Calvin ! Rien ni personne, hormis ses chers robots, bien sûr.

(un temps)

Partez ! Laissez-moi tranquille ! J'ai des rêves à faire.

BRATENAHL
(joueur)

Vous ne voulez pas savoir ce qui s'est passé dans le monde depuis que vous avez été congelé ?

BOGERT
(voix lointaine)

Vous avez déjà été profondément endormi ?

BRATENAHL

Non, monsieur.

BOGERT
(voix lointaine)

Dans ce cas, permettez-moi de vous expliquer : la seule chose qui intéresse celui qui dort, c'est sa propre personne. J'ai d'ailleurs découvert pas mal de choses intéressantes sur moi-même...

(un temps)

Par exemple, j'ai découvert il y a peu de temps... mais était-ce vraiment récemment ?... pourquoi j'ai toujours détesté les brocolis.

BRATENAHL
(impatient)

Vous ne voulez pas que je vous parle de la téléportation ?

BOGERT
(voix lointaine)
(soudain intéressé)

Non ! C'est pas vrai ! Ils ont finalement réussi ? Grâce aux progrès qu'on avait réalisés dans le déplacement spatial interplanétaire, non ?

BRATENAHL

Écoutez, si vous acceptez de me parler de Susan Calvin, je vous raconterai tout ce que vous ne pouvez pas savoir.

BOGERT
(voix lointaine)

Faire pression sur un subconscient sans défense n'est pas très convenable, monsieur Machin.

BRATENAHL

Bratenahl. Robert Bratenahl. Il ne s'agit pas de faire pression sur vous, mais juste d'échanger des petits potins.

Ils sont tous les trois en gros plan. Bernice effleure le bras du journaliste, lui indique d'un geste qu'elle va les laisser seuls. Il lui répond distraitement d'un signe de tête, captivé par la possibilité qui lui est offerte de dialoguer avec le cerveau d'un homme congelé. Bernice s'éloigne et Bratenahl se penche davantage, touchant presque du front la plaque de quartz.

BOGERT
(voix lointaine)
(enchanté)

Ah bon ! Dans ce cas-là, c'est différent. Je dois avouer que je m'ennuie à mourir ici. Que voulez-vous savoir exactement sur Susan Calvin ?

(un temps)

Au fait, elle est toujours en vie, n'est-ce pas ?

BRATENAHL

Oui, toujours. Voudriez-vous que je vous dise en quelle année nous sommes, depuis combien de temps vous avez été cryogénisé ?

BOGERT
(voix lointaine)

Non, ne me déprimez pas. Je préférerais ne pas le savoir, sauf, bien évidemment, si je suis sur le point d'être décongelé.

BRATENAHL

Je ne pense pas que ce soit le cas, monsieur Bogert.

BOGERT
(voix lointaine)

Alors, ayez l'obligeance de garder cette répugnante information pour vous. Bon, et maintenant, que souhaitez-vous savoir à propos du gentil docteur ?

BRATENAHL

Est-ce que vous vous souvenez de Donovan et de Powell, les deux experts de l'U.S. Robots ?

BOGERT
(voix lointaine)

Ne me dites pas qu'ils sont *eux aussi* toujours vivants ?

BRATENAHL

J'sais pas si on peut vraiment appeler ça « vivants ».

(un temps)

Je les ai rencontrés et ils m'ont laissé entendre qu'elle aurait eu une aventure aux alentours de l'année 2028. Est-ce que vous pensez qu'il aurait pu s'agir de Stephen Byerley ?

BOGERT
(voix lointaine)
(avec un rire rauque)

Byerley ? Le président ? Vous *plaisantez* ou quoi ? Non, vraiment, c'est ridicule...

174 GROS PLAN — BRATENAHL ET BOGERT

BRATENAHL

En tout cas, il y a eu une rumeur à leur sujet...

BOGERT
(voix lointaine)

Non, écoutez, je ne crois pas. C'était une misanthrope. Sa seule passion, c'étaient les robots.

(un temps)

Quoique... elle a, en fait, eu une autre passion...

BRATENAHL

Quand ? A cette époque-là ?

BOGERT
(voix lointaine)
(lentement, comme s'il réfléchissait intensément)

Ououiii... je crois que oui... Son nom était MILTON ASHE. C'était le...

BRATENAHL

Continuez.

BOGERT
(voix lointaine)

C'était le plus jeune officier de la compagnie. Grand, assez sportif. Somme toute sympathique, bien que j'aie toujours eu la sensation qu'il voulait me piquer ma place. Il n'y est jamais parvenu, mais...

BRATENAHL

Susan Calvin avait des vues sur lui ?

BOGERT
(voix lointaine)

Oui, je crois bien. Je n'ai jamais vraiment su ce qui s'était réellement passé entre eux. Tout ce que je sais, c'est que tout a commencé à cause du robot télépathe, Herbie...

BRATENAHL

Le *quoi* ?!

BOGERT
(voix lointaine)

Le robot télépathe, Herbie. Vous ne pouvez pas l'avoir connu. Il n'y a eu qu'un seul modèle de robot télépathe. Qui nous a d'ailleurs causé pas mal de déboires...
(un temps)
J'étais...

Sa voix se fait plus sonore et « j'étais » résonne plusieurs fois comme dans un long tunnel. En même temps, la caméra s'approche du visage de Bogert, et reste en plan très serré.

CUT/

175 ... BOGERT — PLAN ULTRASERRÉ

Quand il était beaucoup plus jeune, à trente et un ans. On découvre l'homme suffisant qu'il était en 2028, les cheveux coiffés en arrière, les lèvres pincées. La caméra quitte son visage pour cadrer les trois autres personnes présentes : Susan Calvin, trente-quatre ans, le vieil Alfred Lanning qu'on a déjà vu scènes 55 à 59 et un autre homme qui, d'après la description de la scène 174, ne peut être que Milton Ashe. Il a un corps musclé, assez fin, et on sent chez lui une ironie désabusée. Tous quatre sont debout dans une pièce à l'éclairage bleuté et regardent dans une autre pièce, au travers d'une glace sans tain, où un robot, assis à une table, tient un livre entre ses mains. C'est Herbie, un robot beaucoup plus sophistiqué que Speedy, mais pas aussi élaboré que les robots que nous avons vus jusqu'à présent.

On entend « j'étais » résonner dans le lointain. On synchronise sur ses lèvres : Bogert est maintenant debout, dans la salle bleue, entouré de ses trois collègues.

BOGERT

J'étais en train de conduire Herbie à la salle de tests. Il venait de quitter la table de montage. Je ne sais pas où était passé Obermann, il avait dû s'absenter. Je marchais en me disant que je devais renouveler l'assurance de mon monospace. J'essayais de me souvenir de la date d'échéance de ma police d'assurance. Je n'avais pas ouvert la bouche. Quand soudain le robot me regarde et me dit : « Votre assurance expire le 15 de ce mois. »

LANNING
(il allume un cigare)

Il lit dans les pensées, cela ne fait aucun doute. Ce que vous venez de nous raconter ne fait que conforter les résultats aux tests. Mais pourquoi ? Comment cela s'est-il passé ? C'est ce que je voudrais savoir.

BOGERT

C'est le trente-quatrième modèle du type R.B. qui soit sorti de nos chaînes. Tous les autres étaient strictement « normaux ».

ASHE

Écoutez, Bogert. Il ne s'est produit aucun accroc du début à la fin du montage, je peux vous le garantir.

BOGERT
(condescendant)

Ah, vraiment ? Si vous pouvez répondre de toute la chaîne de montage, je vous mets en tête de liste pour les promotions ! Car, pour être précis, la fabrication d'un seul cerveau positronique exige soixante-quinze mille deux cent trente-quatre opérations différentes et chacune de ces opérations, pour être menée à bien, repose sur un certain nombre de facteurs, pouvant aller de cinq à cent cinq. Si l'une quelconque de ces opérations se trouvait compromise, le cerveau serait bon à jeter.

CALVIN

Ce n'est pas en nous rejetant la faute les uns sur les autres que l'on trouvera la solution, messieurs. Nous avons fabriqué un cerveau positronique apparemment ordinaire... sauf qu'il possède, parallèlement, la remarquable propriété de pouvoir se brancher sur nos ondes cérébrales. Nous ne savons pas encore ce qui s'est produit. Mais il faut que nous trouvions. *Voilà,* à mon avis, les données du problème que nous avons à résoudre.

LANNING

Calvin a raison. Je pense, par ailleurs, que nous devrions tenir l'existence de R.B. secrète. Si jamais Soldash et son Église venaient à apprendre, par une indiscrétion, l'existence d'un robot capable de lire les pensées, ils ne manqueraient pas d'en faire bon usage... Ce serait un véritable retour des pogroms.

DR. NORMAN BOGERT

BOGERT

Je propose que nous détruisions ce robot immédiatement.

De l'autre côté de la glace sans tain, le robot fait un imperceptible signe de tête. Susan Calvin a aperçu sa réaction et lève un sourcil inquiet. Les autres continuent de parler.

LANNING

Ne soyez pas ridicule, Norman.

(un temps)

Bon. Procédons par ordre. Ashe, je veux que vous vérifiiez la chaîne de montage, du début jusqu'à la fin, sans rien oublier.

ASHE

(malicieusement)

Vous voulez que je vérifie l'intégralité des soixante-quinze mille deux cent trente-quatre opérations ? Tu parles d'un boulot !

BOGERT

(sèchement)

Ashe !

Susan sourit — pour la première fois — imperceptiblement, les fines rides autour de sa bouche se plissant légèrement. Elle lui adresse un petit clin d'œil.

LANNING
(à Calvin)

Vous, vous attaquerez le problème dans le sens inverse. Vous êtes la robopsychologue de l'usine. Donc, c'est à vous qu'il revient d'étudier Herbie et son comportement. Tâchez de déterminer l'étendue exacte de ses facultés télépathiques, de quelle façon elles modifient sa personnalité et dans quelle mesure elles ont affecté les propriétés ordinaires du modèle R.B.

Susan fait un signe de tête tout en suivant des yeux Ashe qui semble particulièrement amusé par toute cette agitation.

Norman et moi coordonnerons vos travaux et interpréterons mathématiquement les résultats.

Ashe ouvre la porte et se retourne vers l'assistance :

ASHE

Tchaaaooo...

(à Calvin, avec la voix de Humphrey Bogart)

A *très* bientôt, très chère.

Calvin sourit légèrement. Bogert pince les lèvres.

BOGERT

Il prend ça avec une telle désinvolture. On dirait qu'il est inconscient de l'importance du problème. S'il y a une fuite, il faudra chercher de son côté !

CALVIN

J'en serais étonnée. Il est très consciencieux et travaille extrêmement bien !

Lanning la regarde de travers. Bogert, qui a deviné son attirance pour le jeune Ashe, fait la moue. Ils quittent la pièce, laissant Susan regarder le robot dans la pièce attenante. Après un long moment, elle appuie sur un bouton encastré dans le mur près de la glace sans tain. Une porte s'ouvre en faisant un bruit étouffé, comme la salle des coffres d'une banque. Elle entre.

176 INT. SALLE DE TESTS — SUR HERBIE

La pièce est blanche, avec deux chaises pour tout mobilier. Herbie lève ses yeux photoélectriques du livre posé sur ses genoux. Il se met debout.

CALVIN

Comment va l'étude des moteurs hyperatomiques, Herbie ?

Le robot a une voix monocorde, posée et vaguement humanoïde.

HERBIE

Je sais pourquoi vous avez souhaité que j'étudie ces volumes, docteur Calvin.

CALVIN

C'est bien ce que je craignais, Herbie. Ce n'est pas facile de travailler avec toi. Tu es toujours en avance sur moi.

HERBIE

Vos livres ne m'intéressent absolument pas. Ils sont d'une telle simplicité qu'ils valent tout juste la peine qu'on s'en préoccupe.

CALVIN

Et pourtant, c'est grâce à cette science que tu existes, Herbie.

Il fait un geste vague de ses puissantes mains métalliques.

HERBIE

Ce sont vos œuvres de fiction qui m'intéressent. Dickens, Dostoïevski, les sœurs Brontë, Mary Shelley.

CALVIN

(caustique)

Hum, il est vrai que *Frankenstein* doit sûrement être fascinant. Pour quelqu'un comme toi, tout du moins...

HERBIE

(ignorant la pointe)

Ce qui me fascine, ce sont plutôt vos études sur l'interaction des mobiles et des sentiments humains...

(un temps)

Je lis dans vos esprits, voyez-vous. Et vous n'êtes pas si faciles à comprendre. Je suis sûr que vos romans pourraient m'aider à mieux vous cerner.

CALVIN

Peut-être, mais je crains fort qu'après avoir parcouru les romans sentimentaux modernes...

(avec une pointe d'amertume)

... tu ne trouves nos esprits ternes et insipides.

HERBIE

(exubérant)

Mais ce n'est pas du tout le cas !

La soudaine violence de sa réponse la fait sursauter et reculer d'un pas. Elle porte une main à sa tempe, comme pour empêcher Herbie de lire ses pensées.

HERBIE

(il murmure)

Je sais à quoi vous pensez, naturellement, docteur Calvin. Vous pensez à lui sans cesse.

Comment pourrais-je ne pas le savoir ? Je sais que vous l'aimez, que vous espérez et que vous avez mal. Je sens tout, en vous, docteur Calvin. Cela ressemble assez à la faim que les techniciens éprouvent, à côté de moi, à l'heure du déjeuner.

Elle rougit et se détourne pour cacher son visage. Elle se raidit, fait volte-face et s'assied.

CALVIN

Assieds-toi, Herbie.

Il obéit.

En as-tu... parlé à quelqu'un ?

HERBIE
(surpris)

Non, bien sûr. Personne ne me l'a demandé.

CALVIN
(elle rougit)

Tu dois me prendre pour une idiote...

HERBIE

Non, je pense que c'est là un sentiment normal.

CALVIN

Pour les autres, peut-être... Tu vois, je ne suis pas exactement... une femme séduisante.

HERBIE

Si vous faites allusion à une attirance purement physique, je ne puis en juger : je suis dépourvu de tout cadre de référence en termes de valeurs esthétiques. En revanche, je sais qu'il existe d'autres critères de séduction.

CALVIN
(l'esprit ailleurs)
Pas vraiment jeune, non plus...
(un temps)
Il n'a que vingt-sept ans et il ne les paraît même pas. En plus, il a un comportement juvénile. Il glousse avec d'autres femmes, à l'usine... je l'ai vu plusieurs fois...
(un temps)
Penses-tu qu'il puisse me voir autrement que... que physiquement ?

Le poing d'acier du robot s'abat avec un fracas retentissant sur le livre ouvert sur ses genoux. La véhémence de sa réaction est telle qu'elle se met immédiatement debout.

HERBIE
Vous vous trompez ! Écoutez...

CALVIN
(subitement enflammée)
Pourquoi devrais-je t'écouter ? Que sais-tu de tout cela, toi, la *machine* ? Je ne suis qu'un vulgaire spécimen pour toi, un insecte intéressant dont tu dissèques l'esprit. Pourquoi joues-tu avec moi ? Est-ce que je t'amuse à ce point ?
(elle étouffe un sanglot)
Je suis un bon spécimen de détresse et de frustration, non ?

Le robot penche la tête et regarde ailleurs. Susan se fait soudain suppliante.

CALVIN
Excuse-moi... Je ne voulais pas...

(un temps)

Je ne sais pas ce qui m'arrive. Je n'ai jamais ressenti une chose pareille avant aujourd'hui. Je ne sais plus quoi faire, où aller, comment agir, que faire de mes mains...

HERBIE

(d'une voix douce)

Voulez-vous m'écouter ? Je peux vous aider si vous m'écoutez.

CALVIN

(à nouveau acerbe et amère)

Ah oui ? Et comment ? En me prodiguant des conseils de robot ?

HERBIE

Non, pas du tout. Je peux vous aider parce que je sais ce que les autres pensent... Monsieur Milton Ashe, par exemple...

Elle baisse les yeux à ce nom. Quand elle parle à nouveau, c'est d'une voix monocorde.

CALVIN

Je ne veux pas savoir ce qu'il pense. Tais-toi !

HERBIE

Je crois, moi, au contraire, que vous aimeriez beaucoup savoir ce qu'il pense.

CALVIN

Arrête de dire des bêtises ! Il ne pense pas à moi.

HERBIE

Vous vous trompez. Ce que Milton Ashe pense de vous...

CALVIN

Tais-toi! Je t'ordonne de te taire! Tu dois respecter la Deuxième Loi.

Le robot s'interrompt. Après quelques instants, la robopsychologue se lève et fait quelques pas dans la pièce, les mains dans le dos. Elle se rapproche et reste debout, à ses côtés. Il lève ses yeux photoélectriques sur elle : elle a les larmes aux yeux.

CALVIN
(timidement)

Que pense-t-il de moi?

HERBIE
(sibyllin)

Il vous aime.

177 PLAN ULTRASERRÉ SUR LES YEUX DE CALVIN

Elle écarquille les yeux. La caméra recule très vite : Calvin tombe de sa chaise et titube vers le mur comme si elle était sur le point de s'évanouir. Elle s'y appuie pour ne pas chavirer. Herbie se lève précipitamment pour la soutenir.

HERBIE

Pourquoi ne me laissez-vous pas vous aider?

Elle l'éloigne et lui impose le silence d'un geste impérieux de la main. Il obtempère et va se rasseoir sur sa chaise métallique, les mains sur les cuisses.

178 PLAN EN PLONGÉE...

... sur Susan, appuyée au mur. Herbie, sur sa chaise.

179 AUTRE ANGLE — CALVIN EN ACCROCHE

Elle reprend sa place en face de Herbie. Son expression a changé : elle est presque belle maintenant qu'elle a un peu repris espoir. Ses pommettes ont rosi, ses yeux ont un éclat nouveau et ses lèvres tremblent légèrement.

CALVIN

Tu te trompes ! Pourquoi m'aimerait-il ?

HERBIE

Il voit au-delà des apparences et admire l'intelligence. Milton Ashe n'est pas homme à épouser un joli minois aux yeux enjôleurs. Il vous aime, c'est tout.

CALVIN

Mais il ne m'a jamais laissé soupçonner quoi que ce soit.

HERBIE

Lui en avez-vous donné l'occasion ?

Calvin le considère quelques instants et esquisse un mouvement pour toucher la main du robot. Comme celui-ci ne réagit pas, elle retire la sienne.

CALVIN
(plaintive)

Une fille est venue le voir à l'usine, il y a peu de temps. Une blonde aux yeux verts, mince, avec des jambes interminables. Il a passé la journée avec elle, à se pavaner, en tentant de lui expliquer comment on fabrique un robot. Qui était-ce ?

HERBIE
(sans une seconde d'hésitation)

Oui, je vois de qui vous voulez parler. C'est sa cousine germaine et je vous garantis qu'il n'est aucunement attiré par elle.

Calvin sourit et se lève, avec une vivacité nouvelle.

CALVIN
(séduite)

Comme c'est curieux... C'est justement ce dont j'essayais de me persuader... Tout ce que tu dis doit être vrai !

Elle saisit la main lourde et froide du robot et fait un effort considérable pour la soulever. Elle poursuit, dans un murmure :

Merci, Herbie.

(un temps)

Ne parle de tout ceci à personne. Que cela reste un secret entre nous... Merci, Herbie, merci encore !

Un large sourire éclaire son visage et elle caresse la main inerte du robot. Elle quitte la pièce. Herbie n'a pas bougé. Caméra en panoramique circulaire autour de lui. Il se lève et replace le volume intitulé *Propriétés physiques des moteurs hyperatomiques* dans la bibliothèque. Il en prend un autre et se rassied. Sur sa tranche, on peut lire *La Tendre Furie de la passion*. La pénombre gagne peu à peu la pièce. Les yeux photo-électriques rouges du robot luisent dans le noir.

FONDU SUR...

180 ... INT. CHAMBRE À VIDE — PLAN SERRÉ

Une masse rosâtre est bombardée de faisceaux multicolores. La caméra recule, découvrant un cerveau positronique en cours de fabrication. Il est posé dans une boîte en cristal dont le couvercle est percé de minuscules orifices d'où jaillissent les ondes lumineuses. Le champ s'élargit sur d'autres chambres à vide de ce style qui se perdent à l'infini dans l'usine de l'U.S. RoboMek. Bogert et Ashe observent le déroulement de l'opération, ainsi que le leur a demandé Lanning. Ashe se frotte les yeux, visiblement exténué. Bogert a, au contraire et comme à son habitude, l'air frais et dispos, et aussi cette expression de vague suffisance qu'on lui a déjà vue.

ASHE
(irrité)
J'vais m'écrouler si j'me repose pas un peu.

BOGERT
Lanning fait pression sur moi.

ASHE
Qu'il fasse monter la pression et qu'il nous pousse au suicide, j'm'en fous, moi, Norman ! Voilà une semaine que je travaille comme un forcené et j'suis *lessivé*. J'ai qu'une trouille, c'est que quelqu'un découvre notre petit animal télépathe. Bon sang, j'deviens complètement paranoïaque, Norman ! Combien de temps ce régime va durer ? Parce que, jusqu'à présent, on n'a *rien* trouvé.
(un temps)
Au fait, ce n'est pas vous qui aviez insinué que la solution était dans le bombardement positronique, ici, dans la Chambre à vide D ?

BOGERT
(il bâille)
C'est exact. Je suis sur une piste. Le seul problème, c'est Lanning. Le vieux n'est pas d'accord avec mon analyse. Il est dépassé, voilà le problème. Il en est resté au stade de la mécanique matricielle.

ASHE
Pourquoi ne pas poser la question à Herbie et régler ainsi tout le problème ?

BOGERT
(perplexe)

Demander au robot ?

ASHE
(étonné)

Oui, pourquoi pas ? La vieille ne vous a rien dit ?

BOGERT

Vous parlez de Calvin ?

ASHE
(il fait oui de la tête)

Oui, la p'tite Susie. Ce robot est un crack en mathématiques. Il résout des intégrales triples de tête et avale les tenseurs analytiques comme des cacahuètes.

BOGERT
(ahuri)

Vous parlez sérieusement ?

ASHE
(il se touche la poitrine)

Parole d'homme ! Mais le plus étonnant de l'histoire, c'est que ce petit malin n'aime pas les maths. Elles l'ennuient. Il préfère les romans d'amour. C'est un fan de Jane Eyre, à ce que Susie raconte.

BOGERT

Pourquoi l'appelez-vous Susie, d'abord? Et pourquoi n'en a-t-elle pas parlé à Lanning ou à moi?

Sur la console de contrôle, Ashe procède à quelques ajustements qui altèrent radicalement la couleur des rayons bombardés sur le cerveau positronique. Il reprend :

ASHE

Elle n'en a pas parlé parce que je crois qu'elle n'a pas fini d'étudier son comportement. Vous savez comment elle est : il faut que tout soit dûment répertorié et annoté avant qu'elle ne révèle le grand secret.

BOGERT
(irrité)

Vous, en tout cas, vous m'avez l'air au courant.

ASHE

Oui, on s'est pas mal vus, ces jours-ci... On a parlé.

(il fronce les sourcils)

A propos, vous n'avez rien remarqué de bizarre dans son comportement, ces derniers temps?

BOGERT

Elle se maquille, si c'est ce que vous insinuez. Un vrai masque de carnaval, si vous voulez mon avis.

ASHE

Vous parlez d'un maquillage : du rouge à lèvres, du fard, de l'ombre à paupières, du khôl... Elle a même ouvert deux des boutons de sa robe, hier. Mais il n'y a pas que ça. Quelque chose a changé en elle... dans sa manière de parler... On dirait qu'une pensée ou un événement la rend profondément heureuse.

Il hausse les épaules.

BOGERT
(il ricane)

Peut-être qu'elle est amoureuse...

ASHE

Ouais, p't-être... Moi, en tout cas, dès que je pourrai m'arrêter un peu, je vole jusque chez moi.

(un temps)

Allez parler à Herbie.

Bogert, un sourire narquois aux lèvres, tourne les talons et sort ; la caméra plonge dans le faisceau de la chambre à vide.

CUT/

181 IDEM 176 — PLAN RAPPROCHÉ SUR UNE NOTE DE PAPIER

Tout à coup, un rai de lumière fuse. La caméra recule : c'est une note que Herbie est en train de parcourir. On entend d'abord Bogert, off, puis quelques secondes plus tard, on élargit le champ sur le robot assis à côté du mathématicien.

BOGERT

Bon ! Alors on me dit que tu es parfaitement en mesure de comprendre ce genre de choses. Par curiosité, car je n'ai aucunement besoin d'aide dans ce domaine, j'aimerais tout de même savoir ce que tu penses des conclusions auxquelles je suis parvenu. Lanning n'est pas d'accord avec moi.

HERBIE

Votre raisonnement tient parfaitement, monsieur. Je ne décèle aucune erreur.

BOGERT

(complaisant)

Peux-tu développer ce que tu viens de dire ?

HERBIE

Je n'oserais pas, monsieur. D'une part, vous êtes bien meilleur mathématicien que moi et puis, d'autre part, euh... j'aurais peur de m'avancer.

BOGERT

(suffisant)

C'est bien ce que je me disais, en effet.

(il reprend la note, s'apprête à partir, se ravise)

Ah, j'oubliais...

HERBIE

Hum, oui. Je comprends très bien vos préoccupations. Comme vous le savez, je suis télépathe et, si je ne me trompe pas, vous vous dites que le docteur Lanning a *déjà* plus de soixante-dix ans et qu'il est plus que dépassé par la technologie d'aujourd'hui. Vous pensez également qu'il est directeur depuis trente-huit ans.

BOGERT

Tout à fait étonnant. Eh bien, Herbie, dis-moi... tu le saurais, s'il pensait à prendre sa... euh...

HERBIE

Sa retraite ? Oui, monsieur, en effet, je le sais. En réalité, il a déjà démissionné et vous avez été désigné pour lui succéder.

BOGERT
(complètement ahuri)

Comment ? !

HERBIE

Il a déjà donné sa démission mais ce n'est pas encore officiel. Il attend que le problème qui *me* concerne soit résolu.

Bogert ne peut réprimer un large sourire. D'un geste qui se veut amical, il lui donne une tape sur l'épaule. On entend un bruit sourd de métal.

BOGERT

Merci, Herbie.

CUT/

182 IMAGE PAR IMAGE

On voit le soleil, une orange sanguinolente, se coucher lentement à l'horizon. On reproduira, ici, un des couchers de soleil éblouissants qu'on ne voit que dans les atmosphères très polluées.

RACCORD FONDU SUR...

183... BUREAU DE BOGERT — MATIN

Mix de deux plans : le soleil qui descend lentement et son reflet rougeoyant sur la vitre d'un meuble de rangement ou sur la large fenêtre du bureau. Travelling arrière : Bogert, la tête enfouie dans les bras, les traits tirés par le travail nocturne, dort sur son bureau. Des centaines de feuilles de calculs sont éparpillées devant lui, sur le sol et le rebord de la fenêtre. Lanning entre, les traits également tirés, et vient se poster derrière l'homme endormi. Il jette un œil sur les calculs griffonnés par Bogert. Visiblement mécontent, il lui donne un coup sur l'épaule. Bogert s'éveille en sursaut, un peu désorienté.

LANNING
(furieux)

Encore une nuit pour rien ! Bon sang, Norman ! La situation ne fait que se dégrader ! Le personnel commence à se poser des questions.

Il saisit une feuille gribouillée de calculs.

LANNING

Une nouvelle piste ?

Bogert la lui retire violemment des mains.

BOGERT
(sarcastique)

Une nouvelle piste ? Non, pourquoi ? Celle que je suis est la bonne !

LANNING
(consterné)

Je vous ai dit d'oublier votre théorie ! Vous ne voyez donc pas qu'elle ne mène nulle part ?

BOGERT

Et moi, je vous dis que vous avez tort. D'ailleurs, je ne suis pas le seul à le penser. Quelqu'un a corroboré mon raisonnement.

LANNING

Ah oui ? Vraiment ? Qui cela ?

Bogert

Herbie.

Lanning ignore sa réponse d'un geste méprisant qui semble mettre Bogert hors de lui.

Lanning

Je vois que Calvin vous a parlé du génie mathématique de ce robot. Vraiment remarquable !

Bogert

Vous vous êtes fait avoir, oui ! Calvin ferait mieux de s'en tenir à la robopsychologie. Figurez-vous que j'ai sondé Herbie en mathématiques. Ma conclusion est qu'il peut à peine résoudre des intégrales.

Lanning
(livide)

Je ne sais pas à quels tests vous l'avez soumis, mais *moi*, je peux vous dire que je lui ai fait passer une série d'examens toute la matinée et qu'il peut effectuer des opérations mathématiques dont vous n'avez jamais entendu parler !

Lanning tire de sa poche une feuille de papier et la jette à Bogert qui la parcourt des yeux, extrêmement mal à l'aise.

Bogert

C'est Herbie qui a rédigé cela ?

Lanning

Exact ! Et vous remarquerez qu'il a travaillé sur votre intégration par rapport au temps de l'équation 22. Il arrive exactement à la même conclusion que moi... infirmant ainsi votre raisonnement.

Bogert froisse la feuille de papier et la lance contre le mur. Il hurle :

BOGERT
(furieux)

Vous avez perdu la tête ? Êtes-vous devenu *complètement* fou ? Si vous relisiez le premier article de Mitchell sur l'effet Linger dans le processus de bombardement du cerveau positro...

LANNING
(hurlant à son tour)

Je n'ai pas besoin de relire l'article de Mitchell ! Je vous le dis depuis le début, depuis plus d'une semaine, l'équation de Mitchell n'est pas applicable au cas présent... et *Herbie est également de cet avis* !

(un temps, violemment)

C'est insensé ! C'est moi le *directeur* ici ! Qui vous a permis de me parler sur ce ton ?!

BOGERT

Allez, ça va ! Vous ne pouvez rien cacher à un robot télépathe, espèce de vieux fossile desséché ! Je sais que vous avez démissionné !

LANNING
(effaré)

Que *quoi* ?

BOGERT
(placide)

Et je sais aussi que je suis le nouveau directeur. Mettez-vous bien ça dans le crâne ! C'est moi maintenant qui donne les ordres ici, vieil idiot, *moi* !

LANNING
(rouge de colère)

Vous êtes renvoyé, espèce de petit morveux ! Je vous relève de toutes vos fonctions, videz votre bureau... ou plutôt non, ne touchez à rien ! Je vais appeler la sécurité et leur demander de sceller votre bureau !

BOGERT

A quoi bon tout ce cinéma, Lanning ? C'est moi qui ai toutes les cartes en main. Je *sais* que vous avez démissionné. C'est Herbie qui me l'a dit et il le tient tout droit de vous !

Lanning parle calmement. Sa colère est retombée.

LANNING

Je veux parler à Herbie. Il ne peut pas vous avoir dit une chose pareille.

(un temps)

Ou bien vous jouez un jeu dangereux, Norman... ou bien vous êtes en train de craquer lamentablement. Dans les deux cas, j'en aurai le cœur net.

(un temps)

Suivez-moi !

Bogert le suit, l'air faraud.

BOGERT

Vous voulez qu'on aille voir Herbie ? Bien, très bien !

La porte s'ouvre devant eux. Ils sortent.

CUT/

184 INT. BUREAU DE ASHE — JOUR

Plan rapproché sur le croquis d'une maison, vaguement orientale. Le dessin figure un rectangle au milieu duquel des gribouillis sont censés représenter des arbres et des jardins. On entend d'abord la voix off de Ashe puis la caméra recule, découvrant Susan Calvin, radieuse, penchée sur une table à dessin.

ASHE

Vous voyez, au centre, ce sera le patio, avec des bonsaïs et un jardin japonais. Je ne suis pas très fort en dessin, comme vous pouvez le constater, mais c'est la maison dont je rêve depuis... oh, je ne sais pas... depuis toujours.

CALVIN

C'est vraiment joli, Milton. Elle est vraiment très jolie, calme et reposante. Elle a sa logique propre, dans un certain sens... J'ai souvent pensé que j'aimerais...

Elle s'étrangle. Ashe n'a apparemment rien entendu. Il poursuit d'un ton allègre.

ASHE

Évidemment, il va falloir que j'attende mes vacances et surtout que le mystère de Herbie soit définitivement élucidé, mais...

(un temps)

Savez-vous garder un secret ?

CALVIN

(d'une voix douce)

Avec Herbie dans les parages, aucun secret ne peut être véritablement gardé.

ASHE

(il rit)

Je brûle d'en parler à quelqu'un. Et vous, Susan, vous êtes un peu devenue ma confidente ces temps-ci. J'aimerais que vous soyez la première à le savoir...

Susan rayonne.

ASHE

Je vais me marier !

On dirait qu'elle vient de recevoir un coup sur la tête. Elle s'accroche aux rebords de la table à dessin, pâle comme un linge. Les deux immondes taches rouges qu'elle a gauchement appliquées sur ses joues pour tenter de paraître ce qu'elle n'est pas ressemblent soudain, par contraste, à deux taches de sang. Ses genoux la trahissent. Elle s'affaisse. Ashe la retient.

ASHE

Hé ! Mais qu'est-ce qui vous arrive ? Asseyez-vous, Susan !

Elle bredouille :

CALVIN

Vous marier... Vous voulez dire...

ASHE

Eh bien oui. Il était temps, non ? Vous vous souvenez de cette fille qui est venue me voir récemment, Sheila ? Eh bien, c'est elle ! Elle et moi allons nous...

(un temps)

Mais, vous êtes *réellement* malade... Normal après toutes ces nuits passées à étudier Herbie...

Elle se dégage et se dirige vers la porte en s'appuyant aux murs. Elle balbutie, la mine décomposée :

CALVIN

Ce n'est rien, c'est une migraine ! Juste une migraine ! Félicitations... J'espère que... Je... je suis heureuse pour vous...

Elle fait un geste et la porte s'ouvre. Elle se rue dans le couloir, hoquetante.

185 À 189 ARRIFLEX — CALVIN — PLAN INCLINÉ

On entend, off, le monologue intérieur de Calvin. Elle titube le long d'une enfilade de couloirs, se cognant contre les parois comme si elle était ivre. Plan incliné sur son regard de bête traquée.

CALVIN
(voix déformée)

Non! Non! Ce n'est pas possible! Herbie m'a dit... Il a lu dans ses pensées... Il a dit qu'il m'aimait... Herbie l'a *lu*... Herbie, oh, Herbie...

Elle passe le sas de la salle de tests, localisée par un spot rouge clignotant. Elle tape le code d'entrée et, une fois la porte ouverte, s'effondre sur le sol. On entend toujours sa voix, off :

Dis-moi que je rêve... que tout ça n'est pas vrai... Dis-moi que je vais me réveiller de ce cauchemar... Il m'aime... Dis-le-moi...

CUT/

190 INT. SALLE DE TESTS (IDEM PLAN 176) — PANORAMIQUE CIRCULAIRE RAPPROCHÉ

Calvin tournant sur elle-même, comme pour trouver une issue à ce cauchemar. On cadre Herbie, puis Herbie et Calvin.

CALVIN

Herbie, dis-moi que je rêve... J'ai mal... Dis-moi que ce n'est pas vrai, que je fais un cauchemar.

(un temps)

Aide-moi, Herbie... Dis-le-moi, je t'en prie!

HERBIE

Vous rêvez, docteur Calvin. Ce que vous avez entendu n'existe pas. Vous allez vous réveiller... Il vous aime... il vous aime, je vous le répète !

CUT

191 AUTRE ANGLE — EN PLONGÉE

Susan se jette sur le robot de toutes ses forces, sans l'ébranler d'un millimètre. Elle perd l'équilibre, tombe à la renverse. A genoux, elle hurle lorsque le robot tente de la relever :

CALVIN
(hystérique)

Arrête-toi ! Ne me touche pas ! Va-t'en, va là-bas, contre le mur ! Ne m'approche pas !

HERBIE
(piteux)

J'essaie de vous aider.

CALVIN

Qu'est-ce que tu m'as fait ? Est-ce que *tu te rends compte* de ce que tu *m'as fait* ?

HERBIE
(affligé)

Je veux vous aider.

Elle tente de se redresser ; elle souffre horriblement.

CALVIN

M'aider ? Tu veux m'aider ? En prétendant que je souffre en rêve ? En me poussant à la schizophrénie ? Hein ? C'est ça ?
(hurlant)
Ce n'est pas moi qui rêve ! C'est toi qui rêves ! Tout ce que tu m'as dit est faux ! Tu as tout inventé !

Soudain elle se tait et le regarde, les yeux écarquillés. Elle commence à comprendre.

CALVIN

Hé, une minute... Je crois que j'ai compris... Oh, mon Dieu ! Mais c'est tellement simple, tellement évident... Comment ai-je pu ne pas...

Herbie fait un pas, les paumes levées dans une supplication touchante, étonnante pour un cyborg de cette taille.

HERBIE
(horrifié)

Il le fallait !

CALVIN

Et je t'ai cru. Parce que, au fond de moi, je voulais te croire ! Mon Dieu, pauvre de moi !

On entend des éclats de voix dans l'antichambre. Paniquée, Susan s'écarte du robot toujours au milieu de la pièce, perdu, les paumes en l'air. La porte s'ouvre, elle se réfugie à l'arrière-plan, à peine visible.

192 SUR LA PORTE

Bogert et Lanning s'engouffrent dans la salle de tests, sans même voir Susan, et avancent d'un pas décidé vers le robot.

LANNING

Herbie ! Écoute bien ce que je vais te dire !

HERBIE

Oui, docteur Lanning.

LANNING

As-tu parlé de moi avec monsieur Bogert ?

HERBIE

Non, monsieur.

Bogert perd de sa superbe et pâlit. Il se rapproche.

BOGERT

Quoi ? Qu'est-ce que tu viens de dire ? Répète au docteur Lanning ce que tu m'as dit hier.

HERBIE

J'ai dit que...

Il s'arrête net, tellement perturbé que son diaphragme métallique se met à gargouiller.

BOGERT

Tu ne m'as pas dit que Lanning avait démissionné ? Réponds !

Lanning s'interpose entre le robot et le mathématicien, comme s'il voulait protéger Herbie.

LANNING

N'essayez pas de le faire mentir, Bogert !

BOGERT

Vous l'avez entendu, comme moi. Il a commencé par dire oui et puis il s'est arrêté net. Il a peur de vous. Écartez-vous ! Je veux qu'il dise la vérité, vous avez compris ?

Lanning, immobile, décidé à régner en maître, lui impose le silence d'un geste de la main et se tourne vers le robot.

LANNING

Alors, Herbie ? Ai-je démissionné, oui ou non ?

Les gargouillements se font plus forts. Herbie, en gros plan, fait un imperceptible signe négatif de la tête. La caméra revient sur les deux hommes.

BOGERT

Qu'est-ce qui te prend, Herbie ? Tu as donné ta langue au chat, Herbie ? Hein, espèce de dégueulasse ?

HERBIE
(laconique)

Je peux parler.

BOGERT

Alors réponds ! Tu ne m'as pas dit que Lanning avait donné sa démission ? Il a démissionné ou pas ?

Le robot se tait pendant plusieurs secondes. Tout à coup, un rire strident, quasi hystérique, retentit dans la pièce. Bogert et Lanning se retournent sur Susan Calvin.

BOGERT
(furieux)

Mais que faites-vous là, vous ? Et qu'y a-t-il de si drôle ?

Susan les rejoint au centre de la pièce en jetant un regard haineux à Herbie, les poings fermés et les lèvres pincées. Elle parle pourtant d'une voix calme et posée. Trop, d'ailleurs.

CALVIN

Il n'y a rien de drôle. Rien du tout, bien au contraire.

Elle lève le bras comme si elle s'apprêtait à assener un coup au robot, se ravise, honteuse, pose la main sur son thorax. Le robot a tremblé une fraction de seconde. Elle le regarde froidement.

CALVIN
(d'une voix blanche)
Trois des meilleurs experts mondiaux en robotique sont tombés, ensemble, dans le même piège.
(un temps)
Mais il n'y a rien de drôle.

Les deux hommes se regardent, perplexes.

LANNING
Comment ça, « tombés dans le piège » ? Voulez-vous dire que ce robot est déréglé ?

CALVIN
Le robot, non. C'est *nous* qui sommes déréglés.
(elle crie soudain à Herbie)
Ne m'approche pas ! Va-t'en ! Va là-bas, au fond, et tourne-toi vers le mur ! Je ne veux pas que tu me regardes !

Herbie recule et s'éloigne à petits pas, vers le coin de la pièce, comme un enfant puni. Il se retourne docilement, sous les yeux ébahis de Bogert et de Lanning. Calvin se tourne vers eux. Elle continue :

(sarcastique)
Vous avez sûrement entendu parler de la Première Loi fondamentale de la robotique ? Un robot ne peut porter atteinte à un être humain ni, par son inaction, permettre qu'un être humain soit blessé...

193 À 199 CHAMP-CONTRECHAMP — GROS PLANS — BOGERT, LANNING ET CALVIN

BOGERT

Blessé ? Mais qui parle de blesser un humain, ici ?

CALVIN
(surexcitée, d'une voix aiguë)

Je parle de n'importe quel genre de blessure ! Les robots sont des machines attentionnées, ils nous aiment et doivent nous protéger contre les souffrances morales, la perte de confiance en soi. Que pensez-vous des espoirs brisés, des rêves qui s'effondrent ? Ne sont-ce pas là des blessures contre lesquelles ils doivent nous protéger ?

LANNING
(sourcils froncés)

Mais comment un robot pourrait-il savoir ce que nous...

Il n'achève pas sa phrase. Il étrangle un cri, comprenant subitement.

CALVIN
(amère)

Ah, vous avez enfin compris ? Ce robot lit nos pensées. Croyez-vous qu'il ne sache pas ce qu'est une blessure morale ? Pensez-vous, dans ce cas, que si je lui posais une question, il ne me donnerait pas *exactement* la réponse que je souhaite entendre ? Le gentil Herbie ne serait-il donc pas *contraint* de nous donner la seule réponse qui ne nous blesse pas ?

BOGERT

Mon Dieu !

CALVIN
(sèchement)
Si je comprends bien, vous avez demandé à Herbie si Lanning avait démissionné ou non. Comme il a lu vos pensées et qu'il sait que vous attendiez une réponse affirmative, il vous a dit que Lanning avait démissionné. Ce qui est faux, bien sûr. Vous avez été piégé, mon pauvre Bogert !

LANNING
C'est pour cette raison qu'il a refusé de nous répondre, il y a un instant. Il ne pouvait que blesser l'un ou l'autre d'entre nous.

200 PLAN LARGE — SALLE DE TESTS — MÊME SCÈNE

Ils se retournent tous trois vers le robot, toujours au coin.

CALVIN
(amère)
Il savait tout cela. Ce... démon connaît tout de nous : nos désirs absurdes, nos vénalités, nos ego fragiles... tout !
(un temps)
Y compris ce qui cloche chez lui.

LANNING
Là, vous vous trompez, docteur Calvin. Il ne sait pas où s'est produite l'erreur de montage. Je le lui ai déjà demandé.

201 PLAN À TROIS — PLUS SERRÉ

CALVIN
Et alors ? Il vous a dit qu'il ne le savait pas parce que vous ne vouliez pas réellement

qu'il vous le dise. Cela aurait blessé votre amour-propre — le vôtre également, Bogert — qu'une machine résolve un problème que vous étiez vous-mêmes incapables de résoudre. *Il le sait,* voyez-vous, parce qu'il a lu dans vos petites cervelles.

BOGERT

Il m'a dit qu'il s'y connaissait à peine en mathématiques. Que j'étais un mathématicien supérieur...

Bogert s'interrompt, gêné, car il vient de comprendre pourquoi Herbie lui a dit cela. Lanning éclate soudain de rire, satisfait de l'humiliation que vient de subir Bogert. Il rit comme pour faire tomber la tension qui règne dans la pièce. Bogert est déconfit. Susan affiche une impassibilité marmoréenne.

CALVIN

Je vais lui poser la question. Qu'il me dise où est la solution ne risque pas de me vexer, moi.

(elle hausse la voix, impérieuse)

Herbie, viens ici ! Maintenant !

Le robot se retourne et avance à pas feutrés, tête baissée. Les quatre personnages sont dans le champ.

Sais-tu exactement à quel moment du montage a été introduit un facteur étranger ou à quel moment un élément essentiel a été omis ? Sais-tu comment tu es devenu télépathe ?

HERBIE

Oui.

CALVIN

Parfait. Alors tu vas me le dire.

Calvin a un regard étrange, presque mauvais, qu'on ne lui a jamais vu jusqu'ici. Herbie semble s'en rendre compte et décide donc de ne pas répondre. Il se balance d'un pied sur l'autre, muet comme une carpe. On entend à nouveau ses gargouillements.

(doucereuse)

Pourquoi ne me réponds-tu pas, Herbie ?

Le robot agite une main, mal à l'aise, puis balbutie :

HERBIE

Je ne peux pas ! Vous savez, vous, que je ne peux pas vous répondre ! Le docteur Bogert et le docteur Lanning ne veulent pas que je leur donne la solution !

CALVIN

Mais si ! Ils veulent connaître la solution.

HERBIE

Peut-être, mais pas de moi !

LANNING

(intervenant)

Ne sois pas idiot, Herbie. *Bien sûr* que nous voulons connaître la solution.

Bogert acquiesce ; Susan a un air mauvais. Elle sait pertinemment ce qu'elle est en train de faire.

HERBIE

A quoi bon prétendre des choses pareilles ? Croyez-vous que je ne sache pas aller au-delà de ce que vous dites ? Au fond de vous-mêmes, vous ne souhaitez pas que je vous donne la solution ! Je suis une machine, pas un être humain ! Vous seriez meurtris dans votre amour-propre. Ce sentiment est trop profondément ancré en vous pour qu'il puisse être effacé. Je ne vous dirai rien.

Lanning s'emporte.

LANNING
(hors de lui)
C'est nous qui t'avons créé, nom d'un chien! Nous sommes tes maîtres! Réponds à ce qu'on te demande!

Le robot hoche douloureusement la tête.

(il se maîtrise)
Excuse-moi. Je me suis emporté. Nous allons te laisser seul avec le docteur Calvin.

HERBIE
Cela n'y changera rien. Si je le dis au docteur Calvin, vous saurez que la réponse vient de moi.

202 PLAN RAPPROCHÉ — SUSAN CALVIN

Elle est figée dans un masque de cruauté. Elle parle à Herbie très calmement, très logiquement.

CALVIN
Mais tu comprends, n'est-ce pas, que le docteur Lanning et le docteur Bogert veulent que tu leur donnes la solution?

203 PLAN AMÉRICAIN — SUSAN CALVIN, HERBIE

HERBIE
Oui, ils veulent connaître la solution. Mais ils veulent y parvenir seuls.

CALVIN
(imperturbable)
Ils veulent trouver la solution et tu les fais souffrir en ne la leur donnant pas... Tu comprends cela, n'est-ce pas, Herbie?

HERBIE

(ses circuits grésillent)

Oui, je comprends, mais...

CALVIN

Et si tu leur donnes la solution, ils seront blessés dans leur amour-propre, c'est bien ça, Herbie ?

HERBIE

Oui ! Oui !

Susan avance lentement vers le robot. Il recule à mesure qu'elle progresse vers lui. Ce doit être une scène bizarre : un géant de métal, acculé et apeuré devant la logique implacable de ce petit bout de femme.

204 RACCORD — BOGERT ET LANNING...

... médusés par le manège de Calvin, qu'on entend, off, poursuivre inlassablement d'une voix posée et calculée.

CALVIN

(off)

Tu ne peux rien leur dire de peur de les blesser... Or, tu ne peux les blesser... Tu ne dois pas blesser un être humain. Mais en même temps, si tu ne leur donnes pas la solution, tu les blesses, alors *tu dois* la leur donner...

CUT/

205 IDEM 203

Susan, armée de sa logique implacable et impitoyable, pousse le robot contre le mur. On l'entend gémir faiblement.

CALVIN

Et si tu leur donnes la solution, tu les blesses. Or, *tu ne dois pas* les blesser, donc tu ne dois rien dire... mais si tu ne la leur donnes pas, tu les blesses, alors tu dois parler... mais si tu la leur donnes, tu les blesses, alors tu ne dois rien dire... mais si tu ne dis rien, tu les blesses, alors tu dois parler... mais si tu parles, tu les blesses...

Herbie se cogne contre le mur et essaie de se glisser plus loin. Susan l'en empêche, répétant à satiété, avec une froide logique, les données du problème dont le robot ne peut s'extraire. Il se tourne de tous côtés mais, ne trouvant pas d'issue, il tombe à genoux, son visage à hauteur de celui de Calvin.

HERBIE

Arrêtez ! Fermez votre esprit ! Il est plein de souffrances, de frustrations et de haine. Ne me haïssez pas, je vous en prie ! Je ne voulais pas vous faire de mal ! J'ai essayé de vous aider ! Je vous ai dit ce que vous vouliez entendre... Je ne pouvais faire autrement ! Oh, je vous en prie, je vous en prie !

Calvin poursuit, au même rythme, toujours avec la même voix douce et venimeuse.

CALVIN

Tu dois leur donner la solution, mais si tu le fais, tu les blesses, alors tu ne dois rien dire ; mais si tu ne dis rien, tu les blesses ; alors tu dois leur dire. Mais si tu leur dis la vérité, tu les blesses... tu les blesses... tu les blesses.

Herbie pousse un hurlement effroyable. Un hurlement proprement inhumain, qui nous glace jusqu'à l'os. Son cri exprime la douleur des animaux qu'on massacre froidement. Son cri est celui des millions d'hommes et de femmes envoyés dans les chambres à gaz. Son cri est celui des suppliciés, des hurlements devant l'Inquisition. Le hurlement du cyborg est l'horreur, avec un grand H, une agonie indescriptible.

Son cri s'élève et emplit la pièce et notre esprit, jusqu'à nous faire fermer les yeux dans l'espoir de mettre un terme à cette agonie insupportable. Soudain, le hurlement cesse. Et maintenant, c'est le silence qui nous assourdit et nous glace.

Herbie s'incline souplement en avant, frôlant Calvin, et vient s'écraser sur le sol, le visage tourné vers elle, vide et pathétique. Mort.

206 PLAN MOYEN — BOGERT ET LANNING

Calvin et le robot restent à l'arrière-plan.

BOGERT
(exsangue)

Il est mort !

CALVIN
(dans un fou rire)

Non, il n'est pas mort ! Il est juste devenu fou ! Vous pouvez le ramasser maintenant et l'emmener. Il ne dira plus jamais rien. J'ai ainsi réglé votre dilemme, messieurs.

LANNING
(respectueux)

Vous l'avez fait exprès.

207 CONTRECHAMP — CALVIN AU PREMIER PLAN

Ses narines tressaillent. Elle garde la tête haute : elle ne cédera pas.

CALVIN

Et après ? Vous n'y pouvez rien, maintenant.
(un temps)
Il l'a bien mérité, de toute manière.

BOGERT

Vous l'avez forcé à se suicider. Vous l'avez tué !

CALVIN

Vous n'avez qu'à porter plainte ! Et faites donc une retenue sur mon salaire pendant que vous y êtes !

Bogert et Lanning la regardent avec une pointe de respect craintif et le vague sentiment qu'ils ne la connaissent pas, qu'ils l'ont mal comprise. Elle vient de montrer jusqu'où peut la mener sa passion pour les robots ; et également de prouver sa force et sa détermination.

LANNING
(lentement)

Je ne croyais pas que vous ressembliez à votre père. Je vois aujourd'hui que je m'étais trompé.

(un temps)

Je me souviens que...

CALVIN
(l'interrompant sèchement)

La mémoire est un atout magnifique.

Lanning l'observe un long moment puis, décidé à partir, il tire Bogert par la manche. Le mathématicien semble figé sur place, comme s'il ne comprenait pas ce qui vient de se passer.

LANNING

Venez, Norman. Nous allons nous détendre dans mon bureau, boire un verre, respirer profondément et parler de l'avenir.

Il tire à nouveau Bogert doucement par la manche, mais celui-ci ne bronche pas. Il a les yeux rivés sur Calvin qui le toise froidement, avec une force inébranlable. Lanning soupire d'impuissance et sort, seul. La porte de la salle de tests s'ouvre et l'on entend Bogert dire, dans un murmure, d'une voix songeuse :

BOGERT

Je me demande ce qu'a bien pu vous raconter ce robot...

Il tourne les talons, laissant Calvin seule avec Herbie.

208 PLAN RAPPROCHÉ, EN PLONGÉE — CALVIN...

... baisse les yeux sur la dépouille de Herbie. Puis, brusquement, elle lui donne un coup de pied, juste sous les pommettes, sous les yeux photoélectriques vides, laissant une empreinte poussiéreuse sur sa surface lisse. Elle laisse échapper, venimeuse et mauvaise :

CALVIN
(haineuse)

Menteur !

CUT/

209 EN PLONGÉE — CALVIN ET LA VICTIME

La caméra descend lentement sur Calvin, le robot à ses pieds. Elle s'agenouille et frotte de la main, presque maladivement, la trace qu'elle vient de laisser sur le visage du robot. Elle répète le même mot, à l'infini, mais avec une langueur, une peine et une désespérance nouvelles :

CALVIN
(malheureuse)

Menteur... menteur... menteur... menteur...

Sa main se fait plus caressante. Elle le caresse comme on caresserait son chien qui vient de passer sous une voiture. Elle le caresse longtemps en répétant « menteur » jusqu'à ce que sa voix s'éteigne. Gros plan.

FONDU SUR...

210 ... INT. CRYPTE — BRATENAHL ET BOGERT

En plan serré, le visage de Bogert dans son caisson et, off, l'écho, de plus en plus lointain, de la voix de Calvin répétant « menteur... menteur... menteur ».

BOGERT

Je n'ai jamais su ce que Herbie lui avait dit. En tout cas, pas formellement, même si je me suis fait ma petite idée.

(un temps)

Vous me demandiez si je pensais qu'elle aurait pu être la maîtresse de Byerley... et je vous réponds : je ne sais pas. Mais je ne crois pas. Après ce qui s'est passé avec Ashe, je crois qu'elle est devenue incapable d'éprouver quoi que ce soit pour qui ce soit.

BRATENAHL

(déçu)

Et c'est tout ?

BOGERT

(irrité)

Eh bien oui, c'est tout ! Vous vouliez des potins, n'est-ce pas ?

BRATENAHL

Oui, bien sûr... Mais j'espérais que vous me donneriez quelques informations qui m'éclaireraient sur la nature de ses liens avec Byerley. Beaucoup de choses vont dépendre de ce que je vais découvrir sur eux deux...

BOGERT

Ah... ! Votre fragile embarcation serait-elle menacée par les récifs de la cruelle Susan Calvin ?

BRATENAHL

C'est tout ce que vous avez à dire ?

BOGERT

Voilà que j'ai blessé monsieur, avec ma langue de vipère! Oui, monsieur Truc, en effet, c'est tout ce que j'ai à vous dire.

BRATENAHL

Je vais vous laisser, dans ce cas.

BOGERT

Non, je ne crois pas. Enfin... pas encore.

BRATENAHL

Pardon?

BOGERT

Nous avons conclu un marché, vous vous souvenez? Je vous ai parlé de Susan et de Milton Ashe. Maintenant, c'est à vous de me parler de la téléportation. Racontez-moi ce qui a changé dans le monde.

BRATENAHL
(soupire, las)

Oui, oui, je me souviens.

(un temps)

Donovan et Powell résolurent le problème du vaisseau spatial sur Mercure et de leur robot; après, ils se sont rendu compte que le seul moyen de mettre en pratique la théorie d'Einstein sur l'espace-temps était de mourir et d'être réincarné au moment où le vaisseau s'apprête à entrer dans un autre système solaire. Très peu de temps après, l'U.S. Robo-Mek trouva le moyen de faire disparaître les vaisseaux...

211 DOLLY — SUR LA CRYPTE

Pendant que Bratenahl parle à Bogert, la caméra remonte progressivement sur l'immense complexe cryogénique. Plus la caméra s'élève et plus la voix du journaliste s'amenuise.

FONDU ENCHAÎNÉ SUR...

212 ... EXT. APPARTEMENT DE BERNICE — NUIT — SIGMA DRACONIS 5

L'immeuble où vit Bernice est une superstructure pouvant loger jusqu'à 170 000 personnes, tétraèdre, bâtie au milieu de nulle part, selon le principe des Arcologies.

Trois lunes brillent dans le ciel. La caméra cadre une fenêtre parmi les millions que compte l'immeuble, celle de Bernice Jolo.

FONDU ENCHAÎNÉ SUR...

213 ... INT. APPARTEMENT DE BERNICE — NUIT

L'appartement de Bernice sur Sigma Draconis 5 correspond, de même que l'appartement de Bratenahl dans la scène 139, au type d'environnement et de paysage qui s'apparente le plus, selon elle, à « l'habitat idéal ». Bernice Jolo a ainsi opté pour l'appartement des ombres, aux parois ovales, ombrées et évanescentes. Des ombres jouent à l'intérieur, certaines semblables à des nappes de brouillard, d'autres à des formes humaines, toutes de configurations et de couleurs variables. Au gré d'une étrange mélodie, on en voit quelques-unes s'assembler pour former un groupe de musiciens, puis disparaître tandis que le souffle d'une brise nocturne envahit peu à peu la pièce, soulevant les cheveux de Bernice. Elle est allongée, nue, dans une piscine d'air chaud, au centre du salon. La piscine est d'une structure molle et douce. Lascive, elle n'en est pas moins anxieuse et préoccupée. Elle se lève, toujours nue, et marche vers un iris, sur le mur. Les ombres essaient de la retenir en se faisant plus denses. Elle se retourne, visiblement excédée :

BERNICE
(aux ombres)

Disparaissez... Et cessez de m'importuner !

Les ombres s'évanouissent immédiatement et font place à une blancheur diaphane. Bernice effleure de la main l'iris sur le mur et une porte coulissante s'ouvre devant elle. Bratenahl est face à un écran géant, disposé en arc de cercle, sur lequel défilent des séquences trop connues : les images de la scène 8 — que l'on reverra scène 272 : Calvin et les robots du type L.N.E. dans la zone de tests numéro 9 de l'U.S. Robots.

Bernice se poste derrière le journaliste.

214 INT. SALLE DE PROJECTION — SUR L'ÉCRAN...

... occupé par Calvin et Lenny, en plan panoramique. On recule légèrement de manière à cadrer Bratenahl, le visage tendu, le menton dans ses paumes. Derrière lui, debout, Bernice, nue, le regarde, inquiète.

BERNICE
(tendre)

Bob ?

Il ne répond pas, les yeux aimantés par les images qui défilent.

Bob ! Je t'en prie, il faut que tu arrêtes ! Il y a plus de trois heures que tu es là.

Il semble s'apercevoir de sa présence, mais garde les yeux sur l'écran. Il parle à la pièce :

BRATENAHL

Stop ! Allume la lumière.

L'image de Calvin effleurant l'armature métallique de

Lenny se fige et la pièce s'emplit progressivement d'une lumière douce. Il lève une main, sans se retourner, qu'elle prend et baise du bout des lèvres.

BERNICE
(émue)

Tu m'inquiètes, Bob !

BRATENAHL
(perturbé)

Moi aussi, je m'inquiète.

(un temps)

Il faut que je me rende à l'évidence : je suis dans l'impasse. J'ai tout revu dans tous les sens et je ne comprends toujours rien !

BERNICE

Et Bogert ? Il ne t'a pas aidé ?

BRATENAHL

Si, il m'a dit des choses intéressantes, mais ce n'était pas le genre d'informations que je recherchais. Je ne sais pas combien de fois j'ai regardé cette cassette... Je ne peux m'empêcher de sentir que la réponse est *là, quelque part*. Mais je ne vois pas où.

Bernice vient s'asseoir devant lui, à ses pieds. Il a l'air véritablement épuisé.

C'est dingue ! J'ai l'impression de la *connaître* !

BERNICE

Écris ton article avec les éléments que tu as déjà recueillis. Qu'est-ce qu'il veut de plus, ton Rowe ? Sans toi, il n'aurait même pas su qu'elle vivait au Brésil.

(un temps)
A sa place, je serais déjà contente de savoir ça !

BRATENAHL

Cet enfoiré n'est pas tombé de la dernière pluie ! Tu vois, ce qu'il veut, c'est *le scoop*. Il veut savoir précisément, preuves à l'appui, si la vieille Calvin *baisait* avec Byerley.

BERNICE

Charmant personnage.

BRATENAHL

Pas vraiment. Mais il s'est bien démerdé — il m'a tout pris : ma matrice, mon boulot et ma vie. Il me tient à la gorge, maintenant.

BERNICE

Je ne peux pas supporter de te voir dans un état pareil.

BRATENAHL
(soupire)

Je donnerais dix ans de ma vie pour que tout s'arrête, pour que j'oublie tout ça.

BERNICE

Alors fais-le ! Remue-toi ! Dis à Rowe d'aller se faire voir !

BRATENAHL

J'peux pas ! Il faut que je sache... tout sur elle.

BERNICE

Peux-tu m'expliquer pourquoi je me sens jalouse d'une femme de quatre-vingt-deux ans ?

BRATENAHL
(abattu)

Pour la première fois de mon existence, j'ai le sentiment de ne plus être maître de moi-même, d'être court-circuité.

BERNICE

Mais pourquoi toi ? Pourquoi maintenant ?

BRATENAHL

Parce que la situation n'est plus la même. Quelque chose a changé.

BERNICE

Qu'est-ce qui a changé ?

Bratenahl se lève et marche vers l'écran où l'image de Calvin s'est figée. Il la touche du doigt.

BRATENAHL

Tu comprends, Byerley est mort.

Elle le regarde, perplexe.

Il n'est plus là pour la protéger.

BERNICE

La protéger ? Mais de quoi ?

Le journaliste hausse les épaules, incertain. Elle se lève et vient contre lui.

(tendrement)

Je n'ai pas encore trouvé le moyen de la rencontrer, là-bas, chez elle, mais ne t'inquiète pas, j'y arriverai.

(un temps)

Tu veux manger quelque chose ?

Il secoue la tête et fait quelques pas dans la pièce. Il s'arrête soudain et regarde fixement l'image immobile.

BRATENAHL

J'arrive. Je voudrais juste revoir encore une fois la cassette. Va te reposer, si tu veux.

Elle l'observe un instant et, résignée, obtempère. La porte s'ouvre devant elle. Elle s'immobilise dans l'entre-bâillement : Bratenahl s'est rassis et s'adresse à nouveau à la pièce. Elle sort, la porte se referme derrière elle.

(à la Pièce)

Baisse la lumière. Repasse-moi la cassette.

CUT/

215 INT. APPARTEMENT DE BERNICE — LA PISCINE — NUIT

Sur les murs d'un blanc cotonneux et velouté, des étoiles artificielles brillent à espaces réguliers. Bernice dort, nue, sur un nuage bleuté. Une main s'approche et se pose sur son épaule. Elle sursaute ; Bratenahl est penché sur elle.

BRATENAHL

N'aie pas peur. C'est moi.

BERNICE

(vaseuse)

Qu'est-ce qu'il y a ?

BRATENAHL

J'ai découvert quelque chose d'important. Viens voir, j'ai besoin de ton avis.

BERNICE

(se redressant)

C'est quoi ?

BRATENAHL

C'est tellement incroyable... J'ai du mal à y croire... Je pense que j'ai trouvé !

Elle sort de la piscine, tremblante de froid. La brume se dissipe. Elle s'approche d'une console près du mur où on peut lire des instructions.

BERNICE
(au mur)
Donne-moi un peignoir.

Elle pianote sur le mur et un vêtement bleu soigneusement plié sort d'un tiroir. Elle le déplie et l'enfile prestement. Elle pénètre dans la salle de projection, derrière Bratenahl.

216 INT. SALLE DE PROJECTION — IDEM 214

L'écran est blanc. Elle prend un siège. Bratenahl reste debout, excité.

BRATENAHL
(à la Pièce)
Repasse lentement la dernière séquence.

L'écran s'allume et Byerley apparaît, sur le pont d'un trimaran, joyeux et plein de vie. Plan ultra-serré sur son visage.

Bratenahl s'avance ; son ombre se détache sur l'écran.

Arrêt sur image ! Tout de suite, là !

On voit toujours le visage de Byerley en plan ultra-serré. Bratenahl pointe du doigt un des cernes de Byerley. Son visage touche presque l'écran.

(à Bernice)
O.K. Maintenant approche-toi et regarde attentivement son visage. La résolution est parfaite ; on voit chaque pore de sa peau.

Bernice s'exécute et examine avec attention le portrait du président.

(à la Pièce)

Bon. Maintenant repasse la séquence dans laquelle Byerley et Calvin visitent le complexe informatique Central-Terre, en 2036.

L'image de Byerley est instantanément remplacée par un plan en plongée dans un puits tapissé d'écrans informatiques. La caméra descend rapidement dans un tunnel éclairé comme en plein jour, pour cadrer un groupe de visiteurs. On s'arrête en gros plan sur Byerley puis on avance sur les autres invités.

(à la Pièce)

Reviens sur le gros plan de Byerley et arrête-toi.

Byerley apparaît en gros sur l'écran, sous les yeux attentifs de Bratenahl et de Bernice. Le journaliste montre du doigt la même partie du visage de Byerley, la peau fine juste sous l'œil.

(à la Pièce)

Combien d'années séparent cette séquence de celle du trimaran ?

LA PIÈCE

Treize ans, ancien calendrier terrestre, monsieur.

BRATENAHL

Est-ce que certaines images ont été retouchées ?

LA PIÈCE

Non, monsieur. Ce sont des films originaux.

BRATENAHL

O.K. Divise l'écran en deux et fais apparaître les deux gros plans de Byerley. Je veux les avoir en même temps sur l'écran.

Les deux portraits de Byerley, pris à treize ans d'intervalle, apparaissent côte à côte sur l'écran. Bratenahl fait un signe de tête entendu, montre les images du doigt et s'écarte pour permettre à Bernice de mieux voir.

(à Bernice)

Voilà. Tout est là !

BERNICE
(perplexe)

Mmm.

(un temps)

Qu'est-ce qui est *là* ?

BRATENAHL

A toi de me le dire. Que vois-tu sur ces images ?

BERNICE

Le président.

BRATENAHL

Tu as deux images, prises à treize ans d'intervalle, de l'homme qui a occupé le poste le plus prenant que l'on puisse imaginer... Le premier président de la Fédération galactique.

BERNICE

Oui, et alors ?

Bratenahl s'agite, impatient. Il se retourne vers l'écran.

BRATENAHL
(à la Pièce)

Trouve-moi deux images, n'importe lesquelles, mais en gros plan, du docteur Bernice Jolo à... disons, cinq ans ou plus d'intervalle. Passe-les ensemble sur l'écran, comme pour Byerley.

L'écran reste blanc puis deux gros plans de Bernice apparaissent, l'un à côté de l'autre. Celui de gauche porte la mention 2071, celui de droite, 2076. Bernice pâlit.

BERNICE

C'est pas juste ! Il a été chercher une image prise après une trépanation qui a duré trois heures.

BRATENAHL

Peu importe. Regarde-toi bien. Ces deux clichés ont été pris à *cinq ans d'intervalle*, pas treize ! *Cinq !*

Elle fait un pas en avant, les yeux légèrement plissés.

(à la Pièce)

Maintenant, remontre-nous les deux images de Byerley.

Elles réapparaissent et Bernice les étudie avec un intérêt accru. Soudain elle étouffe un cri de surprise et se tourne vers le journaliste.

BERNICE

Il n'a pas changé d'un iota ! Il est...

BRATENAHL
(il exulte)

Eh oui, il n'a pas changé ! C'est *exactement* le même homme ! Il n'a pas pris une ride. Quand quelqu'un vieillit, c'est sous les yeux que ça se voit en premier... surtout chez quelqu'un assumant de telles responsabilités et vivant sous une pression constante.

(un temps)
Merde ! Regarde-moi ça ! Il n'a pas une ombre sous les yeux, pas un cerne, pas une ride. Rien !

BERNICE
Bob, tu ne crois quand même pas qu'il était...

Il la prend dans ses bras en valsant, la couvre de baisers, fou de joie.

BRATENAHL
Si ! Je le sais maintenant ! Cet enfoiré était *immortel* !

CUT/

217 IDEM 213 — CHAMBRE HOLOGRAPHIQUE

Plan moyen sur le salon de Bernice, peu de temps après. Bratenahl fait face à un mur dont un pan a coulissé sur une chambre holographique, semi-circulaire. Il tient, à la main, un petit instrument grâce auquel il peut transmettre un message et qui émet des notes de musique. Un nuage laiteux, légèrement brillant, envahit peu à peu la chambre ; une silhouette apparaît, floue tout d'abord, puis plus nette (même si c'est une image projetée, on parvient à voir au travers). Frinkel, le robot, vient d'apparaître.

FRINKEL
Monsieur Bratenahl ! Ravi de vous revoir, monsieur. Comptez-vous revenir parmi nous ?

BRATENAHL

Bonjour, Frinkel!

(un temps)

Non, je ne vais pas revenir vous voir... mais j'ai besoin que Donovan et Powell me donnent un petit coup de main.

FRINKEL

Toujours à propos du docteur Calvin?

BRATENAHL

Oui. Il faut que je leur parle.

Le robot jette un œil derrière lui, s'assurant que personne ne l'écoute. A l'arrière-plan, on distingue les contours du mobilier vieillot du vaisseau spatial que l'on a vu scène 141.

FRINKEL

Ils ont pas mal discuté de vos recherches sur Susan Calvin. J'ai peur qu'ils ne soient pas d'accord... Ils ne veulent pas être impliqués dans cette histoire.

BRATENAHL

(pressant)

Écoute, Frinkel... J'ai découvert quelque chose de très important, d'essentiel, même. Il faut que je transmette un message à Susan Calvin. Je voudrais qu'il lui parvienne directement.

Bratenahl frôle l'image holographique et la *traverse*, de temps à autre.

FRINKEL

Votre amie ne peut-elle entrer directement en communication avec elle?

Bratenahl

Susan Calvin n'a pas répondu au message que lui a transmis Bernice Jolo. Il se pourrait même qu'elle ne l'ait pas reçu.

(un temps)

Je suis sûr qu'elle répondrait à Donovan et à Powell. En souvenir du bon vieux temps.

(un temps)

Je veux juste lui faire parvenir onze mots. Ils peuvent quand même faire ça, non? Juste onze mots.

(un temps)

Je t'en prie, Frinkel, laisse-moi leur parler.

Le robot disparaît un instant.

Frinkel

Ils sont en train de se reposer, monsieur Bratenahl. Vous savez, Central nous a envoyé les matériaux pour la prochaine station.

(un temps)

Ils se préparent à accomplir un bond interstellaire majeur, vous comprenez?

(un temps)

Accepteriez-vous que ce soit moi qui leur parle?

Bratenahl

Bien sûr! Merci, Frinkel.

Frinkel

Quels sont ces onze mots que vous voulez transmettre à madame Calvin?

Bratenahl

(il pianote sur son appareil)

Attends, voilà... Je viens de taper le code qui permettra à Calvin de recevoir le message.

Mais il faut qu'ils lui parlent à elle, pas à ses gardes. Dis-leur juste de transmettre : « Stephen Byerley était immortel. Acceptez-vous maintenant de me parler ? » Le onzième mot est mon nom.

FRINKEL
(lentement)
Plutôt surprenant, votre message, monsieur.
(un temps)
Mais je vais le leur communiquer.

BRATENAHL
Merci, Frinkel. J'attendrai que tu reviennes. Je reste en contact.

FONDU SUR...

218 ... INT. APPARTEMENT DE BERNICE — LA PISCINE

Quelque temps plus tard. Bernice et Bratenahl sont allongés dans la piscine, des ombres jouent sur le mur derrière eux. Ils se parlent doucement, sur un fond musical étrange. Plan en plongée.

BERNICE
Tu ne t'es quand même pas rendu malade avec ce reportage juste parce que tu voulais savoir si elle avait réellement été la maîtresse de Byerley ?

BRATENAHL
Non ; en tout cas, pas au début.

BERNICE
Cette histoire t'obsède ?

BRATENAHL
Dans un certain sens, oui, peut-être. Mais en fait, non, pas vraiment.

BERNICE

Il y a quelque chose qui me dérange dans toute cette histoire. Pas toi ?

BRATENAHL

Si, et depuis le début pratiquement. Mais quand j'ai réalisé qu'il ne vieillissait pas...

BERNICE

C'est là que je veux en venir. Car, s'il était immortel, comment a-t-il pu mourir ?

BRATENAHL

Personne ne l'a jamais vu mourir. Il a été atomisé. Il ne reste plus une seule de ses molécules.

BERNICE

Pourquoi l'a-t-on atomisé, à ton avis ?

BRATENAHL

Je pense que Susan Calvin est la seule à le savoir. Et ce n'est pas normal : le monde a le droit de connaître la vérité.

BERNICE

Tu penses qu'il a été tué ? Exécuté ?

BRATENAHL

Cela expliquerait peut-être pourquoi elle a peur de me rencontrer.

(un temps)

Et merde ! Pas de nouvelles de Donovan et de Powell. Pas un mot !

Le fluide colloïdal de la piscine — manifestement de l'eau mélangée à une autre substance — change soudain de couleur : des arcs-en-ciel parcourent le liquide et de petites bulles se forment à la surface, comme s'il s'agissait d'une matière en fusion.

BERNICE

Elle n'a pas répondu à mon message.

BRATENAHL
(pensif)

Tu sais, elle ne me laissera pas tranquille. Je rêve parfois que je pénètre dans cette forteresse, sous le *Xingù Xavante*, et qu'elle sort de l'ombre, souriante. Elle me tend la main en disant : « Je suis tellement heureuse que vous ayez pu venir me rendre visite, Robert. »

BERNICE

On ne sait jamais. Peut-être que le robot a réussi à les convaincre. Calme-toi... Tu viens à peine de lui parler... Je suis sûre que ça va marcher.

BRATENAHL
(abattu)

Non, c'est foutu ! C'est ma faute ! J'y étais, là-bas, je l'ai vue, Susan Calvin ! Et tout ce que j'ai trouvé à faire, c'est de lui filer la trouille de sa vie ! Quand le vase lui a échappé des mains et que je l'ai vu éclater en mille morceaux, j'ai su que tout était foutu. Merde !

Un petit air de musique insistant l'interrompt. Bernice tend la main vers un panneau coloré incorporé au montant de la piscine et effleure quelques touches. L'un des murs de la pièce se transforme alors en chambre holographique. Une brume s'en échappe ; Michael Donovan se matérialise. Il est figé, gêné par la nudité de Bernice. Bratenahl s'en aperçoit et se place pudiquement devant elle. Elle esquisse un mouvement et les ombres viennent aussitôt l'enrober d'un voile brumeux.

DONOVAN

Désolé de vous déranger, Bratenahl.

BRATENAHL

Pas du tout, monsieur Donovan. Nous étions juste en train de discuter.

(un temps)

Je vous présente Bernice Jolo. Bernice, je te présente le partenaire de Gregory Powell, Michael Donovan.

Le journaliste saisit le coin d'un tissu, semblable à un Kleenex beige, à l'intérieur d'une boîte posée à côté de la piscine. Il le secoue : c'est un vêtement jetable, une tunique courte qu'il enfile avant de sortir de la piscine. Il s'approche de Donovan, plus vrai que nature.

DONOVAN

Greg et moi avons... comment dire ?... parlé de vous avec Frinkel.

Bernice entre dans le champ, également vêtue d'une courte tunique bleu vif. Elle observe les deux hommes, l'un en chair et en os, l'autre en hologramme.

BRATENAHL

Frinkel a beaucoup d'estime pour vous deux.

DONOVAN

Normal ! On a traversé pas mal de galères ensemble.

BRATENAHL

Vous voulez me dire quelque chose, monsieur Donovan ?

DONOVAN
(mal à l'aise)
Mmm. Oui. Eh bien...
(un temps)
Nous devons partir dans une heure...

Le journaliste regarde derrière Donovan.

BRATENAHL
Mais ! C'est le Sac à charbon, là derrière vous ! Vous comptez y installer une station ?

DONOVAN
Ne parlons pas de ça.
(un temps)
Susan Calvin m'a chargé de vous dire qu'elle acceptait de vous rencontrer.

219 CONTRECHAMP — PLAN POITRINE — LES DEUX HOMMES

Le contraste est frappant entre Bratenahl, sidéré, et Donovan, qui vient de parler comme si de rien n'était. On dirait qu'il a délibérément choisi ce ton anodin pour ne pas avoir à souffrir un quelconque remerciement. Il est d'une humilité impressionnante.

BRATENAHL
Merci, Mike.
(un temps)
Comment ça s'est passé ?

DONOVAN
(haussant les épaules)
On lui a dit merci. On ne le lui avait jamais dit avant.

Ils se regardent en silence. On comprend que la visite de Bratenahl leur a fait prendre conscience de la portée réelle d'un événement ancien, le jour où Calvin leur a sauvé la vie. C'est comme si sa visite leur avait ouvert les yeux et qu'ils reconnaissaient, pour la première fois, ce qu'elle avait fait pour eux. Bratenahl se hâte d'enchaîner.

BRATENAHL

Dois-je l'appeler ?

DONOVAN

Elle vous appellera elle-même. Nous lui avons laissé vos coordonnées.

Long silence.

BRATENAHL

Mike, pourquoi avez-vous fait cela ? Je ne vous ai apporté que des ennuis.

Donovan pose les yeux sur Bernice : elle sent immédiatement qu'il ne parlera pas en sa présence.

BERNICE

Je vais commander à déjeuner.

Le journaliste la regarde s'éloigner et se retourne vers Donovan.

DONOVAN
(mal à l'aise)

Vous allez penser que c'est idiot comme raison, mais...

BRATENAHL

J'aimerais savoir.

Donovan inspire profondément, cherchant le mot juste.

Donovan
(d'une voix douce)

On n'a plus beaucoup de temps devant nous. Tout est derrière nous, maintenant. Parfois, certaines choses qui n'ont l'air de rien sont lourdes de signification... et... vous allez sûrement penser que c'est idiot mais...

(un temps)

Vous ne nous avez jamais appelés « papi ».

Silence.

Bratenahl
(ému)

Merci, Mike.

(un temps)

Vous ne reviendrez pas, n'est-ce pas ?

Donovan n'est pas du genre à se laisser aller à de *telles* confidences. Il s'éclaircit la voix, se donne une tape sur le nez pour se ressaisir et se redresse fièrement.

Donovan

Faut que j'y aille.

Bratenahl

Dites au revoir à monsieur Powell pour moi.

Donovan acquiesce avant de disparaître, laissant derrière lui une substance d'un blanc velouté et brillant. Bratenahl contemple la chambre holographique désormais vide. Une main, dans le champ, se pose sur son épaule. Il se retourne ; l'angle de la caméra s'élargit pour cadrer Bernice.

Bernice

J'ai entendu.

BRATENAHL
(secoué)

Ils vont aller là-bas, dans ce grand trou noir, le Sac à charbon, pour y construire la dernière station...

(un temps)

Ils vont continuer à aller le plus loin possible... Et un jour, ils n'iront plus nulle part.

Il se tourne vers l'une des immenses fenêtres, les yeux perdus dans la nuit. Ils se serrent l'un contre l'autre ; la caméra les dépasse pour cadrer la nuit tandis qu'il ajoute :

BRATENAHL
(off)

Quand je pense à ce qu'ils ont dû être, quand ils étaient jeunes...

Plan sur la nuit.

LENT FONDU AU NOIR

FONDU OUVERT :
220 EXT. JUNGLE BRÉSILIENNE — JOUR — PLAN MOYEN, EN PLONGÉE

Une plate-forme volante, large comme un bassin aquatique et soutenue par des faisceaux invisibles qui émettent un léger sifflement (comme les tiges métalliques protégeant Calvin dans la scène 5), occupe l'écran. L'engin, qui peut effectuer un virage à 90° et descendre horizontalement, fend le ciel (effets spéciaux) et amorce sa descente. La jungle apparaît, une jungle reconstituée. Plus bas, on distingue, sous une trappe camouflée par du feuillage, une piste d'atterrissage ultra-moderne. L'engin descend à vive allure, suivi par la caméra. On est maintenant à l'intérieur de la caverne de Susan Calvin.

221 CONTRE-PLONGÉE — L'ENGIN EN ACCROCHE...

... au moment où il descend sur la caméra. Au-dessus, la trappe se referme lentement. Une lumière bleue illumine la piste souterraine.

222 PLAN D'ENSEMBLE — SUR L'ENGIN...

... qui atterrit. Presque immédiatement, un escadron de robots plus perfectionnés que ceux que l'on a vus jusqu'ici surgit. L'engin s'est posé dans une cavité circulaire conçue à cet effet. Bratenahl et Bernice sortent; le pilote, un robot encastré dans son poste de pilotage, reste aux commandes. La caméra rase la plate-forme.

ROBOT-PILOTE

Désolé pour les turbulences que nous avons rencontrées au-dessus de la Serra do Roncador.

BERNICE

Ce n'est pas grave, Freddy. Monsieur Bratenahl est habitué à ce genre de mésaventures.

ROBOT-PILOTE

Ne vous en faites pas pour le vomi, monsieur Bratenahl. Mes aspirateurs intégrés vont le faire disparaître en un clin d'œil.

Le journaliste jette un œil en coin au petit malin qui vient de le ridiculiser. Sa mine verdâtre confirme qu'il a souffert du voyage. Ils s'avancent vers la caméra tandis qu'en retrait les robots déchargent les effets personnels des deux voyageurs ainsi que leurs bagages.

223 UN GARDE — BRATENAHL ET BERNICE EN ACCROCHE

Plan sur un garde qui escorte l'escadron de robots.

Le Garde

Docteur Jolo, monsieur Bratenahl : le docteur Calvin m'a demandé de vous souhaiter la bienvenue. Si vous êtes prêts, je vais vous conduire à vos appartements.

Bernice

Nos bagages...

Le Garde

Ils seront dans vos chambres dans un instant.

Bratenahl observe le garde qu'il vient de reconnaître, mécontent.

Bratenahl

Je me demandais quand je vous reverrais.

Le Garde

Je dois vous avouer que je ne pensais pas vous revoir ici, monsieur.

Le journaliste se tourne vers Bernice, surprise, et lui parle sans quitter le garde des yeux :

Bratenahl
(à Bernice)

Lui et son partenaire m'ont joué un petit tour, la première fois que je suis venu.

Le Garde

Et je le regrette sincèrement, mais, et j'espère que vous en conviendrez, cela était nécessaire. Vous étiez en infraction.

Bratenahl

Cette fois, je suis invité, V.I.P.

Le garde sourit et, d'un geste, les invite à le suivre. La caméra pivote sur un petit véhicule tout-terrain dans lequel montent les deux invités. Le garde s'installe à l'arrière, sur une petite plate-forme surélevée, et met le moteur en marche.

224 SERRÉ SUR BRATENAHL...

... qui vient d'apercevoir quelque chose, au loin, près des hangars.

225 CONTRECHAMP — PLAN SUBJECTIF — BRATENAHL

Quelqu'un l'observe, en effet, caché dans l'ombre de la zone de chargement et d'approvisionnement de la résidence souterraine. L'image s'éloigne, comme si la voiture avait commencé à avancer : c'était Susan Calvin.

226 PLAN MOYEN — LA VOITURE...

... roule, le journaliste se tord le cou pour essayer de mieux discerner les traits de la personne cachée dans le hangar. Le véhicule prend de la vitesse et s'engage dans un tunnel noir, à l'extrémité de la zone de déchargement et de la piste d'atterrissage.

227 DU VÉHICULE — DROIT DEVANT — TRUCAGE

Le véhicule pénètre à une allure époustouflante dans le tunnel, pleins phares.

228 TRAVELLING AVANT — TRUCAGE

L'éclairage dans le tunnel donne le frisson. La voiture file à la vitesse de la lumière et émerge dans le royaume secret de Susan Calvin, au milieu du jardin souterrain et des édifices que l'on a vus scène 92, sous la lumière artificielle. La voiture prend la direction de la pyramide de verre de la scène 106.

229 PLAN MOYEN — EN PLONGÉE — DU HAUT DE LA PYRAMIDE...

... sur le véhicule qui s'immobilise au bas des marches. Le garde précède les deux invités et les invite à entrer dans la pyramide.

230 PLAN SERRÉ EN CONTRE-PLONGÉE, VERS LA PYRAMIDE — LE GROUPE

Le garde est parvenu en haut des marches ; on s'aperçoit que la surface apparemment lisse de la pyramide est en fait un trompe-l'œil architectural : les plaques de verre bleu réfléchissantes se chevauchent les unes les autres et masquent des travées qui serpentent à l'intérieur de la pyramide. Bratenahl et Bernice, suivis du garde, s'engagent dans l'une de ces travées.

231 INT. PYRAMIDE — PLAN MOYEN

Bernice et Bratenahl, au premier plan, émerveillés par la complexité et l'immensité de l'édifice où les robots semblent régner en maîtres.

BRATENAHL
(à voix basse)

Je te dis que quelqu'un a bien dû financer tout ça.

232 SUR LE GARDE — TRAVELLING

Il se dirige vers une colonne de verre qui ressemble à un ascenseur.

LE GARDE

Le docteur Calvin m'a demandé de vous mener à vos appartements.

BRATENAHL

Elle n'est pas ici ?

LE GARDE

Si. Elle s'occupe de la restauration d'objets précieux ayant appartenu à la civilisation disparue. Elle vous prie de l'en excuser et de vous reposer.

BERNICE

La verrons-nous plus tard ?

LE GARDE

Je ne sais pas, madame, c'est à elle de décider. Cela dit, je pense que oui. Sinon, pourquoi vous aurait-elle fait venir ?

Bernice hausse les sourcils ; ils entrent dans l'ascenseur.

233 EN CONTRE-PLONGÉE — LA COLONNE D'ASCENSEUR...

... qui s'élève à une vitesse vertigineuse.

234 TERRASSE INTÉRIEURE

Ils sortent de l'ascenseur et le garde désigne de la main leurs appartements.

LE GARDE

Voici votre suite : six pièces avec une entrée commune. Le docteur Calvin a pensé que vous aimeriez avoir des chambres communicantes.

(un temps)

Mais si vous préférez avoir des suites séparées...

BRATENAHL

C'est parfait, merci.

Le garde s'incline respectueusement avant de disparaître dans l'ascenseur. Les deux invités s'approchent de la porte. Elle coulisse devant eux.

235 INT. SUITE — LA PORTE EN ACCROCHE

Bernice et Bratenahl tournent le dos au patio de la pyramide. Il fait nuit. Leur chambre est plongée dans l'obscurité. On avance sur eux.

BERNICE

Voilà ! On y est.

BRATENAHL

Il y a un vieux dicton à propos des gens qui marchent sur les tombes.

BERNICE

Ah ! Je ne suis donc pas la seule à me sentir comme une intruse.

BRATENAHL

Quel salaud, ce Rowe ! Si seulement il m'avait pas foutu dans un pétrin pareil !

BERNICE

Tu y as mis un peu du tien, non ?

Elle lui jette un regard entendu. Ils avancent sur la caméra. On cadre au noir.

CUT/
RACCORD SUR...

236 ... EXT. TERRASSE — SOIRÉE

Bratenahl, de dos, l'empire souterrain de Susan Calvin à ses pieds. Le journaliste, pensif, la main sur la balustrade de pierre blanche du balcon, contemple les jardins, le musée et les édifices qui se découpent dans la lumière artificielle. Le soir est tombé et bruisse du murmure des criquets et des oiseaux de nuit. Un gros insecte vient se poser près de sa main en bourdonnant. C'est un insecte métallique dont les ailes translucides brillent dans la nuit. Il ressemble à un robot-papillon. Le journaliste regarde l'animal s'envoler au loin.

BERNICE
(hors champ)

Ah ! Je me demandais où tu étais encore passé !

Il se retourne en entendant ses pas.

237 CONTRECHAMP — SUR BERNICE

Elle marche vers lui, vêtue d'une exquise robe longue, d'un tissu à la fois moulant et lourd comme un drapé.

BRATENAHL
(pensif)

Elle est partout. Tout porte son empreinte.

BERNICE

Tu l'as vue ?

BRATENAHL

Non. Je pense qu'elle attend un moment plus propice.

BERNICE

Apparemment, toi et moi ne dînerons pas au même endroit.

BRATENAHL
(surpris)

Ah bon ? Je ne savais pas.

BERNICE

C'est ton copain le majordome qui me l'a dit. Il est venu me voir quand tu étais parti te promener, pour me prévenir qu'un dîner avait été spécialement préparé pour moi, là-haut, à l'air libre, dans la vieille Cité.

BRATENAHL

Et moi ?

BERNICE

Je ne sais pas si tu y es convié mais j'ai comme l'impression qu'elle ne souhaite pas que nous dînions ensemble.

BRATENAHL
(il réfléchit en silence)

Mmm... As-tu vu d'autres humains ?

BERNICE

A part Ta Majesté, moi-même et le majordome ?

Il fait oui de la tête. Elle répond :

Non. Il n'y a ici, apparemment, que des robots. Je ne crois pas qu'il y ait d'autres humains.

Il secoue la tête, perplexe.

238 DE L'AUTRE CÔTÉ DE LA TERRASSE — LE GARDE...

... émerge des ténèbres et se dirige vers eux.

LE GARDE

Docteur Jolo ? Nous pouvons y aller, si vous êtes prête.

Elle esquisse une moue amusée, comme si elle souhaitait bonne chance à Bratenahl, puis descend les quelques marches qui la séparent de la voiture. Sur la terrasse, le journaliste les suit des yeux. Il reste seul.

239 EN PLONGÉE — BRATENAHL

A ses pieds, à la nuit tombante, la résidence souterraine. Plan serré sur lui.

FONDU ENCHAÎNÉ SUR...

240 ... EXT. TERRASSE — PYRAMIDE À L'ARRIÈRE-PLAN — TRAVELLING AVANT

Bratenahl, toujours seul, contemple la ville souterraine. Soudain, la pyramide s'illumine de l'intérieur, irradiant les ténèbres. L'image est splendide. Il détourne la tête (il est en gros plan) et aperçoit Susan Calvin, immobile sur la terrasse. Elle fait quelques pas vers lui, puis s'immobilise, à distance respectueuse. Sa voix est ferme mais douce, incroyablement impressionnante.

CALVIN

Bonsoir, monsieur Bratenahl.

BRATENAHL

Bonsoir, docteur Calvin.

Elle se rapproche et s'arrête à nouveau.

CALVIN

Voudriez-vous vous joindre à moi pour le dîner ?

241 PLAN SERRÉ SUR BRATENAHL

Il s'efforce de maîtriser son trouble.

BRATENAHL

Je vous dois des excuses.

CALVIN

Pour avoir continuellement tenté d'envahir ma vie privée ?

BRATENAHL

Non, pas réellement pour ça. Je voudrais m'excuser pour la peur que je vous ai faite, la dernière fois que j'étais ici. Et aussi pour ce vase magnifique.

CALVIN

Ah oui... je l'avais oublié.

BRATENAHL

Non! Vous ne l'aviez pas oublié.

La caméra recule et tournoie autour de Calvin. Son sourire se fige soudain.

CALVIN

Vous avez raison. Je ne l'avais pas oublié. J'accepte vos excuses.

(un temps)

Allons dîner, si vous voulez bien.

Il approuve et la suit à l'intérieur de la pyramide. Caméra en plan fixe.

CUT/

242 INT. SALON — PLAN MOYEN

C'est un salon cossu, avec une table et des chaises en chêne, un buffet, de très anciennes tentures murales provenant de la Cité perdue. L'ambiance est chaleureuse, la pièce confortable et élégante. Le journaliste et Calvin se font face et ont visiblement achevé de dîner, comme en attestent les couverts et la vaisselle qui n'ont pas encore été débarrassés. Ils sont sur le point d'entrer dans le vif du sujet.

BRATENAHL

Combien de temps avez-vous mis à déterrer la Cité, là-haut?

CALVIN

Presque quinze ans. Ce peuple était extraordinaire.

BRATENAHL

Les robots sont-ils de bons excavateurs ?

CALVIN

Ils sont excellents car ils sont très précis. Ils sont particulièrement délicats avec les poteries ou autres objets précieux et fragiles.

BRATENAHL

Je n'aurais jamais pensé que vous vous intéresseriez aux vestiges d'une civilisation disparue.

CALVIN

Pourquoi cela ? Parce que j'ai pour habitude de m'entourer de robots ?

Elle le dévisage un court instant avant de lui tendre une cafetière en argent. Elle remplit sa tasse, sculptée dans un os.

CALVIN

Vous m'avez consacré beaucoup de votre temps.

BRATENAHL

Pas assez, apparemment, docteur Calvin. Car, voyez-vous, le temps que j'ai passé sur vous ne m'a pas permis d'éplucher tous vos secrets.

CALVIN

Éplucher mes secrets ? Charmante comparaison ! Vous me prenez pour un artichaut, monsieur Bratenahl ?

Le journaliste sourit ; elle reste impassible.

BRATENAHL

Quelque chose m'étonne, pourtant...

CALVIN

Vraiment ? Quoi donc ?

BRATENAHL

Les ordinateurs centraux ont tendance à vous dépeindre comme une femme distante et dure, hautaine et insensible, obsédée par son travail.

CALVIN

Et vous trouvez que ce portrait ne me ressemble pas ?

BRATENAHL

Pas exactement. Vous lui êtes fidèle, du moins avec moi. Ce que je comprends parfaitement : je suis un intrus et une source de tracas. Je vous ai, pour ainsi dire, fait sortir du bois.

(un temps)

Mais il y a un fossé impressionnant entre ce qu'on croit et ce qui est.

(un temps)

Norman Bogert se souvient très bien d'une histoire d'amour non partagé qui vous a beaucoup meurtrie.

Touchée de plein fouet, elle grimace et frissonne. Puis se lève.

BRATENAHL

Désolé.

(un temps)

Donovan et Powell aussi se souviennent de beaucoup de choses : comment, par exemple, vous leur avez sauvé la vie au péril de la vôtre.

Elle a l'air extrêmement mal à l'aise. A quoi d'autre s'attendait-elle ?

CALVIN

Cela faisait partie de mon travail.

BRATENAHL

Alfred Lanning raconte, dans ses Mémoires, l'histoire de votre père et d'un robot que vous appeliez Robbie. Une histoire très émouvante, au demeurant.

CALVIN

Tout cela est tellement loin. J'avais presque oublié...

(elle surprend son regard et sourit)

Non, ce n'est pas vrai. Je n'ai pas oublié. Cher Robbie...

BRATENAHL

Vous voyez, vous êtes pleine de contradictions.

CALVIN

Et vous avez passé des mois à tenter d'y mettre bon ordre ?

BRATENAHL

Pour être franc, au début, j'étais juste intrigué par votre personnalité. Ensuite on m'a ordonné de poursuivre dans cette voie. Et puis, pour finir, je n'ai plus eu besoin qu'on m'encourage à le faire.

CALVIN

C'est à ce moment-là que vous m'avez envoyé un message...

BRATENAHL

Sûrement. Puisque je suis là aujourd'hui.

(un temps)

Êtes-vous prête à me parler ?

CALVIN

(tendue)

Pas tout de suite, monsieur Bratenahl.

Ils s'observent. La tension monte.

BRATENAHL

Où est Bernice ?

CALVIN

En ce moment ?

BRATENAHL

Oui, en ce moment. Enfin, si vous le savez.

On est passé en plan américain. On recule pour avoir, dans le champ, l'ombre qui les entoure.

CALVIN

Elle est en train de dîner, là-haut, dans la vieille Cité.

La caméra recule encore ; l'ombre doit envahir l'image. Leurs voix se font plus lointaines.

BRATENAHL

Pour sa première nuit chez vous, elle dîne seule. Alors que vous et moi dînons ensemble. Autre bizarrerie de votre part, docteur Calvin.

La caméra recule ; on ne les distingue plus. On entend Calvin, off :

CALVIN
(off)
Dans ce cas, vous ne vous offusquerez pas que j'aille la rejoindre pour le dessert...

FONDU RACCORD SUR...

243 INT. VIEILLE CITÉ — NUIT
... la voix, off, de Calvin.

CALVIN
(off)
Bien sûr que je me souviens de vous.

BERNICE
(off)
Je n'étais pourtant qu'une enfant quand je suis venue sur la Terre avec mon père.

La caméra avance dans l'ombre : on débouche sur un des anciens temples, à l'architecture très surchargée. On découvre une table plus petite que celle de la scène précédente, plus intime. Bernice est assise en face de quelqu'un, dont on ne voit que le dos.

CALVIN
(hors champ)
Je me souviens très bien de vous. Vous étiez une enfant adorable, très affectueuse.
(un temps)
Êtes-vous une femme affectueuse, Bernice ?

BERNICE
(hors champ)

Vous voulez dire avec Robert ?

CALVIN
(hors champ)

Oui. Êtes-vous amoureuse de lui ?

Plan en pied. La personne en face de Bernice n'est autre que Susan Calvin.

BERNICE
(troublée)

Vous savez, cinquante ans séparent votre définition de la mienne.

CALVIN

Je ne vous demande pas cela par indiscrétion mais parce qu'il est important, pour l'avenir, que je connaisse vos sentiments envers ce jeune homme. Vous êtes libre de m'en parler à votre guise.

BERNICE

Il m'échappe.

CALVIN

Je ne comprends pas.

BERNICE

Je veux dire que c'est moi qui lui cours après.

CALVIN

Il s'agite sans bouger, c'est cela ?

BERNICE

Ma parole, c'est un vrai rébus !

CALVIN

L'aimez-vous ? Êtes-vous amoureuse de lui ?

BERNICE

Je ne sais pas... les deux à la fois, je crois. S'il mettait fin aux obsessions qui le rongent — et vous en faites partie —, je pourrais peut-être m'autoriser à penser à lui en termes amoureux.

CALVIN

(un temps ; elle change de sujet)

Je suis désolée de ne pas avoir pu assister aux obsèques de votre père.

Bernice la fixe, décidée à ne pas parler d'autre chose.

BERNICE

Docteur Cal...

CALVIN

(l'interrompant)

La vieillesse a deux privilèges, mademoiselle : l'un est de pouvoir se permettre certaines impolitesses, qui, si elles sont soigneusement étudiées et savamment dosées, peuvent passer pour une douce excentricité...

(un temps)

L'autre est de s'endormir au dessert.

(un temps)

Dans les deux cas, rien ne vous empêche de m'appeler Susan.

Un large sourire éclaire les traits de Bernice. Elle se penche vers Susan, séduite.

BERNICE

Je comprends maintenant son obsession à votre égard.

CALVIN
(avec un timide sourire)

Croyez bien que j'admire sa ténacité. Mais, savez-vous, il a une étrange expression : il dit vouloir *éplucher mes secrets.*

BERNICE

C'est à vous de décider s'il réussira ou non. Il est vrai que vous ne me connaissez pas plus que lui mais...
(un temps)
C'est un homme sérieux. Si vous lui accordez votre confiance, je pense que vous ne le regretterez pas.

CALVIN
(pensive)

Dites-moi, Bernice, pensez-vous que les êtres humains soient foncièrement bons ?

BERNICE
(prudente, car la question est manifestement très importante)

Pas toujours, à l'évidence.

CALVIN

Mmm... Oui, à l'évidence.

BERNICE

Pourquoi me demandez-vous cela ?

CALVIN
(ignorant sa question)

Oh, pour rien, je rêvassais...

BERNICE
(décidée)

Ce n'est pas seulement par courtoisie que vous m'avez demandé d'accompagner Robert, n'est-ce pas ?

CALVIN

J'avais envie de vous revoir.

BERNICE

(étonnée)

Je crois que vous avez quelque chose à me dire.

CALVIN

J'ai des projets. Il est peut-être temps de changer...

BERNICE

Je ne vois pas de quoi vous voulez parler...

Calvin pousse un profond soupir. Elle recule sa chaise.

CALVIN

Je divague. Je vous prie de me pardonner, Bernice. Il y a beaucoup de choses que je dois mettre au clair. Je me comporte comme un vieux sphinx obtus.

(un temps)

Nous reparlerons, rassurez-vous. Il faut que je me repose maintenant. Nous nous verrons demain...

Bernice acquiesce en souriant. Calvin la considère un long moment, ouvre la bouche pour parler. Elle se ravise et disparaît dans les ténèbres. Bernice se rassied, en pleine lumière. Le garde s'est glissé près d'elle sans qu'elle s'en aperçoive. Elle sursaute, se lève et le suit. La table reste vide, sous le cône de lumière.

CUT/

244 IDEM 234

Bratenahl debout, les yeux perdus dans l'immensité du domaine de Calvin. Bernice sort de l'ombre. Le garde qui l'a raccompagnée fait un bref salut. Elle s'approche du journaliste.

BERNICE

Salut !

BRATENAHL

Eh, bonsoir ! Comment était ton dîner ?

Elle prend ses mains, fixe son regard.

BERNICE

Je n'ai jamais rencontré quelqu'un comme elle, Robert. Elle a peu parlé mais c'est comme si elle avait plongé au plus profond de moi-même.

(un temps)

Je pense qu'elle voulait connaître mes sentiments à ton égard avant de décider si elle pouvait avoir confiance en toi. Je crois que tu vas bientôt découvrir ce que tu cherches.

Elle détourne le regard, très perturbée. Il la serre contre lui.

BRATENAHL

Mais tu trembles !

BERNICE

Je n'arrive pas à m'enlever de la tête l'idée que nous allons tous découvrir quelque chose que nous ne voulons pas savoir.

Elle se blottit contre lui et enfouit son visage contre sa poitrine. Elle lève les yeux.

BRATENAHL
(doucement)

Qu'est-ce qu'il y a ?

BERNICE

On va aller dans notre chambre maintenant et faire l'amour. J'ai dans l'idée que je ne te reverrai pas avant longtemps.

Il la regarde sans comprendre. Elle le prend par la main et ils disparaissent.

FONDU SUR...

245 ... LONG CORRIDOR AUX PAROIS DE MÉTAL — NUIT

Argenté et faiblement éclairé. Le robot-papillon que l'on a vu scène 236 fait irruption au milieu de l'image en bourdonnant. Il vole au-dessus de Susan Calvin, laquelle est debout au milieu du corridor sans fin. Elle porte une longue robe brodée, comme une djellaba. Apparemment, elle n'a pas pu trouver le sommeil et a décidé de marcher pour apaiser son esprit. Elle lève les yeux sur le papillon d'où semblent provenir les voix étouffées de Bernice et de Bratenahl, le même dialogue que celui de la scène précédente.

VOIX DE BERNICE, REPRODUITE PAR LE PAPILLON
(déformée)

Je pense qu'elle voulait connaître mes sentiments à ton égard avant de décider si elle pouvait avoir confiance en toi. Je crois que tu vas bientôt découvrir ce que tu cherches.

VOIX DE BRATENAHL
(déformée)

Mais tu trembles !

VOIX DE BERNICE
(déformée)

Je n'arrive pas à m'enlever de la tête l'idée que nous allons tous découvrir quelque chose que nous ne voulons pas savoir.

VOIX DE BRATENAHL
(déformée)

Qu'est-ce qu'il y a ?

VOIX DE BERNICE
(déformée)

On va aller dans notre chambre maintenant et faire l'amour. J'ai dans l'idée que je ne te reverrai pas avant longtemps.

Le papillon quitte l'image. Susan Calvin a un air perdu et absent. Peut-être pense-t-elle à toutes ces années sans amour ni compagnon. Elle avance lentement dans le corridor, suivie par la caméra. Un temps. Puis on entend, off, sa voix se mêler à une autre. Une voix que l'on n'a jamais entendue auparavant mais qui nous est vaguement familière. C'est celle de Stephen Byerley. Elle doit rester gravée dans notre mémoire.

BYERLEY
(off, voix lointaine)

Il va falloir que tu luttes seule, Susan.

CALVIN
(off, voix lointaine)

Je ne peux pas, Stephen. Cela fait trop longtemps. Un peu trop longtemps.

BYERLEY
(off, voix lointaine)

Quarante-quatre ans, c'est long, trop long. S'il y a bien une chose que tu m'as apprise, c'est de savoir dire stop.

(un temps)

Il est temps, Susan.

CALVIN
(off, voix lointaine)

Ce sera le chaos, le retour à la barbarie, Stephen !

Byerley
(off, voix lointaine)

Non, tu leur raconteras comment tout était avant. Ils comprendront. C'est toi qui m'as fait croire en eux... et eux ont l'étincelle du bien.

(un temps)

Je te lègue ma foi.

Calvin
(off, voix lointaine)

Comment vais-je le leur dire ? Comment leur dire pour qu'ils comprennent ?

Byerley
(off, voix lointaine)

Tu trouveras le moyen. Tu sauras trouver le ton juste. Tu dois le faire toute seule. Sans personne d'autre.

(un temps)

Au revoir, mon amie... chère Susan...

Calvin
(off, voix lointaine)

Au revoir, Stephen... au revoir...

Elle continue d'avancer vers la lumière argentée nettement plus accentuée maintenant. La caméra est fixe. Elle entre *dans* la lumière qui a envahi le champ. Off, on l'entend répéter « Au revoir » d'une voix de plus en plus lointaine et à laquelle se mêle le bourdonnement de l'insecte. Il se pose au bas de l'écran avant de s'envoler très haut, vers la lumière, suivi par la caméra.

FONDU SUR...

246 ... ÉCRAN NOIR

Chambre de la scène 235 ; hors champ, le bourdonnement du papillon. L'image se ferme, en noir, puis s'ouvre à nouveau. C'est un plan subjectif de Bratenahl, dans sa chambre. Il s'éveille lorsque le bourdonnement cesse. La caméra va de droite puis de gauche, comme si elle reproduisait le mouvement de ses yeux, se pose sur une petite table de nuit où repose le magnifique vase que Calvin avait fait tomber, scène 123. C'est *exactement* le même vase. Il effleure, au bas de l'image, la surface de l'objet.

247 PLAN MOYEN — BRATENAHL, AU LIT

Il se redresse d'un bond et se tourne vers la table de nuit pour mieux examiner l'objet. Il le caresse, incrédule. Une voix retentit, hors champ :

LE GARDE
(hors champ)
Bonjour, monsieur.

248 CONTRECHAMP — LE GARDE

Il est debout, dans l'entrebâillement de la porte coulissante, la terrasse derrière lui.

LE GARDE
Désolé de vous avoir fait peur.

Bratenahl est nu. Il s'assied au bord du lit et une vapeur dorée se drape immédiatement autour de ses hanches. Il jette un œil endormi sur le lit vide.

BRATENAHL
Où est le docteur Jolo ?

LE GARDE
Elle est repartie sur Sigma Draconis 5 après avoir reçu un appel urgent.

BRATENAHL
(l'air résigné)
Il y a au moins cinquante pour cent de mensonge là-dedans.

(il désigne le vase)

D'où vient-il ? Il n'était pas ici hier soir.

LE GARDE

Le docteur Calvin m'a demandé de le déposer chez vous.

BRATENAHL

Encore un mensonge ?

Il sort du lit.

LE GARDE

Vous êtes libre d'interpréter ce que je dis comme vous voulez.

BRATENAHL

Passons. Alors, mec, quel est le programme de la journée ?

LE GARDE

Le docteur Calvin a pensé que vous aimeriez visionner certaines cassettes d'archives.

Bratenahl approuve d'un signe de tête et se dirige vers l'ablutorium, un genre de salle de bains.

BRATENAHL

Vous pouvez attendre ici que j'aie fini ma toilette ou bien revenir plus tard.

LE GARDE

Je repasserai.

La porte coulisse derrière lui. Le journaliste entre dans la douche circulaire et une porte vitrée se referme en décrivant un arc de cercle. Un éclair de lumière et un léger chuintement jaillissent; le journaliste sort quelques secondes plus tard, rasé de près, douché et parfumé. Il presse des boutons sur le mur et saisit des vêtements propres, probablement jetables, repassés et pliés. Il déplie un pantalon et l'enfile.

CUT/

249 INT. DE L'ŒUF

C'est une chambre grise qui ressemble à l'intérieur d'une coquille d'œuf. Les parois ne sont qu'un gigantesque écran, à 360°, sur lequel vont défiler les documents d'archives, hautement confidentiels. Le sol a la particularité de se mouler autour du corps du spectateur pour lui assurer un confort optimum. Bratenahl s'allonge, le garde debout à ses côtés, prêt à partir.

LE GARDE

Les cassettes ont été sélectionnées par le docteur Calvin et sont classées par ordre chronologique.

BRATENAHL

De quoi s'agit-il?

LE GARDE
(indifférent)

Si vous avez besoin de quoi que ce soit, appelez. Le moniteur de la pièce se mettra en relation avec moi.

(un temps)

Cette pièce est à commande vocale et fonctionne comme n'importe quelle autre unité de projection : retour, arrêt sur image... demandez-lui tout ce que vous voudrez.

Il fait un bref signe de tête pour achever la conversation et se dirige vers la cloison qui s'ouvre et se referme silencieusement derrière lui. La pièce s'obscurcit soudain. Une voix de femme, chaleureuse, retentit :

VOIX DE L'ŒUF

Extraits de la carrière de Stephen Byerley, premier président de la Fédération galactique.

Un homme de haute taille, les cheveux prématurément grisonnants, la quarantaine, apparaît. Il est beau ; il ressemble un peu à Gary Cooper. Quelque chose en lui nous est familier mais nous ne l'identifions pas encore. La première séquence évoque la course à la présidence intergalactique.

250 PREMIÈRE SÉQUENCE — EN HABILLAGE GÉNÉRIQUE

Gros plan sur Byerley dans un hall semblable à celui de l'Assemblée générale des Nations unies, à New York. De nombreux délégués sont assis à une table de conférence sur un côté de l'Assemblée, leur monde d'origine étant inscrit sur une plaque posée devant eux. Byerley passe devant chacun et parle, solennel. Digne. On n'entend pas ce qu'il dit car la Voix commente les images.

LA VOIX

Il fonda la Fédération galactique alors que le monde n'était que chaos. La guerre des Quatre Mondes avait commencé deux années terriennes plus tôt.

Byerley s'arrête devant chaque délégué pour présenter son programme. Chacun a à sa disposition deux touches qui enregistrent immédiatement son vote sur un tableau lumineux : orange pour oui, noir pour non. Tous les points du tableau sont orange. Lorsque le dernier s'allume, le cénacle se lève alors comme un seul homme pour saluer le nouveau président.

La Voix

Il pacifia et défendit tous les peuples, même les vaincus. Ce fut le début de l'Âge d'Or.

251 À 257 SÉRIE D'IMAGES PROJETÉES EN VIGNETTAGE

Byerley dictant un Manifeste dont le texte s'imprime derrière lui sur cinq lignes — une par langue, et une en anglais.

Puis, Byerley rencontrant Susan Calvin à l'usine de robots et lui serrant la main. La poignée de main est-elle démesurément appuyée?

La Voix

Il rédigea le Manifeste de l'Égalité. Une race, une voix. Toutes les races pouvaient ainsi décider du destin de la Fédération.

(un temps)

Il supprima le statut d'esclaves qui avait été imposé aux robots dès leur invention. Il s'inspira des Trois Lois pour les faire participer à l'expansion et au rayonnement de la race humaine.

Byerley souriant, au milieu d'un groupe d'hommes et de femmes, casque de chantier sur la tête, désignant fièrement une tour de verre, derrière eux.

L'image suivante montre Byerley inaugurant le monument à la mémoire de ceux qui ont réglé le conflit de la guerre des Quatre Mondes. Il dévoile une magnifique sculpture de plastique représentant des mutants et des humains, le visage levé vers les étoiles.

La Voix

Il fut le moteur de l'implantation de nouvelles colonies dans les lointains Mondes de Glace; il fut à l'origine de la téléportation grâce à laquelle on put accéder aux planètes les plus reculées...

Bratenahl regarde toujours les séquences filmées.

FONDU SUR...

258 IDEM 117 — ... INT. MUSÉE

Celui dans lequel l'incident du vase s'est produit. Bratenahl va progressivement s'avancer vers une table sur laquelle sont disposés des instruments très perfectionnés. Calvin est penchée sur un microscope connecté à un ordinateur, pourvu de câbles reliés à de minuscules pinces. Il s'approche de Calvin. Elle parle sans lever les yeux.

CALVIN

Bonjour. Je serai à vous dans un instant.

BRATENAHL

Je peux repasser...

CALVIN

Ce ne sera pas nécessaire. J'ai presque fini de restaurer cet objet. Venez jeter un coup d'œil, si vous voulez.

259 PLAN SERRÉ — BRATENAHL...

... est penché au-dessus de l'épaule de la vieille femme. Il sort du champ, maintenant occupé par des morceaux de poterie épars. Elle ajuste l'oculaire du microscope et pianote rapidement de sa main droite sur le clavier miniature de l'ordinateur posé à côté d'elle. Des lignes se dessinent reliant entre eux les précieux éclats puis, une fois que les lignes forment un ensemble très dense, elle appuie sur un bouton rouge qui actionne les petites pinces. Elles se mettent à gesticuler à une vitesse hallucinante et recollent chaque morceau en le repositionnant à sa place d'origine. Une fois deux morceaux assemblés, les lignes qui les reliaient s'effacent de l'écran. La poterie est maintenant reconstituée : c'est un bol d'une beauté exceptionnelle, rouge grenat, avec des dessins entrelacés. Une fois le dernier morceau manquant remis à sa place, les petites pinces s'immobilisent et le mot FIN apparaît sur l'écran. Susan Calvin redresse la tête, les traits tirés, une mèche de cheveux devant les yeux. Elle se recoiffe et soupire en souriant.

Calvin et Bratenahl sont maintenant en plan américain.

CALVIN

Quand on pense qu'un objet si merveilleux a servi à de telles horreurs...

Bratenahl l'interroge du regard.

Ce bol, voyez-vous, servait à recueillir le sang des vierges sacrifiées en l'honneur d'un dieu nommé Xaxaltay. On leur arrachait le cœur et leur sang s'écoulait dans ce bol.

Le journaliste laisse échapper un petit rire amer.

Asseyez-vous et causons.

BRATENAHL
(s'exécutant)

C'est un deal ? Vous allez m'expliquer maintenant ce que vous n'avez pu vous résoudre à me dire hier soir ?

CALVIN

Cela fait longtemps que vous essayez de me parler et d'éplucher mes secrets, comme vous dites. Alors pourquoi être si nerveux maintenant ?

BRATENAHL

Parce que j'ai l'impression que vous me manipulez. Parce que je sais que Stephen Byerley était immortel et que j'ignore pourquoi il est mort. Aussi parce qu'il est fort possible que vous ayez joué un rôle là-dedans... Et parce que je suis seul, aujourd'hui, face à vous.

CALVIN

Édifiant, vraiment ! Quel fatras de mots et d'idées fausses ! Mon pauvre Bratenahl, votre cerveau doit ressembler à la mer des Sargasses, bourré d'épaves...

BRATENAHL

(levant la main)

Autre chose, encore, avant que je n'oublie...

(un temps)

J'ai trouvé le vase, ce matin, sur ma table de nuit. Je vous suis très reconnaissant de m'avoir ainsi tiré d'embarras.

CALVIN

(tranchante)

A moins que je ne sois, effectivement, responsable de l'assassinat du président de la Fédération galactique. Auquel cas, je n'aurais déposé le vase dans votre chambre que pour endormir vos soupçons.

(un temps)

Mon Dieu, Bratenahl ! Avoir la paranoïa de la conspiration, *à votre âge*, ce n'est vraiment pas raisonnable !

(un temps)

Dites-moi, Bratenahl, pensez-vous que les êtres humains soient, pour la plupart, foncièrement bons ?

On devine que Bernice lui a raconté que Calvin lui avait posé la même question la veille.

BRATENAHL

Je pense qu'ils aimeraient l'être. Mais ce n'est pas toujours facile.

CALVIN

C'est un poncif... mais probablement justifié. Il est plus facile de répondre quand on a un exemple précis en tête, n'est-ce pas ?

BRATENAHL
(mauvais)

Écoutez, docteur Calvin : si j'ai bien compris, vous avez des révélations à me faire. J'ai tambouriné à votre porte et vous m'avez finalement laissé entrer. Vous êtes convaincue, j'imagine, que vous pouvez avoir confiance en moi. Or, je ne vois toujours rien venir !

CALVIN
(cassante)

Laissez-moi prendre mon temps, monsieur Bratenahl ! A mon rythme !

BRATENAHL
(levant la main pour la calmer)

D'accord, d'accord ! Désolé de vous avoir brusquée.

CALVIN

Il y a longtemps que je garde le secret. Le divulguer n'est pas aussi facile qu'on pourrait le croire.

BRATENAHL

D'accord, on fera comme vous l'entendez. Pardonnez-moi.

260 PLAN AMÉRICAIN

Elle se détend et Bratenahl se rassied.

CALVIN

Qu'avez-vous retenu des extraits que vous avez vus sur Byerley ?

BRATENAHL

Exactement ce que vous vouliez. Ce qu'était l'Âge d'Or.

CALVIN

C'était un homme remarquable. Meilleur que tous ceux que j'ai rencontrés.

(un temps, puis, rêveuse)

Enfin presque...

Elle a l'air soudain perdue dans ses pensées. Elle se reprend, son visage se durcit comme si elle avait décidé de plonger et de tout raconter depuis le début. Elle poursuit, résignée :

Si je me souviens bien, tout a commencé parce que vous avez voulu savoir si j'étais sa maîtresse.

BRATENAHL
(bégayant)

Non, je...

CALVIN
(autoritaire)

Taisez-vous, Bratenahl ! Vous vouliez tout savoir, eh bien, vous allez tout savoir ! Depuis le début. Depuis Lenny. Car sans lui, mon « histoire d'amour » avec Stephen Byerley n'aurait pas eu lieu... Lenny...

261 SURIMPRESSION — GROS PLAN DE CALVIN

Son portrait, quand elle avait trente-huit ans, se superpose à son visage d'aujourd'hui.

CALVIN

C'était aux alentours de l'année 2032 ; l'U.S. Robots avait décidé de mettre au point un nouveau prototype L.N.E., plus performant que le précédent. On venait juste de découvrir la montagne de feu, sur Mercure, la montagne aux diamants...

BRATENAHL
(hors champ)

Son exploitation était strictement réglementée, je sais, j'ai lu quelque chose là-dessus. Le cartel des diamantaires, sur Terre, a d'ailleurs failli en perdre la raison.

CALVIN

Mmm... L'U.S. RoboMek fut engagée pour mener à bien ce projet et concevoir un robot capable de couper les diamants. Ceux sur Mercure étaient nettement plus durs et plus blancs que ceux qu'on trouvait sur Terre.
(un temps)
Mais un accident s'était produit dans la chaîne de montage...

SURIMPRESSION FONDUE SUR...

262 ... INT. BUREAU DE CALVIN — U.S. ROBOTS

Susan, jeune, lève les yeux : Norman Bogert vient d'ouvrir brusquement la porte de son bureau. Il a le même visage que dans toutes les scènes précédentes. Il passe la tête par l'entrebâillement de la porte et hurle, paniqué :

BOGERT

Réserve numéro 7 ! Vite ! Y a un problème !

CALVIN

Quoi ? !

BOGERT

Une vraie tuile !

Elle se lève précipitamment et s'engouffre dans le couloir.

263 COULOIR — PLAN SUR LA PORTE ENTROUVERTE...

... au moment où Susan la franchit. Elle parcourt une enfilade de couloirs avant de tomber nez à nez sur Bogert et Lanning (à soixante-huit ans), accompagnés de SVEN DE KUYPER, un homme chauve et courtaud, vêtu d'un ridicule costume des années 40, qui se dirigent, eux aussi, vers la Réserve. Ils parviennent devant une double porte surmontée d'une plaque sur laquelle on peut lire :

RÉSERVE 7
ACCÈS INTERDIT

Bogert tambourine contre la porte, fermée de l'intérieur.

BOGERT

Morty, Morty! Ouvre cette porte, nom d'un chien!

Une voix répond de l'intérieur.

MORTY
(hors champ)

Qui est là?

BOGERT

Norman Bogert, bougre d'imbécile! Et Lanning et Calvin et De Kuyper!

La porte s'ouvre.

264 INT. RÉSERVE 7

C'est une pièce très haute dans laquelle il n'y a qu'une douzaine de robots gigantesques mais humanoïdes. Ils sont beaucoup plus élaborés que Herbie dans la scène 175. Leurs mains, extrêmement fines, ont chacune six doigts longs et effilés. Les robots se taisent, immobiles.

LANNING

Mortimer, allumez, s'il vous plaît.

Le technicien s'exécute sans mot dire. C'est un homme d'une vingtaine d'années, avec une pomme d'Adam très saillante.

DE KUYPER

(avec un fort accent hollandais)

Que se passe-t-il encore ? J'espère qu'il n'est pas question de rallonger l'addition ! On ne paiera pas un centime de plus, j'aime autant vous le dire tout de suite !

LANNING

Je vous en prie, monsieur De Kuyper !

BOGERT

O.K., Morty, répète ce que tu m'as raconté tout à l'heure.

Morty est terrifié, terriblement intimidé par la présence de son patron, le docteur Lanning, et de la glaciale psychologue, Susan Calvin.

MORTY

J'étais venu pour effectuer les premiers tests de voix sur les robots, comme c'est écrit, là, dans mon manuel.

(il le montre)

Alors je me suis approché de Lenny 1, comme c'est écrit, et je lui ai dit...

(il déglutit)

« Comment vas-tu ? »

Ils attendent patiemment qu'il en vienne au fait.

(nerveux)

Alors, Lenny 1 me répond, d'une belle voix claire : « Je vais bien et je suis prêt à prendre mes fonctions, monsieur. J'espère que vous allez bien. »

De Kuyper
(agacé)

Et alors ? C'est ce qu'il était *censé* répondre, non ?

Morty rougit, bafouille. Il est tellement confus qu'il manque de faire tomber son manuel.

Lanning
(sévèrement)

Monsieur De Kuyper, il nous est déjà suffisamment pénible de vous entendre répéter que vous supervisez ce projet, alors...

De Kuyper
(l'interrompant)

La Lodestone Corporation...

Lanning
(sèchement)

... vous envoie *pour nous aider*, pas pour nous empêcher de travailler ! Ne nous interrompez plus, s'il vous plaît, monsieur !

Bogert

Poursuivez, Morty.

Morty
(bégayant)

Eh bien, euh, bon... Donc Lenny 1 était O.K., de même que Lenny 2 et Lenny...

De Kuyper
(explosant)

Mais c'est pas vrai !

Morty
(se hâtant)

Alors quand je suis arrivé devant Lenny 9, je lui ai demandé comment il allait, mais il a dit...

Silence de plomb.

Lanning

Il a dit ?

Morty

Il... euh... il a dit... je ne sais pas si je pourrai reproduire exactement ce qu'il a dit, monsieur...
(un temps, avec une voix de bébé)
Il a dit : « Areu, areu, aga. »

Ils sont suspendus aux lèvres du jeune employé.

265 CALVIN...

... se tourne vers les robots. On avance en même temps qu'elle jusqu'à celui qui porte le numéro 9.

Calvin
(au robot)

Comment vas-tu, Lenny ?

Lenny
(baissant les yeux sur elle)

Areu, areu... aga...

Calvin

Lenny, la table de multiplication de douze. Douze fois douze...

Le robot la regarde. Tous observent la scène, retenant leur souffle. Puis, après quelques secondes :

LENNY

Aga, aga... ?

Elle ouvre la bouche d'étonnement. Elle est, en même temps, la seule à avoir une expression amusée.

CUT/

266 INT. ATELIER — JOUR

Plan serré sur des étincelles. On recule sur Susan, portant un masque de soudeur, une torche laser à la main. On ne voit pas clairement ce qu'elle est en train de faire. Bogert est debout derrière elle, les poings sur les hanches, l'air exaspéré.

BOGERT

Cela n'a aucun sens ! Comment est-ce qu'une anomalie a pu se glisser dans le programme de fabrication ?

CALVIN

(sans lever les yeux)

On ne le saura jamais. Quelqu'un a commis une erreur et ne le sait probablement même pas. Peut-être cette personne a-t-elle mal codé l'implant réactif.

(un temps)

L'ordinateur s'est déclaré incapable d'identifier la source du problème.

BOGERT

Son cerveau positronique est irrécupérable. Trop de fonctions importantes ont été effacées... c'est pourquoi il se comporte comme un bébé humain.

Elle se redresse, éteint sa torche et retire son masque. Elle essuie la sueur qui perle sur son nez et son front.

CALVIN

Pourquoi avez-vous l'air si surpris, Norman? Nous nous efforçons de créer des robots ayant un comportement le plus humain possible. Il est bien évident que si nous leur enlevons les fonctions mentales adultes, il ne reste plus qu'un nouveau-né humain... mentalement, du moins.

267 CONTRECHAMP — BOGERT

BOGERT
(résigné)

Cela représentera indéniablement une grosse perte financière pour nous, mais il n'empêche que ça fait mal au cœur d'être obligé de le détruire.

Calvin, occupée à assembler deux parties de l'objet, s'interrompt soudain et lève les yeux vers lui, interloquée.

CALVIN

Le détruire? Ne soyez pas ridicule!

BOGERT

Écoutez, Susan... ne recommencez pas avec vos histoires de...

CALVIN
(énergiquement)

Je veux lui faire subir des tests supplémentaires. Il est hors de question de le détruire.

Bogert, excédé, la suit pas à pas, bouillonnant, en faisant de grands gestes. Elle l'ignore royalement, concentrée sur son objet sphérique. Bogert est de plus en plus exaspéré par son indifférence.

BOGERT

Vous ne voyez pas que cet abruti ne nous sert à rien ? S'il y a bien quelque chose, sur cette terre, qui soit vraiment et réellement inutile, c'est bien un robot qui ne puisse pas faire son travail. Vous n'allez quand même pas me dire que ce machin peut nous servir à quelque chose, non ?

CALVIN

Non. Bien sûr que non.

(un temps)

Voulez-vous bien me passer les petites hélices de métal, là ?

Bogert, pris au dépourvu, cherche l'objet des yeux. Puis il en aperçoit une demi-douzaine et les lui apporte.

BOGERT

On a déjà suffisamment de problèmes comme ça, avec De Kuyper et la Lodestone... Il est en train de préparer un rapport déplorable... inefficacité, ratage intégral...

Calvin a fini : elle tient entre ses mains une boule creuse, avec une poignée et de petites hélices métalliques à l'intérieur. Elle visse les deux moitiés ensemble et lance un regard sans appel au mathématicien. Il poursuit :

Oh, et puis à quoi bon ! Auriez-vous au moins l'amabilité de nous tenir informés des résultats de vos tests ?

(un temps, il observe l'objet)

Qu'est-ce que c'est que *ça* ?!

Elle le tient en l'air, un sourire aux lèvres. Elle l'agite : il fait un petit bruit de grelots.

CALVIN

Un hochet.

Bogert, décomposé, la regarde secouer le hochet. Gros plan sur le jouet.

CUT/
RACCORD SUR...

268 INT. BUREAU DE CALVIN — JOUR

... le hochet que Lenny agite, de ses six doigts, en gazouillant d'une manière *extraordinaire*. Il a une voix presque mélodieuse, émouvante, claire et enfantine, comme celle d'un chérubin, comme un carillon divin. Lenny, qu'on voit maintenant en plan serré et qui mesure quelque deux mètres de haut, est assis sur le sol, les jambes étendues devant lui comme un enfant, enchanté par son nouveau jouet. On élargit l'angle de manière à apercevoir sur le mur une reproduction graphique agrandie des circuits positroniques cérébraux d'un robot de type L.N.E. Susan suit du doigt sur le graphique le tracé des circuits ; Lenny ouvre et resserre les jambes en gazouillant. Elle se retourne vers lui et lui parle doucement.

CALVIN

Lenny... Lenny... Hou ! hou ! Lenny...

Il lève enfin la tête, avec un air bougon. Elle sourit, attendrie, et vient près de lui. Elle se penche et pose la main sur son épaule.

Lève ta main, Lenny. Ta main. Lève-la.
(elle lui montre avec sa propre main)
Main levée...

Elle répète son geste plusieurs fois. Lenny la suit des yeux. En haut. En bas. En haut. En bas. Avant de l'imiter gauchement de sa main libre.

LENNY

Areu... aga...

CALVIN

Très bien, Lenny. Essaie encore. Main levée.

Elle lui prend doucement la main, la lève, puis l'abaisse, la lève...

Main levée. Main levée. Main levée...

269 TRAVELLING — DANS LE BUREAU

Travelling le long du mur, jusqu'à la fenêtre donnant dans un couloir d'où Lanning et Bogert observent la scène. Lanning interrompt d'un geste le mathématicien sur le point de dire quelque chose et s'avance vers la porte. Il entre et la referme derrière lui.

270 VERS LANNING — SUSAN ET LENNY AU PREMIER PLAN

Le directeur s'est immobilisé à l'intérieur, devant la porte, les mains croisées. Il sourit.

LANNING

Je vous dérange ?

CALVIN

Non, bien sûr que non, Alfred. J'étais juste en train de réexaminer les circuits endormis de Lenny.

Il la considère quelques instants puis enjambe le robot qui recommence à gazouiller.

LANNING
(doucement)

Le modèle L.N.E. est en cours de fabrication maintenant.

CALVIN

De Kuyper fait-il toujours l'important ?

LANNING
(désinvolte)

Oh, vous savez, Ibsen a dit un jour : « Vivre, c'est lutter contre des démons. »

(un temps)

Il se tient régulièrement informé des progrès effectués par votre ami Lenny. Il estime, apparemment, avoir un droit de regard sur tout, y compris nos rebuts.

CALVIN

Allez droit au fait, Alfred : qu'attendez-vous de moi ?

LANNING

L'engagement que nous avons pris envers la Lodestone touche à sa fin. Compte tenu du fait que le modèle L.N.E. est en cours de montage, il me semble que les travaux que vous effectuez sur ce modèle défectueux sont bien inutiles. Ne pensez-vous pas qu'il faudrait le détruire et passer à autre chose ?

CALVIN

En clair, Alfred, ce qui vous ennuie, c'est que je perde un temps précieux en m'occupant de Lenny, c'est cela ? Sans mentionner Bogert qui, lui, est bien plus qu'ennuyé.

(un temps)

Rassurez-vous. *Je ne perds pas mon temps !* Je travaille.

LANNING

Mais votre travail n'a aucun sens !

CALVIN
(très lentement)

Si vous me le permettez, j'en suis seul juge, Alfred !

LANNING

Pouvez-vous, au moins, m'expliquer la signification de votre travail ? Que faites-vous, par exemple, avec lui, là, maintenant ?

CALVIN

J'essaie de le faire obéir : lever la main, répéter des phrases...

A ces mots, Lenny, touchant d'obéissance, lève une main mal assurée et agite ses six petits doigts.

LENNY

Areu-eu...

Lanning ne peut s'empêcher de réprimer un sourire.

LANNING

Il a vraiment une voix extraordinaire ! J'ai entendu beaucoup de robots dans ma vie, mais pas un seul avec une voix pareille ! Que s'est-il passé ?

CALVIN

Je ne sais pas très bien. Son transmetteur est normal ; je suis persuadée qu'il pourrait parler normalement. Mais il ne le fait pas. Il s'agit probablement d'un dysfonctionnement dans ses circuits positroniques que je n'ai pas encore identifié.

LANNING

Eh bien, faites-le, nom d'un chien ! Une voix comme celle-ci pourrait se révéler fort utile !

Calvin exulte : il a changé d'avis en un temps record. Lanning se racle la gorge, gêné, puis se dirige à reculons vers la porte. Susan, restée seule, sourit tandis que Lenny lève la main.

LENNY
(il agite son hochet pour attirer son attention)

Areu ?

CALVIN

Oui, c'est *très bien*, Lenny. Main levée !

Elle est penchée sur lui et secoue la tête au même rythme que le hochet.

271 COULOIR — U.S. ROBOMEK — JOUR

Un chahut infernal règne dans l'usine. Des techniciens courent dans tous les sens ; un groupe de péquenauds en visite est coincé contre un mur par leur guide ahuri ; deux gardes armés entrent et ressortent précipitamment. Une sirène assourdissante ne cesse de retentir. Susan Calvin et Norman Bogert, qui tient encore à la main un reste de sandwich, déboulent de deux portes battantes au-dessus desquelles un écriteau indique « Restaurant ». La caméra suit leur regard, en plan subjectif : un signal d'alarme, près du plafond, clignote en lettres rouges en affichant « Robot déchaîné ». Calvin raconte, off :

CALVIN

Le système d'alerte rouge avait été déclenché à plusieurs occasions, dans l'histoire de l'U.S. Robots, pour un incendie, des inondations, des émeutes, une insurrection.
(un temps)
Mais jamais pour signaler « *Robot déchaîné* ».

Le système d'alerte retentit en même temps que la sirène d'alarme.

SYSTÈME D'ALERTE

On demande le docteur Calvin d'urgence dans la zone de tests 9.

En gros plan, on voit Bogert et Calvin courir dos à la caméra, bousculés par des employés qui fuient la scène en venant vers nous.

CUT/

272 INT. ZONE DE TESTS 9 — JOUR — GROS PLAN

Gros plan sur un diamant industriel étincelant mais imparfait, logé dans l'encoche d'une paume métallique. Un doigt en métal le saisit; on distingue, sur la pierre, le tracé d'un sillon désignant le point où elle devra être fendue. Une autre main à six doigts recouvre le diamant. Soudain, à la vitesse de l'éclair, un des doigts, équipé d'un maillet électrique, s'abat sur une des faces du diamant. Elle se fend en plusieurs morceaux octogonaux qui retombent dans l'encoche.

On entend, à l'arrière-plan, les hurlements de douleur de De Kuyper. La caméra recule sur quatre robots de type L.N.E. assis devant des scieuses, penchés sur des diamants. Un chahut indescriptible règne dans la zone de tests.

Des techniciens entourent De Kuyper dont le bras, visiblement cassé, pend bizarrement. Des curieux se massent devant la porte ouverte, tandis que deux gardes retiennent Lenny contre le mur, armes laser au poing.

Susan Calvin, Lanning et Bogert se fraient un chemin parmi la foule et s'arrêtent à l'entrée de la zone de tests.

DE KUYPER

(à Calvin; hurlant, presque en larmes)

C'est votre faute! Ce monstre a essayé de me tuer! Mon bras! J'ai le bras cassé, nom de Dieu!

Bogert prend la situation en main et donne des ordres aux personnes présentes. Il parle à Susan en désignant Lenny.

BOGERT

Occupez-vous de cet animal, Susan !

Puis, aux deux gardes :

Amber... Castelli... éloignez-vous de ce robot.

(un temps)

Vous deux, les techniciens, amenez monsieur De Kuyper à l'infirmerie.

Amber, l'un des deux gardes, s'éloigne lentement de Lenny qui arbore une mine aussi craintive et contrite qu'un robot puisse avoir. Il rejoint Castelli qui tente de disperser la foule de curieux. Deux techniciens mettent De Kuyper debout et s'éloignent. La zone de tests est vide maintenant, les portes fermées, et les quatre robots L.N.E. poursuivent leur tâche, évaluée par un ordinateur qui commente sur un écran chacune de leurs manœuvres. Susan s'est postée devant Lenny.

273 BOGERT

Il fait volte-face, pâle comme un linge, puis vert de rage.

BOGERT

Maintenant, ça commence à bien faire ! Ce foutu machin part immédiatement au dépotoir !

CALVIN

(entre ses dents)

Je vous interdis de toucher à Lenny ! Vous m'avez comprise ?

LANNING

(furieux)

Mais enfin ! Il lui a *cassé* le bras !

Bogert écarte Lanning, oublieux de la hiérarchie. Il est hors de lui.

BOGERT

Cassé le bras ? Cassé le bras ? On s'en fout, de son bras !

(un demi-temps, puis dans un hurlement strident)

Il a violé la Première Loi, oui ! ! !

(il s'emporte davantage)

Vous comprenez ça, espèce de vieille morue ? *Il a violé la Première Loi !*

Il fait un pas vers le robot.

(au bord de la folie, écumant)

L'usine est foutue ! Les émeutes vont reprendre à cause de cette saleté ! *Il a attaqué un humain !*

Tout ensuite va très vite.

274 LA MÊME SCÈNE — PLAN EN PIED, MOYEN À RAPPROCHÉ

Alors que Bogert n'est plus qu'à une faible distance de Lenny, Calvin s'interpose et l'attrape par la chemise, le fait pivoter et le plaque contre le mur avec une force surprenante. Elle l'immobilise en l'étranglant de son bras. Plan américain : elle le tient à la gorge, menaçante.

CALVIN

(férocement)

Vous touchez à lui, et je vous tue !

Bogert tremble de peur.

275 LANNING...

... sous le choc.

LANNING

Susan ! Pour l'amour du ciel ! Lâchez-le !

276 SUSAN CALVIN

Elle a perdu son air inoffensif et est presque effrayante. Elle ne plaisante pas du tout. Bogert approuve du chef mais ne parvient pas à parler : Calvin lui écrase le larynx.

CALVIN
(entre ses dents)

Je vais vous lâcher. Mais vous ne vous approcherez pas de Lenny. C'est compris ? Faites oui de la tête !

Il acquiesce et elle le relâche. Il hoquette.

LANNING

Tout ceci est invraisemblable !

CALVIN

Laissez Lenny tranquille.

LANNING

Pour l'amour du ciel, Susan, dois-je *vous* rappeler la Première Loi ? *Un robot ne doit pas blesser un être humain ni, par son inaction...*

CALVIN
(elle lui coupe la parole en hurlant à son tour)

Je connais la Première Loi, merci ! Mieux que vous, sûrement ! Avez-vous réfléchi à la raison pour laquelle Lenny a cassé le bras de cet imbécile ? Nous ne le savons même pas !

BOGERT

Parce que son cerveau est détraqué.

CALVIN

Et que faisait Lenny, ici, dans la zone de tests 9, d'après vous ? Je l'avais enfermé dans mon bureau. Alors comment est-il arrivé ici ?

BOGERT

Cela n'a strictement aucune importance. Il a violé la Première Loi. Tout le reste n'est que broutille !

CALVIN

Je veux connaître la vérité ! La vérité !

BOGERT

Ah, vous voulez *la vérité* ? Eh bien, je vais vous la dire, moi : la vérité, c'est que votre satané robot est tellement défaillant qu'il n'est même pas codé pour la Première Loi...

(plus fort)

... et qu'il doit être détruit !

Ils se tournent tous vers le robot, immobile et penaud.

CALVIN

(plus doucement)

Il est codé pour la Première Loi ! J'ai examiné ses circuits. Je le sais.

LANNING

(impatient)

Comment se fait-il, dans ce cas, qu'il ait frappé un être humain ?

BOGERT

(sarcastique)

Demandez-le donc à son bébé chéri ! Y a plus d'un mois qu'elle travaille sur lui !

(à Calvin)

Vous lui avez sûrement appris à parler, depuis tout ce temps...

Susan rougit ; on sent qu'elle voudrait dire quelque chose de méprisant. Elle semble puiser au fond d'elle-même la force de ne pas répondre.

CALVIN
(doucement)

Je préfère interroger la victime.

(à Lanning)

Je vais enfermer Lenny dans mon bureau mais je voudrais avoir la garantie que personne ne s'en approchera.

Lenny garde le silence ; Calvin durcit le ton.

(d'une voix égale mais implacable)

S'il lui arrive quoi que ce soit, je quitte sur-le-champ cette société. Vous ne me reverrez plus jamais !

Lanning réfléchit un instant, puis, tel un vieux patriarche :

LANNING

Au cas où il serait prouvé qu'il a bel et bien violé la Première Loi, accepterez-vous qu'il soit détruit ?

Elle réfléchit, sans le quitter des yeux. La tension monte. Puis, dans un murmure :

CALVIN

Oui.

Lanning se tourne vers Bogert qui semble hypnotisé par le robot. Lenny a lentement hoché la tête en direction de Susan. Elle s'approche, lui prend la main et l'emmène dans son bureau tandis que les deux hommes les regardent partir, hébétés. Bogert frotte son cou qui porte toujours l'empreinte rouge des mains de Calvin.

FONDU SUR...

277 ... INT. INFIRMERIE — PLAN MOYEN — DOLLY

On plonge sur l'interne de garde qui remet le bras de De Kuyper en place et l'entoure d'une bande Velpeau en le maintenant plié au niveau du coude. Susan, Bogert et Lanning observent en silence.

DE KUYPER
(congestionné)
Je porte plainte contre vous, je vous l'jure ! Je détruirai cette sale compagnie ! Ce monstre horrible... il a essayé de me tuer ! Mes supérieurs vont porter plainte, vous allez voir !

Lanning fait un signe de tête à l'interne et à l'infirmière pour les faire sortir. Ils se consultent du regard, puis s'exécutent.

Des lois. Je ferai passer de nouvelles lois ! Vous paierez cher ce que vous m'avez fait ! Je vous ruinerai !

Lanning s'apprête à parler mais Calvin l'en empêche en le retenant par la manche.

CALVIN
(le regard froid, mais le ton brûlant)
Que faisiez-vous dans mon bureau ?

DE KUYPER
(décontenancé)
Quoi ? Qu'est-ce que vous dites ?

CALVIN
Qui vous a laissé entrer dans mon bureau ? Qui avez-vous fait chanter pour qu'on vous ouvre mon bureau ?

DE KUYPER
Bon Dieu ! Je vais...

Calvin

Que faisiez-vous dans mon bureau sans autorisation ? Vous feriez mieux de l'avouer tout de suite. Nous retrouverons d'une manière ou d'une autre le technicien que vous avez soudoyé.

De Kuyper

Ce n'est pas vrai, je n'ai pas... Je...

Lanning

Est-ce vrai, De Kuyper ? Êtes-vous entré illégalement dans le bureau du docteur Calvin ?

De Kuyper

Cette machine, là, elle est venue vers moi et elle m'a frappé ! Elle m'a *cassé* le bras, j'vous dis !

Calvin

Qui vous a donné le droit de sortir ce robot de mon bureau ?

De Kuyper

J'ai tous les droits ! C'est la Lodestone qui a *financé* ce projet ! Tous les modèles L.N.E. qui sont ici nous appartiennent. On peut en faire ce qu'on veut !

Calvin

Alors vous avez décidé d'aller vérifier si le robot avait progressé et si nous allions vous facturer un spécimen que nous avions nous-mêmes qualifié de défectueux. C'est bien cela ?

De Kuyper

(sur la défensive)

S'il était capable de tailler des diamants, alors je pouvais l'emporter. On a payé, après tout !

CALVIN

Vous l'avez emmené dans la zone de tests pour lui montrer comment ses camarades s'y prenaient. Et après ?

DE KUYPER

Après, rien.

LANNING

Vous avez déjà admis être entré par effraction, De Kuyper. Je vous suggère de tout nous raconter.

DE KUYPER

J'ai essayé de le faire marcher... et il m'a *frappé*.

CALVIN

Comment ça, vous avez « essayé de le faire marcher » ? Qu'est-ce que vous lui avez dit ?

DE KUYPER
(nerveux)

Je... je lui ai posé des questions ; je lui ai montré comment les autres robots travaillaient. J'ai essayé de l'amener près d'une table de travail, de le faire travailler. Il ne voulait pas, alors j'ai été obligé de le faire réagir. J'ai... je lui ai crié dessus...

CALVIN
(imperturbable)

Et ?

DE KUYPER

Je n'ai pas à subir un tel interrogatoire ! C'est moi la victime, ici, non ? Un procès, vous allez avoir ! Vous verrez ! Ma compagnie m'appuiera !

Bogert prend la parole pour la première fois, d'une voix très calme.

BOGERT

Nous nous sommes déjà mis en rapport avec la Lodestone. Il semble que vous n'y soyez guère apprécié, monsieur De Kuyper. De plus, votre compagnie a suffisamment de problèmes comme ça : le projet « montagne de feu » sur Mercure pourrait bien avorter ; on parle d'interdire la commercialisation des diamants qui en seraient extraits. Je ne crois pas que la Lodestone tienne à une mauvaise publicité. Par ailleurs, nous pourrions parfaitement exploiter, à toutes fins utiles, votre entrée par effraction dans le bureau du docteur Calvin.

Susan le regarde, satisfaite qu'il ait pris sa défense. Pour une fois ! Elle se tourne vers le Hollandais.

CALVIN

Et après ?

DE KUYPER
(intimidé, honteux)

Je lui ai fait peur pour qu'il parle, pour qu'il dise quelque chose.

CALVIN

Qu'avez-vous dit pour lui faire peur ?

Il parle tellement bas que personne n'entend sa réponse.

CALVIN

Comment ? Je ne vous ai pas entendu.

De Kuyper
(plus fort)

J'ai fait semblant de le frapper.

Calvin fait un signe de tête entendu.

Calvin

C'est à ce moment-là qu'il a écarté votre bras ?

De Kuyper

Il m'a *frappé*, oui !

Susan considère les deux hommes à ses côtés ; ils soupirent lourdement. Ils se retournent pour quitter l'infirmerie. Le Hollandais éructe :

Je vais le faire ! Je vais vous coller un procès ! Je vous dis qu'il faut détruire cette sale machine ! Nous l'avons payée !

Susan, Bogert et Lanning quittent l'infirmerie, laissant De Kuyper à son air morne et à son bras tordu. La caméra remonte.

FONDU SUR...

278 ... INT. ZONE DE TESTS 9

Tous trois regardent les robots L.N.E. couper et tailler les diamants.

Calvin

Lenny n'a fait que se défendre. Il a strictement obéi à la Troisième Loi qui stipule : « Un robot doit protéger son existence...

Bogert

« ... si cette protection n'est pas en contradiction avec la Première Loi. » Il n'avait pas le droit de se défendre au détriment d'un être humain. Ne serait-ce qu'en le blessant de manière superficielle. Rien n'a changé.

CALVIN

Il ne l'a pas blessé *sciemment*. Lenny a un cerveau atrophié. Il n'a pas les moyens d'évaluer sa propre force par rapport à celle des humains. En termes humains, aucun individu ne peut être condamné s'il n'est pas en mesure de différencier le bien du mal.

LANNING
(conciliant)

Calmez-vous, Susan. Nous comprenons tout à fait que Lenny soit un bébé, d'un point de vue humain, bien entendu, et nous ne le condamnons pas. Mais le public s'en chargera pour nous. Et l'U.S. Robots sera obligée de fermer.

CALVIN

Je suis justement persuadée du contraire. Ce robot constitue une avancée majeure en robotique, pour peu qu'on veuille bien surmonter la peur qu'il inspire au premier abord.

(à Lanning)

Vous me demandiez, il y a quelques jours, à quoi pouvait servir un robot qui n'était pas conçu pour effectuer une tâche particulière.

LANNING

C'est exact... en effet. Mais...

CALVIN

Maintenant, permettez-moi à mon tour de vous poser une question : quelle est l'utilité d'un robot qui ne peut effectuer qu'une seule et unique tâche ? Comme par exemple la taille de diamants. Tout commence et s'arrête exactement au même point. Il coupe des diamants, et c'est tout. Quand le besoin cesse, le robot est bon à jeter. Un être humain ainsi conçu serait sub-humain. De même, un robot conçu pour un seul type de mission est-il sub-robotique.

LANNING
(la pièce s'obscurcit)

Vous pensez à un robot *multi-usage* ?

CALVIN
(s'enflammant)

Pourquoi pas ? On m'a remis un robot dont le cerveau est pratiquement inachevé. Je l'ai formé et lui ai enseigné un certain nombre de choses. Peut-être que Lenny ne dépassera jamais l'âge mental d'un enfant de cinq ans... mais il constitue, pour le moment, un sujet d'étude de choix, que l'on pourrait intituler « Apprendre à former un robot ».

BOGERT

Incroyable !

CALVIN

Lenny pourrait bien être le premier modèle accessible à tout public. Imaginez un robot pourvu d'un cerveau positronique avec tous ses circuits essentiels mais pas de circuits périphériques. Libre, ensuite, au consommateur de créer ses circuits périphériques en fonction de ses besoins spécifiques. *Les robots peuvent apprendre !*

Ils la regardent sourire. Elle s'arrête net, tout près de la porte.

279 SUSAN...

... la main sur la poignée.

CALVIN

Nous pouvons en reparler ultérieurement.

Elle emprunte le couloir où résonne une petite voix angélique, presque plaintive. Elle penche la tête de côté pour mieux écouter. Bogert et Lanning tendent également l'oreille. Elle repart. La caméra revient sur les deux hommes.

BOGERT

(il lève les bras)

Autant profiter de la situation.

LANNING

Nous n'avons pas vraiment le choix. Calvin nous est indispensable. D'autant plus que je crois qu'elle a trouvé une nouvelle utilité à Lenny — et c'est là l'origine de l'affaire —, une utilité qui lui convient plus qu'à toute autre femme.

BOGERT

Que voulez-vous dire ?

LANNING

Avez-vous entendu comment le robot l'a appelée ?

La porte s'ouvre à nouveau brusquement.

280 PLAN MOYEN

Les deux hommes se retournent : Calvin cherche un objet des yeux.

CALVIN

L'un d'entre vous aurait-il aperçu... Je suis sûre qu'il est quelque part par là... Ah, le voilà !

Elle prend le hochet que Lenny a dû laisser tomber près d'une table. Le jouet émet un joli son. Elle sourit et sort en laissant la porte ouverte derrière elle. Caméra en dolly pour qu'on entende, très distinctement, la voix de Lenny, dans le couloir :

LENNY
(hors champ)
Maman... reviens...

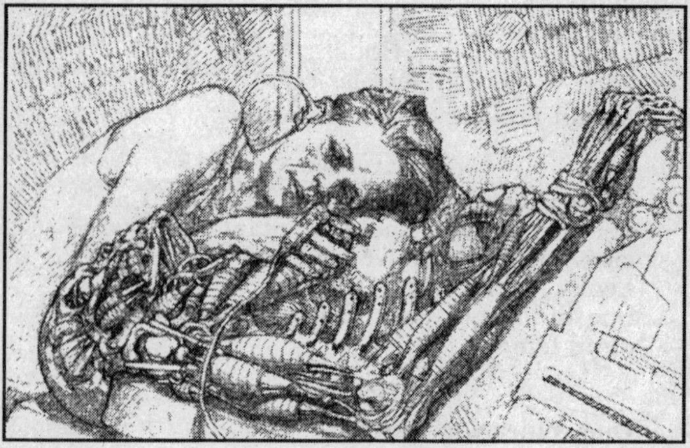

Dolly : les deux hommes sont immobiles, devant la porte ouverte, tandis que résonne la voix de Lenny.

LENNY
(hors champ)
Maman... reviens... Reviens, maman... Maman, reviens...

L'image noircit progressivement.

FONDU EN IRIS SUR...

281 IDEM 117 — INT. MUSÉE

... Bratenahl et Susan Calvin, parvenue à la fin de son récit. Dans le musée, on entend la voix lointaine de

Lenny et puis celle d'une petite fille, aux accents perdus, qui appelle : « Robbie... Robbie... »

La caméra descend sur le halo de lumière.

BRATENAHL
(d'une voix douce)
Et où est le rapport entre tout ceci et Byerley ?

Elle sourit devant son regard interrogateur, se lève lentement, traverse le musée dans la pénombre, en direction de la sortie. Elle se retourne, étonnée qu'il ne l'ait pas suivie.

CALVIN
Venez, retournons dans l'Œuf, monsieur Bratenahl. D'ici une heure, vous saurez tout...

Il se lève et la suit.

FONDU SUR...

282 ... INT. DE L'ŒUF

La salle de projection est faiblement éclairée. Calvin et Bratenahl sont allongés sur le sol qui s'est moulé autour d'eux pour qu'ils soient dans une position aussi confortable que possible.

CALVIN
(à l'Œuf)
A-t-il vu la séquence, en 2036, dans le complexe informatique Central-Terre ?

L'ŒUF
Oui, docteur Calvin.

CALVIN
(à Bratenahl)
A l'époque, monsieur Bratenahl, la guerre faisait rage depuis deux ans. Elle se poursuivit,

jusqu'à ce que Stephen y mette un terme, deux ans plus tard.

BRATENAHL
(ahuri)

Stephen Byerley a *arrêté* la guerre ? Mais ce n'est pas possible, il n'était même pas connu en ce temps-là !

CALVIN

Il a mis fin à la guerre des Quatre Mondes. Il s'était lancé très jeune dans l'arène politique. Les perspectives étaient sombres... tout laissait présager une escalade des combats, ce qui aurait assurément anéanti la majeure partie de la race humaine...

(un temps)

Quand ceci se produisit...

L'écran mural s'allume et diffuse la séquence du complexe informatique Central-Terre, tournée aux alentours de l'année 2036. On revoit les mêmes images que dans la scène 8, la plongée dans le puits, dans le haut tunnel tapissé de terminaux informatiques vibrants de vie, le groupe d'officiels en pleine conversation, le gros plan sur Byerley. Arrêt sur image. Calvin commente, off. Dans le champ, il n'y a plus que l'extrait filmé et le gros plan sur Byerley.

CALVIN
(off)

Le complexe informatique Central-Terre était enfoui au plus profond des entrailles de la planète. Il occupait plus de 1 000 kilomètres carrés...

(un temps)

La vie, durant la guerre, était devenue de plus en plus difficile et les humains n'arrivaient pratiquement plus à assurer la coordination tactique des plans de bataille. Avec le temps, on s'en remit davantage au jugement de l'ordinateur; on l'agrandit, on renforça sa puissance. Et puis, comme cela se produit souvent avec les systèmes tentaculaires, vint le jour où l'ordinateur se replia sur lui-même et fut davantage absorbé par sa propre survie que par le souci de préserver le bien-être des peuples qu'il était censé servir.

(un temps)

Toutes les autres planètes fonctionnaient de la sorte. En fait, le système solaire tout entier était gouverné par des machines.

Bratenahl s'approche de l'image de Byerley, sur le mur.

BRATENAHL

Cette expression sur son visage... C'est étrange, on dirait qu'il avait pressenti une tragédie...

CALVIN

(off)

Exactement.

(un temps)

Je vais vous montrer des images que personne n'a jamais vues avant vous.

(à l'Œuf)

Montre-nous la séquence thalamique.

BRATENAHL

De quoi s'agit-il... ?

CALVIN

D'un duel, monsieur. D'un *terrible* duel !

L'écran s'éteint quelques instants, plongeant la pièce dans l'obscurité.

CUT/

283 À 291 SÉQUENCE IMAGINAIRE, CÉRÉBRALE

Contre-plongée, à un mètre du sol si possible, sur une surface en acier trempé, brillante, qui s'étend à perte de vue. Imaginez le désert de Fairchild, dans le Nevada, recouvert d'une couche épaisse et uniforme de siliciure de carbone... de rhodium. Zoom avant : de grosses grappes de nuages gris filent à toute allure vers nous, dans un paysage morne et désolé. Plus ils s'approchent de la caméra et plus ils deviennent denses et menaçants, comme à l'approche d'un ouragan.

Un point noir minuscule apparaît à l'horizon; on est sur lui en une fraction de seconde. On ralentit progressivement de manière à voir Stephen Byerley, seul, scrutant les nuages, les jambes écartées et solidement plantées dans le sol, les bras le long du corps, la chemise légèrement entrouverte. Plan sur lui, puis en panoramique à 360° : il n'y a absolument rien autour.

BYERLEY
(au ciel)

Je suis prêt!

Le son mat et sourd d'une avalanche retentit instantanément. Byerley se retourne et découvre avec effroi une masse compacte de lave en fusion, haute de plus d'un kilomètre, qui tonne en se déversant sur lui. Paniqué, il s'élance dans la direction inverse puis s'arrête net, quelques mètres plus loin. La lave poursuit inexorablement sa course.

Tout à coup, la terre se craquelle sous ses pieds; des crevasses se forment qui se dilatent et deviennent de larges précipices, comme le Grand Canyon. Byerley se maintient sur une parcelle de terre encore intacte tandis que la mer de feu s'engouffre dans les deux précipices qui se sont formés à ses côtés. Il est sauvé!

Une voix métallique, céleste, retentit soudain. On dirait que Dieu lui-même prend la parole.

Très bien !

Byerley a changé de cap et l'indique à la Voix d'un geste de la main. La caméra vire en même temps que lui, sur une ville en ruine, une ville de mythe et de légende ; on pense à Bagdad ou aux cités des contes des *Mille et Une Nuits*. Subitement apparue, la ville (bâtie dans une matière plastique et minérale très étrange) luit magiquement sous ce ciel bas et lourd. La ville a été visiblement incendiée : des traces de suie souillent la surface de ce qui devait être des minarets. Byerley entre dans le champ, en plan fixe. Il est armé d'un pistolet laser et porte deux cartouchières croisées sur la poitrine. Il bondit prestement vers les ruines, suivi par la caméra. Sa course fluide n'est bientôt plus qu'un rai de lumière stroboscopique, semblable au flux de voitures photographié la nuit. Il parvient aux murs d'enceinte et s'arrête devant une porte triangulaire au-delà de laquelle s'étendent les rues et les ruelles de la citadelle. Il fait un pas en avant, prudent, lorsque retentit soudain un bruit d'éboulement. Il plonge dans la citadelle en roulant sur lui-même, juste à temps pour échapper à l'effondrement subit des lourdes pierres de la porte d'enceinte. Il se redresse, arme au poing, prêt à tirer. Rien ne bouge dans la ville morte.

Il reprend lentement sa marche. La caméra descend puis cadre, en contre-plongée, un lourd nuage couleur d'encre qui glisse le long des ruines et suit pas à pas la progression de Byerley. Celui-ci emprunte une rue escarpée puis redescend dans une ruelle si étroite qu'il est obligé de s'y faufiler de profil. Il parvient ensuite à une petite place, aux portes noircies par les flammes. Sauf une, qui a été épargnée parce qu'elle est en verre. La lumière du jour filtre de l'intérieur.

Alors que Byerley est sur le point d'ouvrir la porte vitrée, le sombre nuage jaillit de la ruelle et ruisselle sur la place. Byerley se précipite sur la poignée, suintante et vibrante comme une matière vivante. Gros plan sur sa main : une brume évanescente saute de la poignée sur son bras, dégoulinante, comme de la pâte Slime. Il se jette de tout son poids sur la porte qui cède sous lui.

Une fois à l'intérieur, il s'empare de son arme laser et après l'avoir réglée à la température la moins élevée possible, il vise la Slime rampant sur son bras et tire. Elle s'enflamme instantanément. Sa chemise est trouée au coude et sa peau porte des traces de brûlures, mais il s'est débarrassé de la vapeur poisseuse.

292 À 296 IDEM

Byerley regarde autour de lui. La « pièce » que l'on a entrevue à la fin de la scène précédente a singulièrement changé : quatre étages ont apparu, reliés par un escalier qui serpente jusqu'à un immense dôme vitré. Quelque chose frémit dans les étages, sous la verrière. Au fond, Byerley aperçoit une caisse en verre dans laquelle brille un liquide rouge comme le sang. Il parle au vide :

BYERLEY

Encore à moi !

Il avance à pas de loup jusqu'au centre de la pièce, sous le dôme. Le frémissement invisible s'intensifie nettement au-dessus de lui, comme si des milliers de personnes, dans l'ombre, tentaient de le localiser. Puis, soudain, surgie de nulle part, une escouade de chauves-souris mutantes, velues et toutes griffes dehors, s'abat sur Byerley. Il tire sur les immondes créatures qui se désintègrent dans une lumière pourpre. L'une d'entre elles s'effondre à ses pieds, ensanglantée, une autre pique sur lui, arrache un pan de sa chemise. Il hurle :

A mon tour ! Tous les coups sont permis, maintenant !

Il vide son chargeur sur la verrière, court se mettre à

l'abri : sous le choc, des millions de stalactites coupantes comme des lames de rasoir se détachent. Les chauves-souris sont empalées vivantes, sur le sol, en plein vol, écrasées contre les murs. Puis il braque son arme sur un mur, la règle à la puissance maximale et tire. Il plonge dans le trou béant qu'il vient d'ouvrir dans le mur tandis que la Voix métallique se fait à nouveau entendre :

LA VOIX

A mon tour de jouer !

297 CUBE D'ÉQUATION

Byerley émerge de l'autre côté de la paroi, roulant sur lui-même, sans arme, dans un cube multiface sans issue. Une lumière aveuglante et épaisse comme un brouillard inonde le cube. Byerley se couvre les yeux pour se protéger de la lumière. La Voix tonne :

LA VOIX

Cogito ergo sum ! Je pense, donc je suis.

(un temps)

Divergence de E est égale à rho par rapport à epsilon indice zéro !

(un temps)

Rotationnel de E est égal à moins la dérivée partielle de B par rapport à T indice zéro.

(un temps)

Divergence de B est égale à zéro.

(un temps)

Gradient de C au carré fois B est égal à la dérivée partielle de E, par rapport à T indice zéro, plus T par rapport à epsilon indice zéro !

La lumière dégage une telle chaleur que la peau de Byerley se met à gonfler et à craquer. Il se couvre les yeux et s'effondre dans un angle. La Voix vient de réciter l'équation de Maxwell de la lumière : elle a provoqué une explosion de lumière et de chaleur qui tuera Byerley. A moins qu'il ne trouve une formule contrecarrant l'effet de celle récitée.

Plié en deux, le bras toujours sur les yeux et les vêtements en feu, il hurle :

BYERLEY

Oméga est égal à oméga indice zéro multiplié par la racine carrée de un, moins N au carré par rapport à C au carré... le tout sur un moins V par rapport à C !

La chaleur et la lumière retombent peu à peu, passant du blanc aveuglant au jaune, puis à l'orange, puis au rouge vif, avant de disparaître tout à fait. Byerley s'écroule, les vêtements en lambeaux et la peau brûlée par endroits comme s'il était tombé dans un haut fourneau. Il a réussi à vaincre la Voix en invoquant l'effet Doppler. Le cube n'est plus illuminé que par une faible lueur.

LA VOIX

Bien, excellent ! Bonne idée d'avoir opposé l'effet Doppler à l'équation de Maxwell. Maintenant, que pensez-vous de ceci :

(un temps)

F est égal à M-M prime par rapport à D au carré quand D tend vers zéro ?

La formule de la gravitation de Newton que la Voix vient d'invoquer crée immédiatement un gigantesque trou noir. Une tempête se lève et toute la pièce semble être aspirée vers un minuscule point noir qui grossit à vue d'œil dans un des angles du cube. Tout est avalé : l'oxygène, l'espace, la lumière, Byerley. Il roule sur lui-même comme un galet emporté par une lame de fond, se heurte aux parois. Il n'a qu'une fraction de seconde pour réagir et sauver sa peau; c'est bien peu pour combattre l'une des forces physiques les plus puissantes de l'Univers, l'attraction cosmique révélée par Newton. Tandis qu'il s'approche de plus en plus dangereusement du trou béant, il hurle, à peine audible :

BYERLEY

E est égal à H par υ

Soudain tout éclate ! Le cube, le trou noir, la lumière, tout se décompose dans un coup de tonnerre assourdissant. Byerley a gagné le duel, grâce au *principe d'incertitude d'Heisenberg* !

Voici les formules mathématiques des équations citées plus haut :

Équation de Maxwell de la lumière

$$\text{Rot } H = \frac{\partial D}{\partial \tau} + J$$

$$\text{Rot } E = \frac{\partial B}{\partial \tau}$$

Équation de l'effet Doppler pour les ondes optiques

$$f_0 = f_\alpha \; \frac{C + \upsilon_1}{C - \upsilon_1}$$

Équation de Newton sur la gravitation universelle

$$f = \frac{G m_1 m_2}{d^2}$$

Principe d'incertitude d'Heisenberg

$$E = H\upsilon$$

Note : Ce n'est pas par pédanterie que nous présentons ces formules. Nous avons choisi d'en donner une transcription visuelle dans un but métaphorique. En effet, il s'avérera peut-être nécessaire de les faire apparaître derrière les images précédentes, à l'arrière-plan. Ces formules sont donc indiquées à l'intention de la production. Autre point : Ces formules ne se présentent pas toujours sous cette forme dans les manuels de physique, et surtout, pas obligatoirement dans cet ordre. On trouvera même des fonctions numériques différentes de celles présentées plus haut. Il se peut également que vous constatiez des variantes entre ces polynômes et le dialogue précédent. Rassurez-vous, cela n'a pas grande importance. Les physiciens se retrouvent dans ce jargon.

298 VORTEX...

... sur Byerley et la Voix hurlante, subitement projetés hors du trou noir et emportés dans un tourbillon nébuleux, dans la spirale de l'Univers où la Voie lactée n'est plus qu'une bande blanchâtre à peine visible. On ne voit bientôt plus qu'un tourbillon qui saigne et brille dans le néant cosmique.

CUT/

299 INT. DE L'ŒUF — SERRÉ SUR BRATENAHL

Il se redresse, les yeux hagards, couvert de sueur. On passe à Susan Calvin, qui parle d'une voix douce. Bratenahl est défait. Il a visiblement du mal à se remettre de ses émotions.

CALVIN

Détendez-vous... Prenez votre temps... Détendez-vous...

BRATENAHL

Cette douleur, là... Oh, mon Dieu, cette douleur ! *Mais qu'est-ce que c'était que ça ?!*

CALVIN

Stephen a vaincu l'ordinateur. Il a gagné, gagné !

Bratenahl répète « il a gagné » puis s'écroule, évanoui.

CUT/
FONDU AU NOIR

300 CITÉ DISPARUE — À L'AIR LIBRE — JOUR

Sur une place recouverte de carreaux de faïence multicolores, au milieu des ruines et de murets recouverts par la jungle. On voit des jardins suspendus, des cours carrelées, des pyramides tronquées, des ponts de lianes disloqués. Long travelling en plongée sur une chaise longue, parfaitement moulée autour du corps de Bratenahl, et sur Calvin, assise tout près de lui. Le soleil brille haut dans le ciel, forçant le journaliste à se protéger les yeux d'une main. Il lève la tête vers la caméra. Plongée.

BRATENAHL

Je... *je n'arrive pas à comprendre* ce qui s'est passé dans le film. Est-ce que ce que j'ai vu s'est réellement produit ?

CALVIN

Oui, cela s'est produit. Stephen serait mort — enfin, si l'on peut dire — s'il avait perdu ce combat.

BRATENAHL

Mais, ces images, là, elles n'ont existé que dans le cerveau de Byerley ?

CALVIN

Oui et dans celui de l'ordinateur Central-Terre. Là où les machines pensent...

BRATENAHL

Comment avez-vous réussi à filmer tout ça ? J'veux dire... les images mentales ne sont pas...

CALVIN

Vous n'avez commis qu'une seule erreur,

monsieur Bratenahl. Votre enquête était excellente. Seule votre conclusion est erronée. Stephen Byerley n'était pas immortel. C'était un robot.

La caméra, qui s'est progressivement rapprochée, fixe le visage de Bratenahl, les yeux exorbités. Ce qu'elle vient de lui révéler a des ramifications tellement complexes qu'il semble la voir sous un jour nouveau.

BRATENAHL

Ce que vous dites est parfaitement impossible ! Complètement impossible, même ! C'était quand même *le président* ! Quelqu'un s'en serait douté... C'est impossible ! Toutes ces années sans...

CALVIN

Tout le monde a cru que nous étions amants. Cela a occupé les réseaux d'information pendant pas mal d'années.

BRATENAHL

C'est pour cette raison qu'il n'a pas été enterré et qu'il a dû être atomisé ?

(un temps)

Mais pourquoi ? Pourquoi ? Comment est-il devenu... ?

Tout à coup, son regard s'illumine. Il vient de comprendre.

Le bébé robot, Lenny, celui qui a attaqué De Kuyper... Que lui est-il arrivé ?

Elle sourit. Il reprend :

Lenny est devenu Stephen Byerley ?

Calvin

Lenny est devenu Stephen Byerley.

(un temps)

Lenny repose sur la planète Aldébaran-C XII.

(un temps)

Et vous, vous disposez désormais d'une histoire que vous pourrez conter à toute la Fédération.

La caméra remonte.

FONDU SUR...

301 GROS PLAN — ... ROBERT BRATENAHL

Il fixe la caméra, en plan ultra-serré : on ne voit que lui. Il a l'air aussi frais et dispos que lorsqu'il assistait, il y a quelques mois, aux funérailles de Byerley. Il parle avec ardeur, mais d'une voix posée.

Bratenahl

J'aimerais que vous m'écoutiez avec attention. Votre avenir, ainsi que l'avenir de toutes les races de la Fédération galactique dépendent de ce que vous allez entendre. Alors, écoutez-moi ! Écoutez-moi bien !

(un temps)

C'est par hasard, au départ, que le magazine *Cosmos* s'est intéressé à cette affaire. Ce n'est que plus tard qu'elle nous a été intentionnellement révélée. L'histoire que vous allez entendre a été tenue secrète pendant cinquante années terriennes. Il est temps maintenant que vous sachiez la vérité... Alors, écoutez bien ce que je vais vous raconter...

(un temps)

Et seulement alors pourrez-vous tenter de répondre à la question fondamentale : « Les êtres humains sont-ils foncièrement bons ? »

FONDU SUR...

302 À 306 FLASH-BACK, FONDUS TRÈS RAPIDEMENT — EFFETS SPÉCIAUX

... Susan Calvin, enfant, jouant avec Robbie.

Le révérend Soldash sermonnant les fidèles, parmi lesquels Belinda Calvin, hypnotisée.

Edward et Belinda Calvin se disputant, le soir, dans leur thébaïde. Susan, en pyjama, assiste à la scène.

Reprise de la scène 41 : Salon des Calvin — Sur Belinda...

... qui cesse, subitement, d'arranger la table pour ses invités. Elle se rue au salon et arrache brusquement l'enfant des genoux de son père.

BELINDA

Bon, ça suffit comme ça ! Monte dans ta chambre !

EDWARD

Belinda, laisse-lui au moins le temps de s'habituer à son chien !

BELINDA

Lanning et sa femme vont arriver d'une minute à l'autre ; je n'ai pas du tout l'intention de laisser une petite capricieuse gâcher la soirée !

Elle traîne Susan en pleurs dans sa chambre, à l'étage supérieur, en empruntant un tapis roulant incliné. Calvin reste seul, la mine défaite. Plan sur lui.

EDWARD

(doucement)

Elle oubliera... Encore quelques jours et elle aura oublié...

Il parle au chiot qui frétille de la queue et saute sur ses genoux. Il n'y a aucun bruit dans le salon, excepté les commentaires télévisés sur une émeute, le début des pogroms.

COMMENTATEUR

Poussée par la haine et terrorisée à l'idée du chômage, la foule, ici, à Macon, en Géorgie, a incendié...

EDWARD

(très doucement)

Je t'en supplie, petit chien, je t'en supplie... Fais qu'elle oublie...

La scène va continuer maintenant, alors que la scène 41 s'était interrompue sur cette réplique.

307 SALON — MAISON DES CALVIN — UN TOUT PETIT PEU PLUS TARD

Belinda redescend et pénètre au salon, le chiot jouant dans ses jambes.

BELINDA

Mets cette bête dehors, au garage. *Par pitié !*

EDWARD

Comment va Susan ?

BELINDA

(sur la défensive)

Je ne l'ai pas frappée, si ça peut te rassurer.

EDWARD

Je t'ai juste demandé comment elle allait !

BELINDA

Elle pleure. Qu'est-ce que tu crois ? Elle veut son papa.

EDWARD

Je vais monter la voir dans une minute.

BELINDA

Mais je t'en prie, vas-y tout de suite ! Cours ! Vole ! Surtout ne perds pas une seconde ! Ne fais pas attendre la petite princesse !

EDWARD
(aussi calme que possible)

Tu es ma femme et je t'aime... mais je te jure qu'il y a des jours, Belinda, où tu me tapes vraiment sur les nerfs.

Elle ouvre la bouche pour dire quelque chose, puis se ravise. Elle repasse de l'autre côté et continue à décorer la table. Il la regarde un instant puis passe sous la voûte du salon et grimpe la pente qui mène à l'étage.

308 INT. CHAMBRE DE SUSAN — PÉNOMBRE

Susan est assise sur son lit, secouée de sanglots. Ce n'est pas le genre d'enfant à faire semblant, elle est vraiment malheureuse. Son meilleur ami l'a quittée, sa famille l'a rejetée, elle est seule et perdue. Perdue comme seul un enfant peut l'être. Calvin ouvre la porte et entre. Elle se précipite dans ses bras ; elle a besoin d'être réconfortée et câlinée. Elle entoure ses jambes de ses petits bras ; il la soulève, la prend sur ses genoux, au bord du lit.

SUSAN

Papa ! Papa !

EDWARD

Oui, chérie, je suis là, calme-toi maintenant. Allez, arrête de pleurer, doucement, mon bébé. Calme-toi, ça va aller.

SUSAN

Robbie est parti, papa !

Il la berce et l'embrasse tendrement sur le front. Elle se calme un peu.

EDWARD

Je sais, poussin. On ne peut pas toujours avoir ce que l'on veut dans la vie, même si on le mérite très fort.

SUSAN

J'comprends pas ce que tu dis.

EDWARD

Je parle des rêves, poussin. On a tous des rêves. Mais parfois, même si on les mérite, ils ne se réalisent pas.

SUSAN

J'veux juste que Robbie il revienne.

EDWARD

Ta mère n'a pas voulu te disputer, chérie. Tu le sais, j'espère?

SUSAN

C'est pas ma *vraie mère*, d'abord! Ma vraie mère, elle est avec les anges.

EDWARD

C'est vrai, mon lapin, c'est vrai.

(un temps)

Bon Dieu, ce dont nous rêvions, Steffi et moi! Mais elle n'est plus là aujourd'hui et tout est différent. Mais nos rêves... comme ils étaient beaux...

Il la berce et l'embrasse tendrement; il parle trop bas pour qu'on l'entende.

FONDU SUR...

309 ... INT. CHAMBRE DE SUSAN — NUIT

Une lampe Mickey Mouse éclaire faiblement la pièce. Des cris retentissent, hors champ : Susan se dresse sur son lit. Elle tend l'oreille puis se glisse hors des draps. La caméra la suit : elle ouvre la porte tout doucement, jette un œil dans le couloir allumé. Les cris viennent du salon, plus forts que tout à l'heure. On la suit, en Arriflex : elle s'avance sur la pointe des pieds sur le tapis roulant, jusqu'à ce qu'elle ait un bon angle de vision sur le salon. Belinda, Edward, Lanning et son épouse DIANA, une grande blonde platine, sont à table. Lanning et Calvin se querellent, sous les yeux de Susan.

LANNING
(furieux)
Je vous prie de ne pas élever la voix quand vous me parlez, Calvin !

EDWARD
Peut-être que si j'avais haussé la voix plus tôt, je n'en serais pas arrivé à vous supplier de me donner ce qui m'est dû.

LANNING
Ce qui vous est dû, comme vous dites, j'en suis seul juge ! Vous oubliez que nous sommes deux à avoir fondé la compagnie : Robertson et moi.

EDWARD
Je ne travaille pas pour des cacahuètes. J'ai travaillé huit ans dans cette société ! Quand allez-vous tenir vos promesses ?

LANNING
Vous pouvez toujours partir, Calvin !

BELINDA
Edward ! Arrête... ce n'est pas ce qu'il voulait dire... Alfred est...

DIANA
(glaciale)
Je crois, au contraire, qu'Alfred a dit exactement ce qu'il pensait, ma chère Belinda.

Belinda la toise d'un regard méprisant.

EDWARD

Partir? Ah oui? Et pour aller où? J'ai travaillé pendant toutes ces années... vous *me devez*...

LANNING

Vous êtes sur une mauvaise pente, Calvin!

EDWARD
(furibond)

Espèce de vieux salopard! Vous allez vous débarrasser de moi simplement parce que je refuse de vous lécher les bottes!

LANNING

Vous n'êtes qu'*un employé*, ne l'oubliez pas!

Calvin fait tomber sa chaise en se levant brusquement. Il se penche par-dessus la table pour assener un coup de poing à Lanning, mais celui-ci est encore un homme vigoureux : il le repousse violemment, lui fait perdre l'équilibre. Edward Calvin tombe à la renverse, se cogne au mur. C'est le foutoir.

310 SUSAN — GROS PLAN TRÈS RAPPROCHÉ

Elle regarde la scène, horrifiée. Son père, un homme doux et gentil, réduit en miettes, sous ses yeux, par le patron de l'U.S. Robots et Hommes Mécaniques. Sa voix adulte commente les images; son visage de gamine est toujours en gros plan.

SUSAN (ADULTE)
(off)

On lui répétait tout le temps : « Reste, reste. L'U.S. Robots prendra soin de toi. » Et il est mort... sans jamais avoir pu réaliser un seul de ses rêves. Si je suis entrée à l'U.S. Robots, c'était avec la ferme intention de les détruire, de les faire couler. Leur faire payer ce qu'ils avaient fait à Edward Winslow Calvin...

RACCORD FONDU SUR...

311... SUSAN — GROS PLAN TRÈS RAPPROCHÉ

A quarante ans. Elle est dans un atelier, probablement chez elle, et s'occupe de Lenny. Elle a ouvert une encoche dans sa cage thoracique et branche des circuits électriques. Le dialogue qui suit succède immédiatement à la scène précédente, ininterrompu.

SUSAN

... mais je n'ai pas pu. Je suis venue pour travailler, pour aimer des gens comme toi, Lenny. Tu es tout ce que les humains ne sont pas. Tu es loyal et bon et rationnel et attentionné...

LENNY

(avec une voix adulte, qui ressemble à celle de Byerley)

Je suis attentionné, Susan, parce que tu m'as rendu ainsi. Tu m'as appris ce que sont les sentiments humains. Je suis adulte maintenant, justement parce que tu as pris soin de moi.

312 FLASH-BACK

Robbie lapidé pendant les pogroms.

313 IDEM 311

Elle referme la plaque thoracique ; Lenny lui prend la main.

LENNY

Il faut que je te demande de me laisser partir, maintenant.

SUSAN

Comment cela... te laisser partir ?

LENNY

Quelque chose ne va pas et il faut que je sache ce que c'est.

SUSAN

Qu'est-ce que tu racontes ? Qu'est-ce qui ne va pas ? On est très bien ensemble.

LENNY

Je parle de la guerre, Susan ! Quelque chose s'est produit qui alimente la guerre. Je ne sais pas ce que c'est... Mais si mon analyse des reportages et de la configuration des combats est exacte, ce facteur qui exacerbe la guerre pourrait bien ne pas être d'origine humaine...

SUSAN

De quoi parles-tu, Lenny ?

LENNY

Je ne sais pas exactement. C'est la raison pour laquelle il faut que je vive avec les autres. Il faut que je parte. Mais il faut que j'aie forme humaine pour découvrir ce qui se trame. Peux-tu, *veux-tu* m'aider ?

Lenny en gros plan.

LENT FONDU SUR...

314 MIX D'IMAGES

... le robot qui se métamorphose progressivement en Stephen Byerley. La structure métallique de Lenny se recouvre lentement de peau.

FONDU SUR...

315 IDEM 216

... Byerley, en gros plan, dans le complexe Central-Terre. Mêmes images que précédemment. Sauf qu'il s'approche maintenant de l'intelligence artificielle qui a programmé la destruction de la race humaine. Susan commente toujours, off.

SUSAN
(off)

En un an, il était devenu politiquement tellement incontournable qu'on lui a fait visiter le complexe informatique Central-Terre.

(un temps)

C'est là qu'il a découvert que l'ordinateur central s'était connecté à ceux des autres planètes de la Fédération et qu'il avait programmé la mort de la race humaine. Vous comprenez, c'étaient les humains qui avaient programmé l'ordinateur central ; et ils l'avaient programmé sur la base de ce qu'ils connaissaient le mieux : eux-mêmes. L'ordinateur possédait donc plusieurs caractéristiques humaines, la convoitise... la haine... les pulsions destructrices et mortelles. Lenny, Stephen en fait, s'est battu contre la machine et a gagné. A la place de la haine qui nourrissait les terminaux informatiques, il a introduit l'espoir... la volonté de vivre... la nécessité de survivre avec dignité.

Arrêt sur l'image de Byerley.

FONDU SUR...

316 ... SCÈNE D'INAUGURATION

Byerley est élu président de la Fédération galactique. Plan similaire à celui de la scène 250. On entend, off, Calvin et Bratenahl.

BRATENAHL
(off)

Ainsi, il reprogramma l'ordinateur qui gérait l'existence des hommes.

CALVIN

Oui. C'était le meilleur être que j'aie jamais connu. Il était le meilleur de nous-mêmes. Rationnel et affectueux. Il était attentionné.

BRATENAHL

En fait, vous n'avez fait que substituer un robot à un autre.

CALVIN
(off)

Byerley était un robot humain. Un cyborg. Regardez le monde autour de vous, aujourd'hui. C'est un monde meilleur.

BRATENAHL
(off)

Vous approuvez tout ce qui s'est passé ?

CALVIN
(off)

Non, mais ce qu'il a fait n'était pas censé refléter *ma conception personnelle* du paradis.

BRATENAHL
(off)

De quelle conception s'agissait-il, dans ce cas ?

CALVIN
(off)

De celle de l'humanité tout entière. Stephen fit ce qu'aucun humain ne pouvait faire : il condensa tous nos espoirs et tous nos rêves dans une seule formule et força les ordinateurs à s'y conformer.

BRATENAHL
(off)

Est-ce la raison pour laquelle vous vous êtes cloîtrée pendant toutes ces années ? Pour garder le secret ?

CALVIN
(off)

Oui. Mais il est temps aujourd'hui que le monde sache. Que les hommes sachent que c'est à eux maintenant de prendre en main leur destinée. Ils sont seuls, aujourd'hui.

FONDU SUR...

317 ... BRATENAHL — PLAN TRÈS RAPPROCHÉ — IDEM 301

Le journaliste regarde fixement dans l'angle de la caméra.

BRATENAHL

Nous sommes donc seuls, aujourd'hui.

(un temps)

Certains d'entre vous seront probablement choqués d'apprendre que notre destinée a été placée entre les mains et les circuits électriques d'un être fabriqué de toutes pièces. Mais avant de vous dire cela, pensez à une chose :

(un temps)

Il a réglé un conflit qui nous aurait tous engloutis. Et pendant plus de quarante ans, nous avons continué à aller de l'avant. Pas un seul être humain n'aurait pu réaliser ce qu'il a fait, fût-ce pour le bien de l'humanité tout entière.

On recule très lentement.

L'âme de Susan Calvin a bercé l'esprit de Stephen Byerley.
(un temps)
On a dit qu'elle était misanthrope. Qu'elle entretenait une haine sans bornes pour l'humanité.

La caméra recule : des gouttes de pluie suintent d'un ciel lourd. Derrière le journaliste, on discerne peu à peu la tombe que l'on a vue dans la première scène, sur Aldébaran-C XII. Il poursuit, nous tenant en haleine.

Susan Calvin nous aimait plus que nous ne pourrons jamais l'imaginer. Elle aimait le meilleur en nous, notre potentiel, ce que nous aurions pu devenir. Quand nous avons échoué, quand le mauvais a pris le pas sur le meilleur, son amour s'est changé en haine.
(un temps)
Et pourtant, de sa solitude et de sa haine est née notre rédemption.
(un temps)
Alors Stephen Byerley s'est avancé vers elle et lui a dit que sa mission était terminée. Qu'il fallait que l'humanité se retrouve à nouveau seule, face à elle-même.

On aperçoit, juste derrière Bratenahl, une tombe creusée à côté de la colonne enfouie dans la terre, où est enchâssée la bouteille contenant les atomes de Byerley. Le journaliste fait un signe de tête en direction de la tombe.

Il y a une seule chose qu'elle n'admit jamais et que nous ne pouvions deviner : elle avait prêté à Byerley non pas le visage d'un amant, mais celui de son père. Dans cette bouteille, ici, sur le sol d'Aldébaran-C XII, reposent Susan Calvin, son père et leur ami.

(un temps)

Nous voilà à nouveau seuls.

(un temps)

Susan Calvin est décédée à l'âge de quatre-vingt-deux ans.

(un temps, plus long)

Que Dieu nous aide... car vraiment, nous sommes seuls, aujourd'hui.

Il se retourne et marche vers la tombe où se recueillent quelques personnes. Parmi lesquelles on distingue Bernice Jolo. Bratenahl s'avance. On entend tomber la pluie, puis dans un murmure appuyé, Susan Calvin :

SUSAN CALVIN

(off, avec un écho)

Pensez-vous que les êtres humains soient foncièrement bons ?

Le journaliste marche, en plan poitrine, vers Bernice Jolo ; ils se prennent la main tandis que la pluie tombe de plus en plus dru autour d'eux.

FONDU AU NOIR.

CHRONOLOGIE

1952 Naissance d'Alfred Lanning.
1964 Naissance d'Edward Calvin.
1990 Fondation de l'U.S. Robots Corporation par Robertson.
Alfred Lanning est nommé premier directeur. Il a 38 ans.
1991 Edward Calvin épouse Stephanie Ordway. Il a 27 ans.
1992 Edward Calvin entre à l'U.S. Robots Corp. Il a 28 ans.
1994 Naissance de Susan Calvin. Mort de sa mère en couches.
1997 Naissance de Norman Bogert.
1999 Edward Calvin épouse Belinda en secondes noces. Susan a 5 ans.
2000 Susan, âgée de 6 ans. Querelle avec Lanning.
Pogroms. (Nouvelle d'Asimov intitulée « Robbie ».)
2004 Edward Calvin meurt après douze ans passés à l'U.S. RoboMek. Susan a 10 ans.
2015 Susan entre, à 21 ans, à l'U.S. RoboMek.
2022 Donovan et Powell assistent Susan sur Mercure. (« Cycle fermé ».)
2028 Susan Calvin a 34 ans ; Lanning, 76 ; Bogert, 31. (« Menteur ! ».)
2030 Donovan et Powell découvrent accidentellement le secret des voyages interstellaires. (« Évasion ! » Évoquée dans le scénario mais pas mise en scène.)
2032 Susan élabore un robot multi-usage. (« Lenny ».)

2033 Découverte du principe de la téléportation grâce à la réussite des voyages interstellaires.
2034 Début de la guerre des Quatre Mondes.
Enregistrement des Mémoires de Lanning. Il a 82 ans.
2035 Début de la carrière politique de Stephen Byerley.
Décès d'Alfred Lanning. Il avait 83 ans.
2036 Byerley visite les terminaux du complexe informatique Central-Terre. Il fonde la Fédération galactique et en est élu premier président. Susan Calvin est alors âgée de 42 ans.
2038 Stephen Byerley met un terme à la guerre des Quatre Mondes.
2049 Séquence filmée de Byerley sur un trimaran.
2054 Norman Bogert est cryogénisé. Il a 57 ans.
2055 Susan Calvin se retire du monde et se cloître à 61 ans.
2076 Mort de Stephen Byerley.
Début de l'enquête de Robert Bratenahl.
Susan Calvin meurt. Elle avait 82 ans.

4403

Composition Euronumérique
Achevé d'imprimer en Europe (Angleterre)
par Cox & Wyman à Reading
le 21 janvier 1997.
Dépôt légal janvier 1997. ISBN 2-290-04403-2
Éditions J'ai lu
84, rue de Grenelle, 75007 Paris
Diffusion France et étranger : Flammarion